RELAZIONI INTIME

Le Cronache dei Krinar: Libro 1

ANNA ZAIRES

Mozaika Publications

Copyright © 2018 Anna Zaires e Dima Zales
www.annazaires.com/book-series/italiano/
Traduzione italiana: Martina Stefani 2018

Pubblicato da Mozaika Publications, stampato da Mozaika LLC.
www.mozaikallc.com

Copertina di Najla Qamber Designs
www.najlaqamberdesigns.com

e-ISBN: 978-1-63142-322-2
ISBN: 978-1-63142-321-5

PROLOGO

Cinque Anni Prima

"Signor Presidente, la stanno tutti aspettando."

Il Presidente degli Stati Uniti d'America alzò lo sguardo, con fare stanco, e chiuse la cartellina sulla scrivania. Aveva dormito male nell'ultima settimana, con la mente occupata dalla situazione sempre peggiore del Medio Oriente e dalla continua debolezza dell'economia. Sebbene nessun presidente avesse mai avuto vita facile, sembrava che il suo mandato fosse stato segnato da un compito impossibile dopo l'altro, e lo stress quotidiano cominciava a incidere sulla sua salute. Annotò mentalmente di farsi visitare dal medico entro la settimana. Il Paese non aveva bisogno di un presidente malato e sfinito, tra tutti gli altri problemi.

Alzandosi, l'uomo uscì dallo Studio Ovale e si diresse verso la Sala Operativa. Era stato informato poco prima del fatto che la NASA aveva individuato qualcosa di insolito. Aveva sperato che non fosse altro che un satellite vagante, ma non sembrava quello il caso, vista l'urgenza con cui il Consigliere della Sicurezza Nazionale aveva chiesto la sua presenza.

Entrando nella sala, salutò i consiglieri e si sedette, in attesa di saperne di più sulla necessità dell'incontro.

Il Segretario della Difesa parlò per primo. "Signor Presidente, abbiamo scoperto qualcosa di strano nell'orbita della Terra. Non sappiamo di cosa si tratti, ma crediamo che possa essere una minaccia." Fece un cenno verso le immagini visualizzate su uno dei sei schermi piatti sulle pareti della sala. "Come può vedere, l'oggetto in questione è grande, più grande di uno qualsiasi dei nostri satelliti, ma sembra essere venuto fuori dal nulla. Non abbiamo visto nulla che venisse lanciato da un punto qualsiasi del globo e non abbiamo rilevato nulla che si avvicinasse alla Terra. È come se l'oggetto fosse apparso semplicemente qui qualche ora fa."

Lo schermo mostrò diverse immagini di un turbine scuro su uno sfondo buio e stellato.

"Che cosa potrebbe essere secondo la NASA?" chiese il Presidente con calma, cercando di riflettere sulle possibilità. Se i cinesi avessero inventato una nuova tecnologia satellitare, loro l'avrebbero già saputo, e il programma spaziale russo non era più quello di un tempo. La presenza dell'oggetto non aveva alcun senso.

"Non lo sanno" rispose il Consigliere della Sicurezza Nazionale. "Non hanno mai visto una cosa simile."

"La NASA non si è nemmeno sbilanciata con qualche ipotesi?"

"Sanno che non è un corpo celeste."

Quindi, doveva essere stato creato dall'uomo. Perplesso, il Presidente fissò le immagini, rifiutando persino di contemplare l'idea che gli era appena venuta in mente. Voltandosi verso il Consigliere, chiese: "Abbiamo contattato i cinesi? Non sanno niente al riguardo?"

Il Consigliere aprì la bocca, pronto a rispondere, quando apparve un improvviso lampo di luce. Momentaneamente abbagliato, il Presidente sbatté le palpebre per schiarirsi la vista—e rimase paralizzato dallo shock.

Davanti allo schermo che il Presidente stava guardando, c'era un uomo. Alto e muscoloso, aveva i capelli neri e gli occhi scuri, con la carnagione olivastra in contrasto con il colore bianco del suo completo. Sembrava calmo, rilassato, come se non avesse appena invaso il luogo sacro del governo degli Stati Uniti.

Gli Agenti del Servizio Segreto furono i primi a reagire, gridando e sparando all'intruso in preda al panico. Prima che il Presidente potesse riflettere, si ritrovò contro il muro, con due agenti che formarono uno scudo umano davanti a lui.

"Non ce n'è bisogno" disse l'intruso, con voce profonda e roca. "Non ho intenzione di fare del male al vostro Presidente—e se lo volessi, non potreste farci niente." Parlava un perfetto inglese americano, senza nemmeno un lieve accento. Nonostante i colpi di arma da fuoco che l'avevano raggiunto, sembrava assolutamente illeso, e il Presidente vide i proiettili sul pavimento davanti all'uomo.

Solo gli anni di esperienza di una grande crisi dopo l'altra permisero al Presidente di fare quello che fece dopo. "Chi sei?" chiese con voce ferma, ignorando il terrore e l'adrenalina che gli scorrevano nelle vene.

L'intruso sorrise. "Mi chiamo Arus. Abbiamo deciso che è giunto il momento che la nostra specie conosca la vostra."

CAPITOLO UNO

L'aria era frizzante e fresca, mentre Mia camminava velocemente lungo un sentiero tortuoso di Central Park. I segni della primavera erano dappertutto, dai piccoli germogli sugli alberi ancora spogli alla proliferazione di tate intente a godersi la prima giornata calda con i loro bambini indisciplinati.

Era strano quanto fosse cambiato tutto negli ultimi anni, e quanto al contempo fosse rimasto tutto uguale. Se qualcuno dieci anni fa avesse chiesto a Mia come sarebbe stata secondo lei la vita dopo un'invasione aliena, tutto questo sarebbe stato lontanissimo dalla sua immaginazione. *Independence Day, La guerra dei mondi*—nessuno di questi film si avvicinava alla realtà dell'incontro con una civiltà più avanzata. Non c'era stata alcuna guerra, nessuna resistenza di alcun tipo a livello governativo—perché *loro* non l'avevano permesso. Col senno di poi, quei film erano sembrati davvero stupidi. Armi nucleari, satelliti, aerei da combattimento—quelli erano poco più che rocce e bastoni per un'antica civiltà in grado di attraversare l'universo più velocemente della luce.

Scorgendo una panchina libera lungo il lago, Mia si diresse allegramente in quella direzione, con le spalle che sentivano la fatica dovuta allo zaino contenente il grande computer portatile vecchio di dodici anni e i libri cartacei. A ventun anni, a volte si sentiva anziana, arretrata rispetto al nuovo mondo dei tablet sottili e dei cellulari integrati negli orologi da polso. Il ritmo del progresso tecnologico non era rallentato dal K-Day; anzi, molti nuovi gadget erano stati influenzati da ciò che avevano i Krinar. Non che i K avessero condiviso alcune loro tecnologie preziose; il loro piccolo esperimento doveva continuare ininterrottamente.

Aprendo la zip dello zaino, Mia tirò fuori il vecchio Mac. Era pesante e lento, ma funzionava—ed essendo una studentessa disagiata, la ragazza non poteva permettersi niente di meglio. Effettuando l'accesso, aprì un documento Word e si preparò ad iniziare il complesso processo di scrittura del saggio di Sociologia.

Dopo dieci minuti ed esattamente zero parole, si fermò. Chi voleva prendere in giro? Se avesse davvero voluto scrivere quel dannato saggio, non sarebbe mai andata al parco. Per quanto fosse allettante l'idea di fingere di poter godere dell'aria fresca ed essere produttiva al tempo stesso, le due cose non erano mai state compatibili nella sua esperienza. Una vecchia biblioteca sarebbe stata molto meglio per qualsiasi attività che avesse richiesto quel genere di esercizio mentale.

Imprecando tra sé e sé per la pigrizia, Mia sospirò e cominciò a guardarsi intorno. Osservare la gente a New York l'aveva sempre divertita.

La scena era familiare, con il solito senzatetto che occupava una panchina vicina—grazie a Dio non la più vicina a lei, dal momento che sembrava potesse emanare un pessimo odore—e due tate che parlavano tra loro in spagnolo, mentre spingevano i bimbi avanti e indietro nel passeggino, ad un ritmo rilassato. Una ragazza correva su un sentiero poco più avanti, con le sue brillanti Reebok rosa in netto contrasto con i leggings blu. Lo sguardo di Mia seguì la jogger che svoltò dietro l'angolo, invidiandone la buona forma fisica. I suoi orari frenetici le lasciavano poco tempo per esercitarsi, e dubitava che sarebbe riuscita a tenere il passo della ragazza anche solo per un chilometro.

A destra, si vedeva il Bow Bridge sul lago. Un uomo era appoggiato alla ringhiera, tutto preso a guardare l'acqua. Dava le spalle a Mia, quindi lei poteva vederne solo una parte del profilo. Tuttavia, qualcosa di lui attirò la sua attenzione.

Non sapeva cosa. Era decisamente alto e sembrava robusto sotto il cappotto apparentemente costoso che indossava, ma non era quello il motivo. Gli uomini alti e belli erano comuni nella New York invasa dai modelli. No, c'era dell'altro. Forse il portamento—

molto rigido, senza movimenti supplementari. Aveva i capelli scuri e lucenti sotto il sole luminoso del pomeriggio, abbastanza lunghi nella parte anteriore da muoversi leggermente nella calda brezza primaverile.

Ed era solo.

Le cose stavano così, si rese conto Mia. Il ponte, normalmente popolare e pittoresco, era completamente deserto, a parte l'uomo su di esso. Tutti sembravano evitarlo per qualche sconosciuta ragione. Infatti, a parte lei e il suo vicino senzatetto probabilmente puzzolente, l'intera fila di panchine nella posizione altamente desiderabile del lungolago era vuota.

Come se percepisse lo sguardo su di lui, l'oggetto dell'attenzione di Mia ruotò lentamente la testa e la guardò. Prima che il suo cervello cosciente potesse riflettere, il sangue della ragazza si trasformò in ghiaccio, lasciandola paralizzata e impossibilitata a fare qualunque cosa, tranne fissare il predatore che sembrava esaminarla con interesse.

~

RESPIRA, *Mia, respira.* Una vocina razionale ripeteva quelle parole in qualche parte della sua mente. Quella stessa parte stranamente obiettiva notò la simmetrica struttura del viso dell'uomo, con la pelle dorata ben tesa sugli zigomi e la mascella marcata. Le foto e i video dei K che aveva visto non rendevano loro giustizia. A non più di dieci metri di distanza, quella creatura era semplicemente straordinaria.

Mentre continuava a fissarlo, ancora bloccata, lui si raddrizzò e cominciò a camminare verso di lei. O, più che altro, a braccarla, pensò Mia stupidamente, dato che ogni suo movimento le ricordava una tigre della giungla che si avvicina sinuosamente ad una gazzella. Per tutto il tempo, non le staccò gli occhi di dosso. Man mano che si avvicinava, la ragazza distinse singole striature gialle nei suoi occhi dorati e le folte ciglia che li incorniciavano.

Lo guardò sedersi sulla panchina con incredulità, a meno di un metro da lei, e sorrise, mostrando i denti bianchi. Non aveva zanne, realizzò Mia con una parte funzionante del cervello. Nemmeno un accenno. Quello doveva essere un altro mito su di loro, come la presunta avversione per il sole.

"Come ti chiami?" le chiese la creatura. La sua voce era bassa e rilassante, senza il minimo accento. Dilatò leggermente le narici, come per inebriarsi del suo profumo.

"Uhm..." Mia deglutì nervosamente. "M-Mia."

"Mia" ripeté lui lentamente, come se volesse assaporare quel nome. "Mia come?"

"Mia Stalis." Oh cazzo, perché voleva sapere il suo cognome? Perché era lì a parlarle? In generale, che cosa stava facendo a Central Park, lontano da uno dei Centri K? *Respira, Mia, respira.*

"Rilassati, Mia Stalis." Il suo sorriso si allargò, mostrando una fossetta sulla guancia sinistra. Un K con la fossetta? "Non avevi mai incontrato uno di noi prima d'ora?"

"No." Mia respirò forte, realizzando che stava trattenendo il fiato. Era orgogliosa che non le tremasse la voce. Avrebbe dovuto chiederglielo? Voleva saperlo?

Raccolse il coraggio. "Che cosa, uhm—" Deglutì un'altra volta. "Che cosa vuoi da me?"

"Per ora, conversare." Sembrava essere sul punto di riderle in faccia, con quegli occhi dorati socchiusi leggermente agli angoli.

Stranamente, quello la infastidì abbastanza da farle superare la paura. Se c'era una cosa che Mia detestava, era che qualcuno le ridesse in faccia. Con la sua statura bassa, esile e una generale mancanza di abilità sociali derivante da una difficile fase adolescenziale vissuta con l'incubo di ogni ragazza dell'apparecchio dei denti, i capelli crespi e gli occhiali, Mia aveva provato fin troppe volte la sensazione di essere l'oggetto di scherno della gente.

Sollevò il mento con fare belligerante. "Bene, *tu* come ti chiami invece?"

"Korum."

"Solo Korum?"

"In realtà non abbiamo cognomi, non come voi. Il mio nome completo è molto più lungo, ma non riusciresti a pronunciarlo se te lo dicessi."

Interessante. Ricordava di aver letto qualcosa del genere sul *New York Times*. Finora, tutto bene. Le gambe avevano quasi smesso di tremare e il respiro stava tornando alla normalità. Forse ne sarebbe uscita viva. Quella conversazione sembrava abbastanza tranquilla, anche se il modo in cui continuava a fissarla con quegli occhi giallognoli che non sbattevano mai le palpebre era inquietante. Decise di continuare a farlo parlare.

"Che cosa ci fai qui, Korum?"

"Te l'ho appena detto, sto facendo conversazione con te, Mia." C'era di nuovo un lieve accenno di risata nella sua voce.

Frustrata, Mia sospirò. "Voglio dire, che cosa ci fai qui a Central Park? A New York in generale?"

Korum sorrise ancora, piegando leggermente la testa di lato. "Forse speravo di incontrare una bella ragazza con i capelli ricci."

Bene, aveva davvero oltrepassato il limite. Chiaramente la stava prendendo in giro. Ora che riusciva a riflettere un po' di più, si rese conto che erano al centro di Central Park, davanti a migliaia di spettatori. Si guardò intorno con fare sospettoso per riceverne la conferma. Sì, proprio così; anche se le persone naturalmente evitavano la sua panchina e quella dell'altro occupante, c'era una serie di anime coraggiose che li guardava lungo il loro sentiero. Una coppia li stava addirittura riprendendo con le telecamere da polso. Se il K avesse provato a farle qualcosa, sarebbe finito su YouTube in un batter d'occhio, e sicuramente lui lo sapeva. Tuttavia, non era detto che gliene importasse.

Comunque, partendo dal presupposto che non aveva mai visto un video sulle aggressioni di K alle studentesse universitarie nel bel mezzo di Central Park e che doveva essere piuttosto al sicuro, Mia prese con cautela il portatile e lo sollevò per rimetterlo nello zaino.

"Lascia che ti aiuti, Mia—"

E prima che potesse fare qualcosa, lo sentì prenderle il pesante portatile dalle dita improvvisamente molli, sfiorandole delicatamente le nocche. A quel tocco, una sensazione simile a una leggera scossa elettrica la attraversò, facendole fremere le terminazioni nervose.

Allungandosi verso il suo zaino, le mise con attenzione il portatile all'interno con un movimento disinvolto e sinuoso. "Ecco fatto, tutto a posto."

Oh Dio, l'aveva toccata. Forse la sua teoria sulla sicurezza nei luoghi pubblici era falsa. Sentì il suo respiro accelerare di nuovo, e la frequenza cardiaca probabilmente era in zona anaerobica a quel punto.

"Devo andare ora… Ciao!"

Non capendo come, riuscì a pronunciare quelle parole senza andare in iperventilazione. Afferrando la cinghia dello zaino che lui aveva appena posato, saltò in piedi, notando con qualche parte funzionante della mente che la sua paralisi precedente era scomparsa.

"Ciao, Mia. Ci vediamo dopo." La sua voce derisoria si insinuò nell'aria fresca della primavera, mentre lei andò via, quasi correndo per la fretta di allontanarsi.

CAPITOLO DUE

"*D*annazione! Sputa il rospo! Dici sul serio? Dimmi che cos'è successo, e non tralasciare i dettagli!" La sua coinquilina stava quasi saltando su e giù dall'emozione.

"Te l'ho detto... Ho conosciuto un K nel parco." Mia si strofinò le tempie, sentendo la morsa della tensione intorno alla testa lasciata dalla precedente overdose di adrenalina. "Si è seduto sulla panchina accanto alla mia e mi ha parlato per qualche minuto. Poi gli ho detto che dovevo andarmene e sono corsa via."

"Davvero? Che cosa voleva?"

"Non lo so. Gliel'ho chiesto, ma ha detto che voleva solo parlare."

"Sì, certo, e gli asini possono volare." Jessie era sprezzante su quell'argomento, proprio come lo era stata Mia. "No, seriamente, non ha cercato di bere il tuo sangue o qualcosa del genere?"

"No, non ha fatto niente." Tranne sfiorarle la mano.

"Mi ha solo chiesto quale fosse il mio nome e mi ha detto il suo."

Gli occhi di Jessie ora somigliavano a grandi piattini marroni. "Ti ha detto il suo nome? Qual è?"

"Korum."

"Naturalmente, Korum il K, ha perfettamente senso." Il senso dell'umorismo di Jessie veniva fuori nei momenti più strani. Risero entrambe davanti alla ridicolaggine di quell'affermazione.

"Hai capito subito che era un K? Che aspetto aveva?" Riprendendosi, Jessie continuò con le domande.

"Sì." Mia ripensò a quel primo momento in cui lo vide. Come l'aveva capito? Dai suoi occhi? O da qualcosa di istintivo dentro di lei che le permetteva di riconoscere un predatore quando ne vedeva uno? "Penso che forse avesse a che fare con il modo in cui si muoveva. È difficile da descrivere. Era decisamente inumano. Somigliava molto ai K che si vedono in TV— era alto, bello e gli occhi avevano un aspetto strano— sembravano quasi gialli."

"Wow, non posso crederci." Jessie stava camminando in cerchio per la stanza. "Come ti ha parlato? Che voce aveva?"

Mia sospirò. "La prossima volta in cui mi ritroverò nel parco insieme ad un extraterrestre, mi assicurerò di avere un dispositivo di registrazione a portata di mano."

"Oh, andiamo, come se tu non saresti curiosa al posto mio."

Vero, Jessie aveva ragione. Sospirando di nuovo,

Mia raccontò tutti i dettagli del suo incontro alla compagna di stanza, tralasciando solo quel breve istante in cui la mano di Korum aveva sfiorato la sua. Per qualche strana ragione, quel tocco—e la sua reazione ad esso—le era sembrato intimo.

"E così, l'hai salutato, e lui ti ha detto 'ci vediamo dopo?' Oh mio Dio, sai che cosa significa?" Invece di soddisfare Jessie, quella dettagliata storia sembrò emozionarla. Stava quasi rimbalzando sulle pareti.

"No, che cosa?" Mia si sentiva stanca e sfinita. Quello le ricordava la sensazione dopo un colloquio o un esame, quando tutto quello che voleva era dare al suo povero cervello esausto la possibilità di rilassarsi. Forse non avrebbe dovuto dire a Jessie dell'incontro fino all'indomani, quando avrebbe potuto rilassarsi un po'.

"Vuole rivederti!"

"Che cosa? Perché?" La stanchezza di Mia scomparve all'improvviso, rimpiazzata dall'adrenalina. "È solo un modo di dire! Sono certa che non intendesse nulla con quello—l'inglese non è nemmeno la sua prima lingua! Perché dovrebbe avere voglia di rivedermi?"

"Beh, hai detto che ti trovava carina—"

"No, ho detto che *lui* ha detto di essere lì per incontrare 'una bella ragazza con i capelli ricci'. Mi stava solo prendendo in giro. Sono sicura che si stesse solo divertendo con me... Probabilmente era annoiato, così ha deciso di avvicinarsi e parlarmi. Perché un K dovrebbe essere interessato a me?" Mia rivolse uno sguardo sprezzante allo specchio, vedendo i suoi Ugg di due anni, i jeans consumati e un maglione troppo grande che aveva acquistato a saldo al Century 21.

"Mia, te l'ho detto, sottovaluti costantemente il tuo fascino." Jessie sembrava seria, come tutte le volte in cui cercava di accrescere l'autostima di Mia. "Sei molto carina, con quella folta massa di capelli ricci. Inoltre, hai degli occhi davvero graziosi—è molto insolito avere gli occhi azzurri con capelli neri come i tuoi—"

"Oh, per favore, Jessie." Mia alzò gli occhi. "Sono certa che essere *carina* non sia sufficiente per un bellissimo K. E poi, tu sei una mia amica—devi dirmi cose belle."

Secondo Mia, era Jessie la bella nella stanza. Con la sua costituzione atletica e le curve al punto giusto, i lunghi capelli neri e la carnagione dorata, Jessie era la fantasia di ogni ragazzo—soprattutto di chi amava le ragazze asiatiche. Un'ex cheerleader della scuola superiore, la sua coinquilina degli ultimi tre anni aveva anche la personalità estroversa abbinata al piacevole aspetto esteriore. Come avessero fatto a diventare amiche così intime era un mistero per Mia, dato che le sue abilità sociali a diciotto anni erano praticamente inesistenti.

Ripensando a quel periodo, Mia ricordò come si sentisse persa e sconvolta arrivando nella grande città dopo aver trascorso tutta la vita in una piccola cittadina della Florida. L'Università di New York era la migliore scuola in cui potesse essere accettata, e il suo pacchetto di aiuti finanziari si rivelò essere generoso, rendendo i suoi genitori molto felici. Tuttavia, Mia stessa non era stata affatto entusiasta di frequentare la scuola di una grande città senza un vero e proprio campus. Entrando nel competitivo processo di candidatura all'università, aveva fatto domanda alle quindici scuole migliori, solo per affrontare numerosi rifiuti e inadeguate offerte di aiuti finanziari. La NYU era sembrata l'alternativa migliore. Le scuole locali della Florida non erano state nemmeno considerate dai genitori di Mia, a causa delle voci secondo cui i K avrebbero creato un Centro in Florida, e i suoi genitori la volevano lontana da lì, se fosse successo. Non successe—l'Arizona e il Nuovo Messico finirono per essere i luoghi preferiti dai K negli Stati Uniti. Tuttavia, a quel punto era troppo tardi. Mia aveva iniziato il secondo semestre alla NYU, aveva conosciuto Jessie, e lentamente si era innamorata di New York e di tutto quello che aveva da offrire.

Era divertente il modo in cui stavano andando le cose. Solo cinque anni prima, la maggior parte delle persone pensavano di essere gli unici esseri intelligenti dell'universo. Certo, c'erano sempre stati i tossici convinti di aver avvistato degli UFO, e c'erano state anche cose come il SETI—importanti sforzi finanziati dal governo per esplorare la possibilità della vita extraterrestre. Ma la gente non aveva modo di sapere se qualche tipo di vita—o almeno degli organismi monocellulari—esistesse su altri pianeti. Di conseguenza, la maggior parte aveva creduto che gli esseri umani fossero speciali e unici, che l'homo sapiens fosse il culmine dello sviluppo evolutivo. Ora sembrava tutto così sciocco, come quando le persone nel Medioevo pensavano che la Terra fosse piatta e che la luna e le stelle girassero intorno ad essa. Quando i Krinar arrivarono nella seconda decade del ventunesimo secolo, essi sovvertirono tutto ciò che gli scienziati credevano di sapere sulla vita e le sue origini.

"Te lo ripeto, Mia, credo che tu gli sia piaciuta!" La voce insistente di Jessie interruppe le sue riflessioni.

Sospirando, Mia rivolse l'attenzione alla coinquilina. "Ne dubito fortemente. E poi, anche ammesso che sia come dici tu, che cosa potrebbe volere da me? Siamo di due specie diverse. Il solo pensiero che io possa piacergli è semplicemente spaventoso... Che cosa potrebbe volere da me, il mio sangue?"

"Beh, non lo sappiamo per certo. Quella è solo una diceria. Ufficialmente, non è mai stato annunciato che i K bevano sangue." Per qualche strana ragione, Jessie sembrava speranzosa. Forse la vita sociale di Mia era così scarsa agli occhi della sua compagna di stanza che era desiderosa che lei frequentasse qualcuno, chiunque —a prescindere dalla specie.

"È una diceria a cui credono molte persone. Sono certa che ci sia un fondo di verità. Sono vampiri, Jessie. Forse non i Dracula della leggenda, ma tutti sanno che sono dei predatori. Ecco perché hanno stabilito i loro Centri in zone isolate... in modo da poter fare tutto quello che vogliono, senza che nessuno lo venga a sapere."

"Va bene, va bene." Con l'euforia ridotta, Jessie si

sedette sul letto. "Hai ragione, sarebbe molto spaventoso se avesse davvero intenzione di rivederti. È solo che è divertente a volte fingere che siano semplicemente degli splendidi esseri umani provenienti dallo spazio, e non una specie misteriosa completamente diversa."

"Lo so. Era incredibilmente bello." Le due ragazze si scambiarono un'occhiata di intesa. "Se solo fosse umano..."

"Sei troppo esigente, Mia. Te l'ho sempre detto." Scuotendo la testa per un finto rimprovero, Jessie utilizzò un tono di voce più serio. Mia la guardò, incredula, ed entrambe scoppiarono a ridere.

~

QUELLA NOTTE, Mia non riuscì a dormire, con la mente che continuava a rivivere l'incontro più e più volte. Ogni volta che sembrava sul punto di addormentarsi, vedeva quegli occhi color ambra e sentiva quel tocco elettrizzante sulla pelle. Con grande imbarazzo, la sua mente inconscia andava ben oltre, e Mia sognò lui che le toccava la mano. Nel sogno, il suo tocco le provocava brividi in tutto il corpo, scaldandola dall'interno—poi le faceva scivolare la mano lungo il braccio, afferrandole la spalla e portandola verso di lui, ipnotizzandola con lo sguardo, prima di baciarla. Con il cuore che le batteva forte, Mia chiudeva gli occhi e si appoggiava a lui, sentendo le sue morbide labbra che la sfioravano, inviandole ondate di calde sensazioni in tutto il corpo.

Svegliandosi, Mia sentì il cuore martellarle nel petto e il calore addensarsi tra le gambe. Erano le cinque del mattino e aveva dormito a stento nelle ultime cinque ore. Dannazione, perché un breve incontro con un alieno aveva avuto quelle conseguenze su di lei? Forse Jessie aveva ragione, e aveva bisogno di uscire di più, di frequentare altri ragazzi. Negli ultimi tre anni, grazie al sostegno di Jessie, Mia si era tolta di dosso gran parte della vecchia timidezza. Per il diploma, i genitori le avevano regalato la chirurgia laser agli occhi, e il suo sorriso post-apparecchio dentale era bello e luminoso. Ora si sentiva a proprio agio andando ad una festa in cui conosceva almeno alcune persone, e riusciva addirittura a ballare dopo aver bevuto un numero sufficiente di shottini. Ma per qualche motivo, il mondo delle frequentazioni continuava a sfuggirle. I pochi appuntamenti a cui si era presentata negli ultimi mesi erano stati deludenti, e non ricordava l'ultima volta che avesse baciato davvero un ragazzo. Forse era stato quel bel ragazzo che studiava biologia lo scorso anno? Mia non era mai riuscita a concludere le cose con nessuno degli uomini che aveva conosciuto, e stava diventando imbarazzante ammettere che era ancora vergine a ventun anni.

Per fortuna, lei e Jessie non condividevano più la stanza, dopo aver trovato una camera che poteva essere modificata in un appartamento con due camere da letto ad un affitto ragionevole (per gli standard di

NYC) di soli 2.380 dollari. Avere una propria camera significava poter disporre di un livello di libertà e privacy molto utile in situazioni come quella.

Accendendo la lampada sul comodino, Mia si guardò intorno nella stanza, accertandosi che la porta della camera fosse chiusa ermeticamente. Raggiungendo il cassetto, prese un involucro normalmente nascosto sul retro, dietro la crema per il viso, la lozione per le mani e un flaconcino di Advil. Aprendo attentamente l'involucro, tirò fuori il piccolo vibratore che le aveva regalato sua sorella maggiore. Marisa gliel'aveva donato per il diploma con la scherzosa ammonizione di utilizzarlo ogni volta che ne "sentiva il bisogno" e "di tenersi alla larga da quei ragazzi universitari arrapati della grande città." Mia era arrossita e aveva riso, ma quel regalo si era rivelato molto utile. In alcuni momenti passati al buio della notte, quando la solitudine si faceva sentire, Mia giocava con il dispositivo, esplorando gradualmente il proprio corpo e scoprendo come fosse un vero orgasmo.

Premendo il piccolo oggetto sul punto sensibile tra le gambe, Mia chiuse gli occhi e rivisse le sensazioni suscitate dal sogno. Aumentando gradualmente la velocità della vibrazione sul giocattolo, si abbandonò alla fantasia, immaginando le mani del K sul suo corpo e le labbra che la baciavano, accarezzandola e toccandola in zone sensibili e proibite, fin quando la profonda tensione all'interno del ventre non crebbe ed esplose, scaldandola fino alle dita dei piedi.

~

LA MATTINA SEGUENTE, Mia si svegliò con un cielo grigio e coperto. Raggiungendo il telefono per controllare il tempo, gemette. Il novanta percento di possibilità di pioggia con temperature intorno ai quaranta gradi. Proprio ciò di cui aveva bisogno per dedicarsi al saggio di Sociologia. Beh, forse ce l'avrebbe fatta a raggiungere la biblioteca prima che avesse iniziato a piovere.

Saltando giù dal letto, si avvicinò alla sua tuta più comoda, composta da una maglietta a maniche lunghe e da un grosso maglione con il cappuccio che aveva acquistato durante un viaggio in Europa delle superiori. Era il suo completo da studio/scrittura del saggio preferito, e quel giorno sembrava brutto come la prima volta in cui l'aveva indossato, preparandosi per il test di algebra del secondo anno del liceo. I vestiti le stavano ancora bene, poiché sembrava aver sviluppato una disgustosa incapacità di crescere sia in circonferenza che in altezza dall'età di quattordici anni.

Spazzolando rapidamente i denti e lavando il viso, Mia fissò lo specchio con aria critica. Un volto pallido e con qualche lentiggine la fissava. I suoi occhi erano probabilmente la caratteristica migliore, con un'insolita sfumatura grigio-azzurra in contrasto con i capelli scuri. Per quanto riguardava i capelli, invece, era tutta un'altra storia. Se avesse passato un'ora ad asciugarli con un diffusore, forse avrebbe ottenuto dei ricci con una parvenza accettabile. La sua normale abitudine di andare a dormire con i capelli bagnati, però, non faceva altro che favorire la massa incolta di capelli che aveva sulla testa in quel momento. Sospirando profondamente, li legò in una coda. Un giorno, dopo aver ottenuto un vero e proprio lavoro, si sarebbe rivolta ad uno di quei costosi saloni per un trattamento lisciante. Per ora, dato che non aveva un'ora da perdere ogni mattina con i capelli, Mia pensò che avrebbe dovuto farsene una ragione.

Era giunto il momento di recarsi in biblioteca. Afferrando lo zainetto e il portatile, Mia indossò gli Ugg e uscì dall'appartamento. Dopo aver fatto cinque piani di scale, uscì dall'edificio, prestando poca attenzione alla vernice distaccata sulle pareti e agli scarafaggi che amavano vivere vicino alla spazzatura. Era quella la vita studentesca di New York, e Mia era una delle poche fortunate ad avere un appartamento semi-conveniente così vicino al campus.

I prezzi dei beni immobili a Manhattan erano più alti che mai. Nei primi anni dopo l'invasione, i prezzi degli appartamenti della città erano lievitati, proprio come in tutte le altre principali città del mondo. Con i film sulle invasioni ancora ben impressi nell'immaginazione della gente, la maggior parte delle persone pensava che le città sarebbero state poco sicure e partiva per le zone rurali, quando poteva. Le famiglie con bambini—già un lusso raro a Manhattan—lasciavano la città in orde, dirigendosi verso le zone più remote che potessero trovare. I K avevano incoraggiato la migrazione, in quanto essa avrebbe alleviato l'inquinamento nelle aree urbane. Naturalmente, le persone si resero subito conto della loro follia, dato che i K non volevano avere niente a che fare con le principali città umane, preferendo costruire i loro Centri nelle aree calde e scarsamente popolate del mondo. I prezzi di Manhattan erano nuovamente aumentati, con alcuni privilegiati che facevano fortuna sulle vendite immobiliari che avevano acquistato durante il crash. Ora, più di cinque anni dopo il K-Day —come era stato chiamato il giorno dell'invasione dei Krinar—gli affitti di New York City avevano raggiunto nuovamente livelli record.

Come sono fortunata, pensò Mia con lieve irritazione. Se avesse avuto un paio d'anni di più, avrebbe potuto affittare il suo attuale appartamento per meno della metà del prezzo. Naturalmente, i laureandi del prossimo anno avrebbero avuto quella fortuna, vista la recessione del Grande Panico—i mesi dopo in cui la Terra si ritrovò ad affrontare gli invasori.

Fermandosi al negozio di gastronomia, Mia ordinò una ciambella leggermente tostata (grano intero, ovviamente, l'unico disponibile) con avocado e pomodoro. Sospirando, ricordò le deliziose frittate che preparava sua madre, con pancetta, funghi e formaggio. I funghi erano l'unico ingrediente della lista abbordabile per una studentessa universitaria. La carne, il pesce, le uova e il latte erano prodotti di prima qualità, disponibili solo occasionalmente—come un tempo lo erano stati il foie gras e il caviale. Quello fu uno dei principali cambiamenti che i Krinar avevano apportato. Avendo stabilito che la tipica dieta del mondo sviluppata all'inizio del ventunesimo secolo era dannosa sia per gli umani che per l'ambiente, chiusero le grandi industrie, costringendo i produttori di carne e di latticini a convertirsi alla frutta e alla verdura. Solo i piccoli agricoltori vennero lasciati in pace e venne concesso loro di allevare alcuni animali per occasioni speciali. Le organizzazioni ambientaliste e per i diritti umani ne furono entusiaste e i tassi di obesità in America si avvicinarono rapidamente a quelli del Vietnam. Naturalmente, le conseguenze furono enormi, con numerose aziende costrette a chiudere l'attività e la carenza di cibo durante il Grande Panico. E in seguito, quando vennero scoperte le tendenze vampiresche dei Krinar (sebbene non fossero state ancora ufficialmente dimostrate), gli attivisti di Estrema Destra avevano affermato che il vero motivo del cambiamento forzato nella dieta era dovuto al fatto che rendeva il sangue umano più dolce per i K. Ad ogni modo, la maggior parte del cibo disponibile e conveniente ora era incredibilmente sano.

"Ombrello, ombrello, ombrello!" Un uomo dall'aspetto sconfortato si trovava all'angolo, vendendo la merce con un forte accento mediorientale. "Ombrello da cinque dollari!"

Meno di un minuto dopo, cominciò una pioggia leggera. Per l'ennesima volta, Mia si chiese se i venditori ambulanti di ombrelli avessero il sesto senso per la pioggia. Sembravano aver sempre ragione sulla caduta della prima goccia, anche quando la pioggia non era prevista. Per quanto fosse tentata di acquistarne uno per non bagnarsi, a Mia rimanevano solo pochi isolati e la pioggia era troppo leggera per giustificare un'inutile spesa di cinque dollari. Avrebbe potuto portare il vecchio ombrello da casa, ma un oggetto in più non era mai nella sua lista delle priorità.

Camminando il più velocemente possibile mentre trascinava lo zaino pesante, Mia girò l'angolo sulla West 4th Street, con la Biblioteca Bobst già in vista, quando iniziò a diluviare. Cazzo, avrebbe dovuto comprare quell'ombrello! Imprecando tra sé e sé, Mia cominciò a correre—o meglio a camminare rapidamente, vista la pesantezza dello zaino—mentre le gocce di pioggia le colpivano il volto con la forza di proiettili d'acqua. I suoi capelli in qualche modo riuscirono a sfuggirle dalla coda, e le coprirono gli occhi, impedendole di vedere. Un gruppo di persone si precipitò davanti a lei, affrettandosi a ripararsi dalla pioggia, e Mia fu spinta diverse volte dai pedoni accecati dalla combinazione di pioggia e ombrelli tenuti dalle anime più fortunate. In momenti come quello, essere alta un metro e sessanta e pesare appena quarantacinque chili era un grave svantaggio. Un uomo grosso le venne addosso, sbattendo il gomito sulla sua spalla, e Mia inciampò, colpendo il marciapiede con un piede. Cadendo in avanti, riuscì a portare le mani sul pavimento bagnato, scivolando per pochi centimetri sulla superficie ruvida.

All'improvviso, due mani forti la sollevarono dal suolo, come se non pesasse niente, tenendola in piedi sotto un grande ombrello che l'uomo teneva sulle loro teste.

Sentendosi come un topo sporco e bagnato, Mia cercò di togliersi i capelli dal viso con il dorso della mano graffiata, sbattendo le palpebre per togliere la pioggia dagli occhi. Il naso decise di aggiungersi all'umiliazione, scegliendo quel particolare momento per lasciar sfuggire un incontrollabile starnuto sul soccorritore.

"Oh mio Dio, mi dispiace tanto!" Mia si scusò freneticamente, mortificata. Con la vista ancora appannata a causa dell'acqua che le scorreva sul viso, cercò di soffiarsi disperatamente il naso con la manica umida per evitare un altro starnuto. "Mi dispiace, non volevo starnutirle addosso!"

"Non c'è bisogno di scusarsi, Mia. Naturalmente, hai preso freddo e ti sei raffreddata. E ti sei ferita. Fammi vedere le mani."

Non poteva essere vero. Dimenticando il disagio, Mia fissò Korum incredula, mentre lui le sollevò i polsi per esaminare i graffi. Le sue grandi mani erano incredibilmente delicate sulla sua pelle, anche se la tenevano in una morsa strettissima. Sebbene fosse fradicia a causa di quel brutto tempo di metà aprile, Mia si sentì sul punto di andare a fuoco, con quel tocco che le provocò un'ondata di calore in tutto il corpo.

"Dovresti far medicare subito quelle ferite. Potrebbero cicatrizzarsi se non fai attenzione. Ecco, vieni con me, e ce ne occuperemo." Liberandole i polsi,

Korum le mise un braccio intorno alla vita con fare possessivo e cominciò a condurla verso Broadway.

"Aspetta, che cosa—" provò a chiedere Mia. "Che cosa ci fai qui? Dove mi stai portando?" Stava cominciando a riflettere sulla pericolosità della situazione, e cominciò a tremare per un mix di freddo e paura.

"Ovviamente ti stai congelando. Ti tirerò fuori da questa pioggia, e poi parleremo." Il suo tono non ammetteva obiezioni.

Guardandosi disperatamente intorno, tutto quello che Mia vedeva era la gente che correva per ripararsi dalla pioggia, senza prestare attenzione all'ambiente circostante. Con un tempo del genere, un omicidio in mezzo alla strada sarebbe potuto passare inosservato, figuriamoci le grida di una ragazza. Il braccio di Korum era come una fascia d'acciaio intorno alla sua vita, completamente inamovibile, e Mia si ritrovò inevitabilmente a seguirlo in ogni direzione in cui la conduceva.

"Aspetta, ti prego, non posso venire con te" protestò Mia, tremando. Arrampicandosi sugli specchi, sbottò: "Devo scrivere il saggio!"

"Oh, davvero? E lo scriverai in queste condizioni?" Con il tono carico di sarcasmo, Korum le rivolse una rapida occhiata denigratoria, soffermandosi sui capelli gocciolanti e le mani graffiate. "Sei ferita, e probabilmente ti verrà la polmonite—con quel sistema immunitario pigro che hai."

Come la volta precedente, in qualche modo era

riuscito a farla sentire inferiore. Come osava chiamarla pigra? Mia vide rosso. "Scusa, ma il mio sistema immunitario funziona benissimo! Nessuno si ammala di polmonite a causa della pioggia al giorno d'oggi! E poi, perché te ne preoccupi? Che cosa ci fai qui, mi segui?"

"Esatto." La sua risposta era disinvolta e assolutamente indifferente.

Con la rabbia che si raffreddò immediatamente, Mia sentì nuovamente la paura attanagliarla. Deglutendo per inumidire la gola improvvisamente secca, riuscì a pronunciare una sola parola. "P-Perché?"

"Ah, eccoci qui." Una limousine nera li stava aspettando all'incrocio tra la West 4th e Broadway. Man mano che si avvicinavano, le portiere automatiche si aprirono, mostrando un interno color crema. Il cuore di Mia le saltò nella gola. Non sarebbe mai salita su una strana macchina con un K che aveva ammesso di seguirla.

Puntò i piedi e si preparò a urlare.

"Mia. Sali. In. Macchina." Quelle parole la colpirono come una frusta. Sembrava arrabbiato, con gli occhi sempre più gialli. La sua bocca, normalmente sensuale, appariva crudele tutto d'un tratto, sembrando fin troppo intransigente. "Non FARMELO ripetere."

Tremando come una foglia, Mia obbedì. Oh Dio, voleva solo sopravvivere, qualunque cosa il K avesse in serbo per lei. Improvvisamente, le vennero in mente tutte le storie dell'orrore che aveva sentito sugli invasori, rievocando le immagini dei raccapriccianti tumulti avvenuti durante il Grande Panico. Soffocò un singhiozzo, guardando Korum salire sulla limousine e chiudere l'ombrello. L'auto chiuse le portiere.

Korum premette il pulsante dell'interfono. "Roger, portaci a casa mia." Sembrava molto più calmo ora, con gli occhi che avevano riacquistato l'originale colore castano-dorato.

"Sì, signore." La risposta del conducente venne dal retro del divisorio che lo copriva completamente dalla visuale.

Roger? Era un nome umano, pensò Mia, disperata. Forse avrebbe potuto aiutarla, chiamare la polizia per lei o qualcosa del genere. Ma che cosa avrebbe potuto fare la polizia? Era impossibile arrestare un K. Per quanto Mia ne sapeva, erano al di sopra della legge umana. Praticamente avrebbe potuto farle tutto quello che voleva, e nessuno l'avrebbe fermato. Mia sentì le lacrime scorrerle lungo il viso bagnato, pensando al dolore dei suoi genitori, non appena avrebbero saputo che la loro figlia era scomparsa.

"Che cosa? Stai piangendo?" La voce di Korum aveva una nota di incredulità. "Che cos'hai, cinque anni?" La raggiunse, stringendole le braccia, e l'avvicinò a sé per fisarla. Al suo tocco, Mia cominciò a tremare ancora di più, con i singhiozzi che le uscivano dalla gola.

"Silenzio, ora. Non ce n'è bisogno. Shhh..." Mia si ritrovò improvvisamente ad essere cullata sul suo grembo, con il volto premuto su un grande torace. Continuando a singhiozzare, sentì vagamente un piacevole odore di vestiti puliti e di calda pelle maschile, mentre Korum muoveva la mano sulla sua schiena, con dei cerchi rilassanti. La stava trattando davvero come una bambina di cinque anni in lacrime per uno stupido errore, pensò, semi-isterica. Stranamente, il trattamento stava funzionando. Mia sentì la sua paura svanire, mentre la stringeva dolcemente con quelle braccia forti, solo per essere sostituita da un crescente senso di consapevolezza e da una calda sensazione interna. L'adrenalina amplificava l'attrazione, si rese conto con un particolare distacco, ricordando uno studio su quell'argomento durante il corso di psicologia.

Ancora sul suo grembo, riuscì a tirarsi su abbastanza da guardarlo negli occhi. Da vicino, era ancora più affascinante. La sua carnagione, una calda tonalità dorata leggermente più scura rispetto a quella della sua coinquilina, era impeccabile e sembrava scoppiare di salute. Delle folte ciglia nere circondavano quegli incredibili occhi chiari—incorniciati dalle sopracciglia scure.

"Mi farai del male?" Quella domanda le sfuggì prima di poter riflettere.

Il suo rapitore fece un sospiro sorprendentemente umano, sembrando esasperato. "Mia, ascoltami, non ti farò del male... Ok?" La guardò dritto negli occhi, e Mia non riuscì a distogliere lo sguardo, ipnotizzata dalle striature gialle nelle sue iridi. "Tutto quello che volevo era ripararti dalla pioggia e medicarti le ferite. Ti sto portando a casa mia perché è qui vicino, e posso fornirti l'assistenza medica e un cambio di vestiti. Non avevo intenzione di spaventarti, tanto meno di vederti in queste condizioni."

"Ma hai detto... hai detto che mi stavi seguendo!" Mia lo fissò, confusa.

"Sì. Perché ti ho trovata interessante al parco e volevo rivederti. Non perché voglio farti del male." Ora le stava accarezzando le braccia con un delicato movimento dall'alto in basso, come se stesse rassicurando un cavallo imbizzarrito.

A quell'ammissione, un'ondata di calore la attraversò. Era attratto da lei? La sua frequenza cardiaca si impennò di nuovo, questa volta per un motivo diverso.

C'era qualcos'altro che aveva bisogno di capire. "Mi hai costretta a salire in macchina..."

"Solo perché ti stavi comportando in maniera ostinata, rifiutando di ascoltare il buon senso. Eri bagnata e raffreddata. Non volevo perdere tempo a litigare sotto la pioggia, con una macchina calda davanti a noi." Se le cose stavano davvero così, le sue azioni sembravano molto umane.

"Ecco." Tirando fuori un fazzoletto da qualche parte, rimosse con cura le restanti lacrime sul suo viso e le diede un altro fazzoletto per asciugarsi il naso, guardandola divertito, mentre cercava di soffiarlo con la massima delicatezza possibile. "Ti senti meglio ora?"

Stranamente, si sentiva meglio. Forse le stava mentendo, ma perché avrebbe dovuto farlo? Avrebbe potuto farle qualunque cosa, quindi perché perdere tempo ad alleviare le sue paure? Con il terrore ormai scomparso, Mia si sentì improvvisamente esausta per tutte quelle emozioni sconvolgenti. Come se avesse percepito il suo stato d'animo, Korum la strinse a sé, premendola dolcemente contro il petto. Mia non si oppose. In qualche modo, seduta lì sul suo grembo, respirando quel profumo caldo e sentendone il calore del corpo, la ragazza non si sentiva così bene da tempo.

CAPITOLO TRE

"*E*ccoci qui. Benvenuta nella mia umile dimora."

Mia si guardò intorno con stupore, con lo sguardo concentrato sulle finestre alte fino al soffitto che si affacciavano sull'Hudson, sui pavimenti in legno luccicanti e sui lussuosi arredi color crema. Alcuni pezzi di arte moderna sulle pareti e le piante dall'aspetto lussureggiante vicino alle finestre conferivano un tono di buon gusto. Era l'appartamento più bello che avesse mai visto. E sembrava completamente umano.

"Vivi qui?" chiese con stupore.

"Solo quando vengo a New York."

Korum stava appendendo il cappotto all'armadio vicino alla porta. Era un'azione semplice e banale, ma in qualche modo i suoi movimenti erano troppo disinvolti per essere completamente umani. Ora indossava solo una maglietta azzurra e un paio di jeans.

Gli abiti abbracciavano il suo corpo slanciato e potente alla perfezione. Mia deglutì, rendendosi conto che lo splendido ambiente circostante impallidiva in confronto alla straordinaria creatura a cui apparteneva.

Come poteva permettersi quella casa? I K erano tutti ricchi? Quando la limousine si era fermata nel garage del parcheggio del più recente grattacielo di TriBeCa, Mia era rimasta scioccata, quando fu accompagnata verso un ascensore privato che li aveva condotti direttamente sull'attico. L'appartamento sembrava enorme, soprattutto per gli standard di Manhattan. Occupava l'intero piano superiore dell'edificio?

"Sì, l'appartamento occupa l'intero piano."

Mia arrossì, rendendosi conto che aveva dato voce alla domanda nella sua testa. "Uhm... è un bellissimo posto."

"Grazie. Siediti qui." La accompagnò verso un divano di pelle—ovviamente color crema. "Fammi vedere le mani."

Mia mostrò i palmi con esitazione, chiedendosi che cosa intendesse fare. Utilizzare il suo sangue per guarirle, come facevano i vampiri della narrativa popolare?

Invece di tagliarle il palmo o di fare qualcosa di vampiresco, Korum portò un sottile oggetto argentato sul suo palmo destro. Con la forma e lo spessore di una vecchia carta di credito di plastica, l'oggetto sembrava assolutamente innocuo. Cioè, finché non cominciò a emettere una soffusa luce rossa sulla sua mano. Non le provocò dolore, solo una piacevole sensazione calda, dove la luce toccava la sua pelle danneggiata. Mentre Mia guardava, i graffi cominciarono a svanire e a scomparire definitivamente, così come si cancellano i segni scritti a matita. Nel giro di due minuti, il palmo guarì completamente, come se non ci fosse mai stato niente. Mia toccò la zona con le dita. Nessun dolore.

"Wow. È straordinario." La ragazza sospirò forte, lasciandosi sfuggire un respiro che non sapeva nemmeno di trattenere. Naturalmente, sapeva che i K erano molto più avanzati dal punto di vista tecnologico, ma vedere quel miracolo con i propri occhi era davvero scioccante.

Korum ripeté il procedimento sull'altra mano. Entrambi i palmi dell'umana erano ormai completamente guariti, senza alcuna traccia di ferite.

"Uh... grazie." Mia non sapeva che cosa dire. Quella era la versione K di un cerotto oppure aveva appena effettuato una complicata procedura medica su di lei? Avrebbe dovuto pagarlo? E se le avesse detto di sì, avrebbe accettato l'assicurazione sanitaria studentesca? *Smettila, Mia! Sei ridicola!*

"Prego" rispose lui piano, tenendole delicatamente la mano sinistra. "Ora, togliamo quei vestiti bagnati."

Mia sollevò subito la testa, incredula. Sicuramente non poteva voler dire—

Prima che potesse dire qualcosa, Korum fece un sospiro esasperato. "Mia, intendevo davvero quello che ho detto, quando ho promesso che non ti avrei fatto del male. La mia definizione di male include lo stupro, nel caso pensassi che abbiamo qualche differenza culturale. Quindi, puoi rilassarti e smettere di saltare per ogni parola che dico."

"Mi dispiace, non volevo insinuare..." Mia avrebbe desiderato che il pavimento si aprisse e la ingoiasse. Ovviamente non l'avrebbe stuprata. Probabilmente non era nemmeno interessato a lei in quel senso. Perché avrebbe dovuto volere una piccola umana pallida e scheletrica, quando poteva avere una delle splendide donne K che aveva visto in TV? Non aveva mai detto di essere attratto da lei—solo che l'aveva trovata 'interessante.' Per quanto ne sapeva, poteva essere uno scienziato K che studiava la razza umana di New York—e aveva appena trovato un topo da laboratorio con i capelli ricci.

Facendo un altro sospiro, Korum si alzò con grazia dal divano, con ogni sua mossa carica di inumane doti atletiche. "Ecco, vieni con me."

Sentendosi ancora imbarazzata, Mia prestò a malapena attenzione all'ambiente circostante, mentre lui la conduceva lungo il corridoio. Tuttavia, non poté fare a meno di restare a bocca aperta, notando l'enorme bagno davanti a sé.

Il box doccia in vetro era più grande di tutto il suo bagno di casa, e una grossa Jacuzzi occupava il centro della stanza. L'intero bagno era color avorio e grigio, una combinazione insolita che tuttavia si abbinava bene in quel lussuoso ambiente. Due delle pareti erano ricoperte da specchi che andavano dal pavimento al soffitto, contribuendo all'atmosfera spaziosa. Anche lì c'erano delle piante, notò, confusa. Due piante dall'aspetto esotico con foglie rosse scure sembravano floride negli angoli, riuscendo a ricevere luce solare a sufficienza dal grande lucernario nel soffitto.

"Questi sono per te." Korum aprì una parte della parete di vetro facendola scorrere, e tirò fuori un grande asciugamano color avorio e un accappatoio dall'aspetto morbido. "Puoi fare una doccia calda e cambiarti; metterò i tuoi vestiti nell'asciugatrice."

Con un cenno del capo e un sussurrato ringraziamento, Mia accettò i due indumenti, guardando Korum uscire dalla stanza e chiudere la porta dietro di sé.

Un senso di irrealtà la attanagliò, fissando il lusso all'avanguardia intorno a lei. Non poteva essere vero. Forse era un sogno molto vivido? Sicuramente Mia Stalis di Ormond Beach, Florida, non poteva essere in un bagno adatto a un re, a fare una doccia calda dopo che un K l'aveva praticamente rapita per guarirle dei graffi insignificanti con un magico dispositivo alieno. Forse, se avesse sbattuto le palpebre un paio di volte, si sarebbe risvegliata nella sua stanza angusta dell'appartamento condiviso con Jessie.

Per verificare quella teoria, Mia chiuse gli occhi e li riaprì. No, era ancora lì, con l'asciugamano e l'accappatoio tra le braccia. Se quello era un sogno, allora era il più realistico che avesse mai fatto. Tanto valeva fare quella doccia—ora che l'emozione stava iniziando a svanire, sentiva il freddo dei suoi vestiti umidi nelle ossa.

Poggiando il peso sul bordo della Jacuzzi, Mia si avvicinò alla porta e la chiuse a chiave. Naturalmente, se Korum avesse davvero voluto entrare, era poco probabile che la fragile serratura lo avrebbe tenuto fuori. L'incredibile forza dei Krinar era stata scoperta fin dalle prime settimane dopo l'invasione, quando alcuni guerriglieri in Medio Oriente avevano teso un'imboscata a un piccolo gruppo di K, che aveva violato il Trattato di Coesistenza recentemente firmato. Il video dell'evento, filmato da un passante col suo iPhone, mostrava scene tratte da un film dell'orrore. La banda composta da oltre trenta Sauditi, armati di granate e fucili d'assalto automatici, non aveva avuto alcuna possibilità contro i sei K disarmati. Anche feriti, gli alieni si muovevano a una velocità superiore a quella di tutte le creature viventi conosciute sulla Terra, facendo letteralmente a pezzi gli aggressori a mani nude. Una scena particolarmente drammatica mostrava un K che lanciava in aria due uomini urlanti—uno per ogni mano. L'altezza esatta del lancio venne stabilita in seguito, ed era pari a circa venti metri. Naturalmente, gli uomini non erano sopravvissuti alla caduta. La pura violenza di quel combattimento—e alcuni incontri successivi nei giorni del Grande Panico—colpì la popolazione umana, che iniziò a credere alle voci sul vampirismo emerse qualche mese dopo. Con tutti i loro progressi tecnologici e l'apparente rispetto dell'ambiente, i K potevano essere brutali e violenti come qualsiasi altro vampiro delle leggende.

E aveva a che fare proprio con uno di loro. Uno che voleva guarirle dei trascurabili graffi e farle fare una doccia calda nello splendido attico. E metterle i vestiti nell'asciugatrice.

A quel pensiero, una risata isterica le sfuggì.

Naturalmente, forse gli piaceva che il suo bocconcino fosse pulito e profumato, ma in qualche modo Mia gli aveva creduto, quando le aveva detto che non voleva farle del male. Inoltre, poteva fare ben poco in quella situazione—tanto valeva smettere di agitarsi e approfittare della doccia più lussuosa della sua vita.

Togliendo i vestiti bagnati, Mia si guardò allo specchio. Perché era interessato a lei? Certo, era magra, cosa che era ancora in voga, ma sicuramente aveva le più belle donne di entrambe le specie ai suoi piedi. Nuda, Mia cercò di guardarsi oggettivamente e non attraverso gli occhi di un'adolescente imbarazzata. Lo specchio rifletteva una giovane donna esile, con seni piccoli, ma rotondi, fianchi sottili e una vita stretta. Il suo sedere era abbastanza formoso, considerando il resto del corpo. Nuda, non somigliava alla figura informe che sentiva sempre di essere con gli abiti larghi. Se fosse stata più alta, sarebbe stata addirittura carina. Tuttavia, la carnagione troppo chiara e i ricci indomabili che le incorniciavano il volto erano troppo crespi per poter essere considerata più che moderatamente carina o abbastanza bella.

Sospirando, Mia entrò nella doccia. Dopo una breve lotta con i comandi digitali, capì come funzionavano e presto poté godersi l'acqua calda che usciva da cinque direzioni diverse. Utilizzò anche il sapone, che aveva un profumo molto tenue, ma piacevole di qualcosa di tropicale.

Dieci minuti dopo, chiuse l'acqua con dispiacere e uscì dalla doccia, mettendo i piedi su un tappeto color avorio. Si asciugò con l'asciugamano che Korum le aveva dato tanto cortesemente, lo avvolse intorno ai capelli bagnati e indossò l'accappatoio—che, con sua sorpresa, era solo un po' troppo grande per lei. Doveva essere l'accappatoio di una donna, si rese conto con una spiacevole sensazione simile alla gelosia. *Non essere sciocca, Mia, certo che ha ospiti donne!* Una creatura così splendida non poteva essere single. Sicuramente aveva una fidanzata o una moglie.

Deglutì per sbarazzarsi di un'ostruzione nella gola che si era formata a quel pensiero. *Basta, Mia!* Non aveva idea di cosa volesse da lei, e non aveva alcun motivo di provare quelle sensazioni per un alieno proveniente dallo spazio che forse beveva sangue umano.

Avvicinandosi alla porta con i piedi nudi, Mia raccolse i vestiti dal pavimento. Erano bagnati e puzzolenti nelle sue mani, ed era felice di non indossarli più. Aprendo la porta con cautela, sbirciò nel corridoio, individuando un paio di pantofole grigie che Korum a quanto pareva aveva lasciato per lei.

Non c'era traccia dell'extraterrestre.

Infilando le pantofole, Mia lasciò il bagno e si diresse verso sinistra, sperando di tornare verso il salotto. L'ultima cosa che voleva era ritrovarsi nella sua camera da letto, anche se quel pensiero la faceva arrossire.

Era seduto sul divano, a guardare qualcosa nel suo palmo. Percependo la sua presenza, sollevò la testa e un sorriso gli illuminò lentamente il volto, vedendola lì in piedi, con un accappatoio troppo grande e un asciugamano disposto come un turbante sulla testa.

"Sei adorabile." La sua voce era bassa e in qualche modo intima, pur provenendo dall'altra parte della stanza, facendole contorcere le viscere in un modo stranamente sessuale. Oh Dio, che cosa voleva dire con quello? Era davvero interessato a lei? Mia era certa di essere diventata rossa come un pomodoro, mentre la sua frequenza cardiaca accelerò improvvisamente.

"Ah, grazie" mormorò, non riuscendo a trovare una risposta migliore. Era la sua immaginazione o gli occhi di Korum erano ancora più dorati?

"Ecco, dammi quelli." Prima che potesse ritrovare la compostezza, fu accanto a lei, prendendo i vestiti bagnati dalle sue braccia leggermente tremanti. "Siediti, e li metterò nell'asciugatrice."

Detto ciò, scomparve nel corridoio. Mia lo fissò, chiedendosi se dovesse preoccuparsi. Aveva detto che non le avrebbe fatto del male, ma avrebbe accettato un no come risposta, se fosse stato davvero interessato a lei sessualmente? E soprattutto, sarebbe riuscita a dire di no, visto come aveva reagito a lui finora?

Aveva sentito parlare di umani che facevano sesso con i K, quindi le due specie erano sicuramente compatibili in quel senso. Infatti, c'erano anche dei siti web in cui le persone che volevano fare sesso con i K pubblicavano annunci per attirarli. Alcuni degli annunci dovevano ricevere risposte, perché i siti web erano rimasti in attività. Mia aveva sempre pensato che quegli xenos—l'abbreviazione di xenofili, un termine dispregiativo per indicare i K-dipendenti—fossero pazzi. Certo, la maggior parte degli invasori erano molto belli, ma erano così lontani dall'essere umani che tanto valeva fare sesso con un gorilla; c'erano meno differenze tra il DNA umano e quello dei gorilla che tra quello umano e quello dei Krinar.

Eppure eccola lì, apparentemente molto attratta da un K.

Un minuto dopo, Korum tornò a mani vuote, interrompendo il flusso di pensieri di Mia. "I vestiti si stanno asciugando" le comunicò. "Hai fame? Posso preparare qualcosa da mangiare nel frattempo."

I K sapevano cucinare? Mia si rese conto di essere, effettivamente, affamata. Con tutte le emozioni che aveva vissuto nell'ultima ora, la ciambella che aveva mangiato a colazione sembrava molto lontana. Inoltre, cucinare e mangiare sembrava un modo molto innocuo per passare il tempo.

"Certo, sarebbe fantastico. Grazie."

"D'accordo, vieni con me in cucina, e preparerò qualcosa."

Con quella promessa, si avvicinò a una porta che lei non aveva notato prima e l'aprì, rivelando una grande cucina. Come il resto dell'attico, era straordinaria. Lucidi elettrodomestici in acciaio inossidabile, pavimenti in marmo nero e avorio e controsoffitti smaltati in nero lava popolavano lo spazio, in un aspetto quasi futuristico. Dal soffitto vicino alle finestre pendevano delle piante a foglia larga contenute in vasi d'argento, che sembravano stare al posto giusto in un ambiente altrimenti troppo sterile.

"Che ne dici di un'insalata e di un panino vegetariano?" Korum stava già aprendo il frigorifero, che sembrava l'ultima versione dell'iZero—un frigorifero intelligente creato congiuntamente da Apple e Sub-Zero qualche anno prima.

"Sarebbe straordinario, grazie" rispose Mia, con aria assente, continuando a studiare l'ambiente circostante. Qualcosa la tormentava, un'ovvia domanda che richiedeva una risposta.

Improvvisamente, capì di cosa si trattasse.

"La tua casa ha solo la nostra tecnologia all'interno" esclamò Mia. "Beh, tranne il piccolo strumento di guarigione che hai usato su di me. Tutti questi elettrodomestici, tutta la nostra tecnologia—deve sembrarvi primitiva. Perché la usate al posto della vostra?"

Korum sorrise, mostrando nuovamente la fossetta sulla guancia sinistra, e si avvicinò al lavandino per sciacquare la lattuga. "Mi piace provare cose diverse. Gran parte della vostra tecnologia è davvero ingegnosa, considerati i vostri limiti. E, per usare uno dei vostri proverbi, Paese che vai..."

"Quindi, stai praticamente esplorando la vita nei

bassifondi" concluse Mia. "Vivendo con i primitivi, utilizzando i loro strumenti rudimentali—"

"Se vuoi metterla così..."

Cominciò a tagliare le verdure, muovendo le mani più velocemente di uno chef professionista. Mia lo fissava affascinata, colpita dall'incongruenza di una creatura proveniente dallo spazio che preparava un'insalata. Tutti i suoi movimenti erano fluidi ed eleganti—e in qualche modo molto inumani.

"Che cosa mangiate normalmente su Krina?" gli chiese, improvvisamente molto curiosa. "La vostra dieta è molto diversa dalla nostra?"

Alzò lo sguardo e le sorrise. "È diversa per certi versi, ma molto simile per altri. Siamo onnivori come voi, ma prediligiamo i cibi vegetali nella nostra dieta. C'è una grande varietà di piante commestibili su Krina —più che qui sulla Terra. Alcune delle nostre piante contengono molte calorie e hanno un sapore molto ricco, quindi non abbiamo mai sviluppato il gusto per la carne che gli umani sembrano aver acquisito di recente."

Mia sbatté le palpebre, sorpresa. C'era qualcosa di predatorio nel modo in cui si muoveva— nel modo in cui tutti i K si muovevano. Le loro velocità e forza, così come la violenza che avevano mostrato, non avevano senso per una specie principalmente erbivora. Quindi, dopotutto, le voci sulla loro natura vampiresca dovevano essere vere. Se non cacciavano gli animali per la loro carne, allora come avevano fatto a sviluppare tratti simili ai cacciatori?

Voleva chiederglielo, ma aveva la sensazione di non voler conoscere la risposta. Se la sua specie vedeva davvero gli esseri umani come prede, probabilmente era meglio non ricordarglielo, quando era sola con lui nella sua tana.

Mia decise di provare con un argomento più sicuro. "Quindi, è per questo che enfatizzate così tanto i cibi vegetali per noi? Perché vi piacciono?"

Scosse la testa, continuando a sminuzzare. "Non esattamente. La nostra principale preoccupazione era l'abuso di risorse del vostro pianeta. La vostra malsana dipendenza dai prodotti animali stava distruggendo l'ambiente a un ritmo troppo elevato, e non volevamo assistere a una cosa del genere."

Mia si strinse nelle spalle, non essendo particolarmente ecologista. Dato che lui era così accomodante, però, decise di continuare con le domande di prima. "È per questo che sei qui a New York? Per sperimentare qualcosa di diverso?"

"Tra gli altri motivi." Accese il forno e posizionò zucchine affettate, melanzane, peperoni e pomodori su un vassoio all'interno.

Che cosa frustrante. Era evasivo, e a Mia questo non piaceva nemmeno un po'. Decise di cambiare atteggiamento. "Che cosa ti ha spinto a venire sulla Terra? Sei un soldato, uno scienziato o fai qualcosa di diverso..." La sua voce si affievolì in modo teatrale.

"Perché mi stai chiedendo della mia occupazione?" Sembrava che le stesse di nuovo ridendo in faccia.

Mia sentì i peli del collo rizzarsi. "Perché sì. Sono informazioni riservate?"

Lui piegò la testa all'indietro e scoppiò a ridere. "Solo per le ragazzine curiose." Mia lo fissò con un'espressione impietrita. Continuando a ridere, le rivelò: "Sono un ingegnere. La mia azienda ha progettato le astronavi che ci hanno portato qui."

"Le astronavi che vi hanno portato qui? Ma credevo che i Krinar avessero visitato la Terra migliaia di anni prima di venire qui ufficialmente." Questa era stata una delle rivelazioni più eclatanti degli invasori—il fatto che avessero osservato gli umani e che avessero vissuto in mezzo a loro molto prima del K-Day.

Lui annuì, continuando a sorridere. "È vero. Abbiamo visitato la Terra molto tempo fa. Tuttavia, viaggiare verso la Terra è sempre stato un compito pericoloso—come i viaggi nello spazio in generale— quindi, solo alcuni individui intrepidi ci provavano di tanto in tanto. È solo negli ultimi cento anni che abbiamo perfezionato la tecnologia per i viaggi più veloci della luce, e che la mia azienda è riuscita a costruire astronavi in grado di trasportare in modo sicuro migliaia di civili in questa parte di universo."

Interessante. Non l'aveva mai sentito prima. Le stava dicendo qualcosa che nessun altro sapeva? Determinata e insopportabilmente curiosa, Mia continuò con le domande. "Quindi, *sei* stato sulla Terra prima del K-Day?" gli chiese, guardandolo, affascinata.

Lui scrollò le spalle—un gesto umano

apparentemente utilizzato anche dai K. "Un paio di volte."

"È vero che tutti i nostri avvistamenti UFO si basano su effettive interazioni con i Krinar?"

Sorrise. "No, quelle erano più che altro sonde atmosferiche e aerei segreti testati dai vostri governi. Meno dell'un percento di quelle visioni possono essere attribuite a noi."

"E i miti greci e romani?" Mia aveva letto le recenti speculazioni sul fatto che i Krinar potessero essere adorati come divinità nell'antichità, dando origine alle religioni politeiste greche e romane. Naturalmente, ancora oggi, alcuni gruppi religiosi riconoscevano i K come i veri creatori dell'umanità, dando vita a un movimento completamente nuovo dedicato alla venerazione e all'emulazione degli invasori. I Krinari, come si facevano chiamare questi adoratori dei K, cercavano ogni occasione per interagire con gli esseri che consideravano degli dei in carne ed ossa, credendo che così facendo avrebbero avuto maggiori probabilità di reincarnazione come K. Le Tre Grandi Religioni—Cristianesimo, Islam ed Ebraismo—avevano reagito in modo molto diverso, rifiutandosi di accettare che i K fossero in qualche modo responsabili dell'origine della vita sulla Terra. Alcune fazioni religiose più estremiste avevano persino dichiarato che i Krinar fossero dei demoni e sostenevano che il loro arrivo facesse parte della profezia sulla fine del mondo. Molte persone, tuttavia, avevano accettato gli alieni per quello che erano—

un'antica specie altamente avanzata che aveva inviato il DNA da Krina alla Terra, dando così inizio alla vita su questo pianeta.

"Quelli *erano* basati sui Krinar" confermò Korum. "Qualche migliaio di anni fa, un piccolo gruppo di scienziati, mandato qui per studiare e osservare, rimase eccessivamente coinvolto negli affari umani—al punto tale da trattenersi per altri centinaia di anni. Alla fine, furono costretti a tornare su Krina, quando divenne evidente che stavano intenzionalmente approfittando dell'ignoranza umana."

Prima che Mia avesse la possibilità di metabolizzare quelle informazioni, il forno emise un breve segnale acustico per avvisare che il cibo era pronto.

"Ah, ecco." Korum tirò fuori le verdure cotte e le versò su una marinata che era riuscito a preparare durante la loro conversazione. Poggiando una grande insalata al centro del tavolo, ne prese una porzione considerevole e la mise nel piatto di Mia. "Possiamo cominciare con questa, mentre le verdure marinano."

Mia affondò la forchetta nell'insalata, trattenendo un'inappropriata risata al pensiero di mangiare letteralmente il cibo degli dei—o per lo meno il cibo preparato da qualcuno che era stato adorato come un dio un paio di migliaia di anni fa. L'insalata era deliziosa—lattuga fresca, avocado cremoso, peperoni croccanti e pomodori dolci mescolati con un condimento a base di limone leggermente aspro. O era affamatissima o quella era l'insalata migliore che avesse assaggiato da tempo. Negli ultimi anni, aveva imparato a tollerarla per necessità, ma quell'insalata le piaceva davvero.

"Grazie, è deliziosa" mormorò, con la bocca piena di insalata.

"Prego." Anche lui aveva affondato la forchetta, godendosi il pasto. Per un po', ci fu solo il rumore di loro due che masticavano avvolti dal silenzio. Dopo aver finito la propria porzione—mangiava anche più velocemente del normale, notò Mia—Korum si alzò per preparare i panini.

Due minuti dopo, Mia si ritrovò davanti un bel panino. Il pane scuro e croccante sembrava essere stato appena sfornato, e le verdure sembravano tenere ed erano state condite con qualche spezia all'arancia. Mia prese la sua porzione e l'assaggiò, quasi soffocando un gemito di godimento. Il sapore era ancora migliore dell'aspetto.

"È squisito. Dove hai imparato a cucinare così bene?" gli chiese con curiosità, dopo aver ingoiato il quinto boccone.

Lui scrollò le spalle, finendo il suo panino più grande. "Mi piace preparare i pasti. La cottura è solo una parte del procedimento. Mi piace anche mangiare, quindi è utile saper preparare cibi buoni."

Aveva senso per lei. Mia inghiottì l'ultimo boccone, e si leccò il dito per prendere il resto della deliziosa marinata. Sollevando la testa, improvvisamente si bloccò, notando lo sguardo sul volto di Korum.

Le stava fissando la bocca con quella che sembrava una fame vorace, con gli occhi che si fecero più dorati.

"Rifallo" le ordinò piano, con la voce simile a un basso ringhio dall'altra parte del tavolo.

Il cuore di Mia saltò un battito.

L'atmosfera era diventata improvvisamente pesante e intensamente sessuale, e non sapeva cosa fare. La vulnerabilità della sua situazione la innervosiva. Era completamente nuda sotto l'accappatoio. Tutto ciò che Korum avrebbe dovuto fare era tirarle la debole cintura che teneva l'indumento, e il suo corpo sarebbe stato pienamente in mostra. Non che i vestiti le avrebbero garantito una protezione migliore davanti a un K—o a un maschio umano, date le sue dimensioni—ma indossare solo un accappatoio, la faceva sentire molto più esposta.

Alzandosi lentamente, si allontanò dal tavolo. Con il battito del cuore che le rimbombava nelle orecchie, Mia disse nervosamente: "Grazie per il pasto, ma devo proprio andare ora. Pensi che i miei vestiti si siano asciugati?"

Per un attimo, Korum non rispose, continuando a guardarla con quell'espressione incredibilmente voluttuosa. Poi, come se fosse giunto a una decisione, le sorrise lentamente e si alzò. "Dovrebbero essere pronti ormai. Perché non metti i piatti nella lavastoviglie, mentre vado a controllare?"

Mia annuì, temendo che le avrebbe tremato la voce, se avesse pronunciato qualche parola. Le sue gambe sembravano degli spaghetti scotti, ma cominciò a radunare i piatti. L'alieno continuò a sorriderle in segno di approvazione e uscì dalla stanza, lasciando Mia da sola a recuperare la compostezza.

Quando tornò, con le braccia cariche di vestiti asciutti, Mia era riuscita a convincersi che aveva reagito in maniera eccessiva a un'osservazione potenzialmente innocua. Molto probabilmente, la sua immaginazione stava galoppando, vedendo insinuazioni sessuali dove non ce n'erano. Vista l'apparente passione dell'extraterrestre per la tecnologia e lo stile di vita umani, non era sorprendente che trovasse interessante anche un'umana—forse addirittura carina in qualcosa— nello stesso modo in cui Mia trovava interessanti e carini gli animali dello zoo.

Sentendosi male per il precedente imbarazzo, Mia sorrise a Korum, che le porse gli abiti. "Grazie per averli asciugati—ti ringrazio."

"Nessun problema. È stato un piacere." Ricambiò il sorriso, ma c'era un accenno di qualcosa di leggermente inquietante nell'occhiata che le aveva rivolto.

"Se non ti dispiace, vado a cambiarmi." Sentendosi ancora inspiegabilmente nervosa, Mia si voltò verso l'uscita della cucina.

"Certo. Ti ricordi la strada per il bagno? Puoi cambiarti lì." Indicò il corridoio, guardandola con un sorrisetto, mentre lei si allontanò, riconoscente.

CHIUDENDO a chiave la porta del bagno, Mia si affrettò

a cambiarsi, indossando i suoi abiti brutti—e piacevolmente caldi, dopo essere stati messi ad asciugare. In qualche modo, era riuscito ad asciugarle anche gli Ugg, si accorse Mia, tirandoli su. Sentendosi molto meglio, tolse l'asciugamano dai capelli, che ormai erano sono leggermente umidi, e lasciò che i ricci finissero di asciugarsi. Poi, pensando di essere più pronta che mai, lasciò la sicurezza del bagno e tornò nel salotto per affrontare Korum e il suo ambiguo atteggiamento.

Era nuovamente seduto sul divano, ad analizzare qualcosa nel palmo. Sembrava tutto preso, così Mia si schiarì la gola per avvisarlo della sua presenza.

A quel suono, alzò lo sguardo con un misterioso sorriso. "Eccoti, tutta carina e asciutta."

"Ah, sì, grazie." Sentendosi a disagio, Mia si spostò da un piede all'altro. "E grazie ancora per la tua ospitalità. Devo proprio andare ora, cercare di scrivere il saggio e finire i lavori domestici..."

"Certo, ti porterò ovunque desideri." Si alzò con un movimento disinvolto, dirigendosi verso l'armadio.

"Oh no, non ce n'è bisogno" protestò Mia. "Davvero, non ho problemi a prendere la metropolitana. Ha smesso di piovere, quindi andrà tutto bene."

Le rivolse un'occhiata incredula. "Ho detto che ti porterò ovunque desideri." Il suo tono non lasciava spazio ad alcuna obiezione.

Mia decise di non discutere. Non le succedeva tutti i giorni di andare in giro in limousine. Dal momento che Korum era così determinato a darle un passaggio, tanto valeva approfittare dell'esperienza. Così, rimase in silenzio e lo seguì, mentre lui entrò in un elegante ascensore e premette il pulsante per il piano terra.

Roger e la sua limousine li stavano già aspettando davanti all'edificio. Le portiere si aprirono man mano che si avvicinavano, e Korum attese gentilmente che Mia salisse prima di entrare anche lui. La ragazza si chiese dove avesse appreso tutti quei gesti umani così educati. Dubitava che il "prima le signore" fosse un'usanza universale.

"Dove vuoi andare?" domandò, sedendosi accanto a lei.

Mia rifletté un attimo. Per quanto avrebbe voluto correre a casa e riferire a Jessie dell'incredibile incontro, la scadenza per la consegna del saggio si stava avvicinando. Doveva andare in biblioteca. Sperava solo di potersi togliere dalla mente gli eventi di quella giornata per qualche ora o comunque abbastanza da riuscire a scrivere quel maledetto saggio. "La Biblioteca Bobst, per favore, se non è un problema" disse con esitazione.

"Non è affatto un problema" la rassicurò, premendo il pulsante dell'interfono e trasmettendo le istruzioni a Roger.

Seduta nella limousine, Mia diventò sempre più consapevole del grosso corpo caldo di Korum, a meno di un metro da lei. Il fisico reagì alla sua vicinanza senza riserve.

Era un esemplare maschile incredibilmente bello per gli standard di chiunque, pensò Mia con un distacco quasi analitico. Doveva essere alto poco più di un metro e ottanta, e sembrava abbastanza muscoloso, a giudicare da come gli aderiva la maglietta. Con quello straordinario colorito, era l'uomo più bello che avesse mai visto, nella vita reale o in TV. Non c'era da meravigliarsi che avesse un effetto simile su di lei, si disse—qualsiasi donna avrebbe provato le stesse sensazioni. Comprendere la logica alla base della sua attrazione verso di lui, tuttavia, non ne diminuiva la potenza nemmeno un po'.

"Allora, Mia, parlami di te." L'affermazione dell'alieno interruppe i suoi pensieri.

"Uhm, ok." Per qualche ragione, quella domanda l'aveva sconvolta. "Che cosa vuoi sapere?"

Lui scrollò le spalle e sorrise. "Qualunque cosa."

"Beh, sono al terzo anno alla NYU, mi sto specializzando in psicologia" cominciò a dire Mia, sperando di non balbettare. "Sono nata in una piccola città della Florida e sono venuta a New York per studiare."

La fermò, scuotendo la testa. "So già tutto questo. Dimmi qualcosa in più delle informazioni di base."

Mia lo guardò in stato di shock, sentendosi improvvisamente come un coniglio braccato. Con una calma sorprendente, domandò: "Come fai a sapere tutto questo?"

"Nello stesso modo in cui sapevo dove ti avrei trovata oggi. È molto facile reperire informazioni sugli umani, soprattutto su quelli che non hanno niente da nascondere." Sorrise, come se non avesse appena infranto tutte le illusioni di Mia sulla privacy.

"Ma perché?" La ragazza non poteva più trattenere la domanda che l'aveva tormentata negli ultimi due giorni. "Perché sei così interessato a me? Perché stai facendo tutto questo?" Agitò la mano, indicando la limousine e tutto quello che aveva fatto finora.

La fissò, con lo sguardo quasi ipnotizzante per l'intensità. "Perché voglio scoparti, Mia. È questo che avevi paura di sentirti dire? È per questo che sembri sempre così spaventata?" Senza concederle la possibilità di riprendere fiato, continuò con lo stesso tono derisorio. "Beh, è vero. Le cose stanno così. Non so perché, ma hai attirato la mia attenzione ieri, seduta lì su quella panchina con i capelli ricci e gli occhioni azzurri, così terrorizzata quando ho incrociato il tuo sguardo. Non sei affatto il mio tipo. Di solito non mi piacciono le ragazzine spaventate, soprattutto quelle umane, ma tu"—allungò la mano destra per accarezzarle delicatamente la guancia—"mi hai fatto venir voglia di spogliarti proprio lì in mezzo a quel parco, per vedere cosa si nascondesse sotto quei brutti abiti. Ho dovuto far appello a tutta la mia forza di volontà per lasciarti andare, e, quando ti sei leccata il dito in quel modo nella mia cucina, ho dovuto trattenermi per evitare di toglierti l'accappatoio e affondare tra le tue cosce sul tavolo della cucina."

Il suo tocco sembrò bruciarla nella sua scia, quando le sistemò una ciocca di capelli dietro l'orecchio e le strofinò delicatamente le nocche sulle labbra. "Ma non sono uno stupratore. E questo è esattamente quello che sarebbe ora—uno stupro—perché sei così spaventata da me e dalla tua sessualità." Avvicinandosi, mormorò dolcemente: "So che mi vuoi, Mia. Vedo l'eccitazione sulle tue graziose guance rosse, e la sento dal profumo della tua biancheria intima. So che i tuoi piccoli capezzoli sono duri adesso, e che sei bagnata mentre parliamo, con il corpo che si lubrifica nell'attesa della mia penetrazione. Se ti prendessi in questo momento, ti piacerebbe, dopo aver superato la paura e il dolore per la perdita della verginità—sì, so anche questo—ma aspetterò che ti abitui all'idea di essere mia. Non farmi aspettare troppo però—mi è rimasta poca pazienza."

CAPITOLO QUATTRO

Mia ricordava a stento il resto del tragitto.

A un certo punto, nei minuti successivi, la limousine si era fermata davanti alla Biblioteca Bobst e Korum le aveva aperto cortesemente la portiera, porgendole lo zaino. Poi, le aveva strofinato delicatamente le labbra sulla guancia, come se si stesse separando da una sorella, e l'aveva lasciata davanti all'imponente edificio della biblioteca.

Agendo senza pensare, Mia si ritrovò all'interno, seduta su una delle poltrone che erano il suo posto preferito per studiare. Tirò fuori il Mac e lo poggiò sul tavolino, notando con un certo interesse che le tremava la mano e che le unghie avevano una lieve tonalità bluastra. Sentiva anche freddo nel profondo di se stessa.

Era in stato di shock, si rese conto Mia. Doveva essere in uno stato di lieve shock.

Per qualche motivo, questo la infastidiva. Sì, si sentiva come se lui l'avesse spogliata con le parole in macchina, lasciandola nuda e vulnerabile. Sì, se avesse riflettuto a fondo sul significato delle sue ultime parole, probabilmente avrebbe iniziato a correre e a urlare. Ma non era una fanciulla vittoriana—nonostante la mancanza di esperienza—e rifiutò di lasciare che alcune frasi esplicite la mandassero in crisi.

Alzandosi con risolutezza, Mia lasciò lo zaino sulla sedia come segnaposto—nessuno avrebbe rubato un computer così vecchio—e si diresse verso il bar per bere qualcosa di caldo. Lungo la strada, si fermò per andare al bagno. Spruzzando dell'acqua calda sul viso nel tentativo di riconquistare l'equilibrio, Mia rivolse involontariamente un'occhiata allo specchio. Il solito viso pallido che la fissava era leggermente diverso—in qualche modo più dolce e più bello. Le sue labbra sembravano più carnose, anche se leggermente gonfie nel punto in cui le aveva toccate. Gli occhi erano più brillanti, ed era apparso un leggero colorito sulle guance.

Korum aveva ragione, pensò Mia. Si era eccitata in auto, con quelle parole che l'avevano portata quasi all'orgasmo—nonostante lo shock e la paura. Ma preferiva evitare di analizzare la situazione troppo a fondo. Persino ora, sentiva l'umidità residua nella biancheria intima e provava una leggera sensazione pulsante nelle profondità del sesso, ogni volta che ripensava a quel viaggio in limousine.

Facendo un respiro profondo, Mia raddrizzò le

spalle e uscì dal bagno. La vita sessuale in tutte le sue manifestazioni extraterrestri avrebbe dovuto aspettare fin quando il saggio non fosse stato presentato.

Le sue priorità erano due in quel momento—un caffè extra lungo e poche ore di qualità ininterrotta con il Mac.

~

IL SUONO del campanello della porta e un eccitato grido da parte della coinquilina svegliarono Mia dodici minuti prima della sveglia.

Gemendo, si rotolò nel letto e mise il cuscino sopra la testa, sperando che la fonte del rumore se ne andasse e le permettesse di godere dei restanti minuti di sonno prezioso.

Era tornata a casa alle tre di mattina, dopo aver finalmente completato quel maledetto saggio. Purtroppo, lunedì avrebbe avuto una lezione alle nove del mattino, il che significava che avrebbe avuto meno di cinque ore di sonno quella notte. Tuttavia, il suo cervello sovraffaticato aveva rifiutato di abbandonare gli eventi del giorno, con sogni oscuri ed erotici che le interruppero il sonno—sogni in cui vedeva il suo viso, sentiva il suo tocco bruciarle la pelle, sentiva la sua voce prometterle sia dolore che estasi.

Ed ora, non riusciva a godersi nemmeno pochi momenti di sereno riposo, dato che Jessie a quanto pareva non riusciva a trattenere l'emozione per qualunque cosa fosse arrivata alla porta.

"Mia! Mia! Indovina un po'?" Jessie stava praticamente cantando, mentre bussava alla porta della camera di Mia.

"Sto dormendo!" ringhiò Mia, desiderando dare un cazzotto a Jessie per la prima volta in vita sua.

"Oh, andiamo, so che la tua sveglia sta per suonare. Alzati, Bella Addormentata, e va' a vedere cosa ti ha portato il Principe Azzurro!"

Mia si mise a sedere sul letto, dimenticando la sonnolenza. "Di cosa stai parlando?" Saltando giù, aprì la porta, guardando con occhi sgranati la compagna di stanza, sfacciatamente allegra e contenta.

"Quello!" Con un enorme sorriso emozionato, Jessie fece un gesto verso il grande vaso di fiori rosa e bianchi che occupava il centro del tavolo della cucina. "Il ragazzo delle consegne è appena arrivato e ha portato questo. Guarda, c'è anche un bigliettino! Sai chi l'ha inviato? C'è qualche ammiratore segreto di cui non mi hai parlato?"

Mia sentì un brivido improvviso, mentre il battito cardiaco accelerò. Avvicinandosi al tavolo, prese il bigliettino e lo aprì con trepidazione. Il suo contenuto —scritto in un inglese elegante, ma chiaramente maschile—era semplice:

Stasera, alle 19:00. Verrò a prenderti. Indossa qualcosa di bello.

Con la mano leggermente tremante, Mia poggiò il bigliettino. Per qualche motivo, non aveva pensato che lui avrebbe voluto rivederla così presto, tanto meno passare a prenderla a casa sua.

"Allora? Non tenermi sulle spine!" Non potendo più aspettare, Jessie afferrò il bigliettino e lo lesse. "Ooh, che cos'è? Un appuntamento?"

Mia cominciò a sentire un palpitante mal di testa. "Non esattamente" disse, stanca. "Lasciami preparare per la lezione, e ne parleremo lungo il tragitto."

Dieci minuti dopo, Mia afferrò una barretta per la colazione e uscì dalla porta insieme a Jessie, che a quel punto stava quasi per scoppiare dalla curiosità. Sospirando, Mia le raccontò una versione abbreviata della storia, tralasciando alcuni particolari che riteneva troppo privati per poter essere condivisi—come le parole esatte di Korum e la sua reazione a lui.

"Oh mio Dio." Il viso di Jessie rifletteva una terrorizzata incredulità. "E adesso vuole rivederti? Mia —è terribile, davvero terribile."

"Lo so."

"Non posso credere che ti abbia apertamente detto che intende fare sesso con te." Jessie si stava torcendo le mani per il disagio. "E se non ti presentassi stasera—se andassi in biblioteca o qualcosa del genere?"

"Sono abbastanza certa che riuscirebbe a trovarmi. Lo ha già fatto. E non ho idea di cosa farebbe, se si arrabbiasse."

Jessie sgranò gli occhi. "Credi che ti farebbe del male?" chiese con voce tirata.

Mia rifletté per alcuni secondi. Finora, tutte le sue azioni verso di lei erano state… premurose, in mancanza di una parola migliore. Forse era stata tutta una recita, ovviamente, ma in qualche modo dubitava che le avrebbe fatto del male fisico.

"Non credo" disse lentamente. "Ma non so di cosa possa essere capace."

"Ad esempio?"

"Beh, è proprio questo il punto—non lo so." Mia si tirò nervosamente un lungo ricciolo. "Sicuramente non sta seguendo le normali regole di frequentazione. Voglio dire, ieri mi ha praticamente rapita in mezzo alla strada..."

"E se tornassi a casa in Florida?" Jessie ovviamente era alla disperata ricerca di una soluzione.

"Mi sembrerebbe una reazione eccessiva. Inoltre, siamo a metà del semestre. Non potrò andare da nessuna parte prima dell'arrivo dell'estate."

"Cazzo." Jessie sembrò confusa per un attimo. "Beh, allora digli di no, quando si presenterà stasera. Pensi che ti costringerà ad andare con lui lo stesso?"

"Non ne ho idea" rispose Mia, fermandosi davanti all'edificio che era la sua destinazione. "Dovrò rifletterci. Forse se sarò particolarmente brutta stasera, perderà l'interesse."

"Questa è un'ottima idea!" Jessie batté le mani dall'emozione. "Vuole che indossi qualcosa di bello stasera? Beh, fagli vedere! Presentati con i vestiti più brutti che hai, mangia aglio fresco e cipolla, metti un po' d'olio sui capelli, in modo da farli sembrare grassi; magari fa' qualcosa che ti faccia sudare—come una corsa—e non farti la doccia; evita anche di mettere il deodorante!"

Mia fissò la coinquilina, affascinata. "Sei straordinaria. Come ti è venuto in mente tutto questo? Non è da te cercare di allontanare i ragazzi."

"Oh, è facile. Basta pensare a tutte le cose che faresti per prepararti a un appuntamento—e fare esattamente il contrario." Jessie agitò leggermente una mano con un'espressione talmente da saputella che Mia non poté fare a meno di scoppiare a ridere.

ALLE SEI, Mia iniziò ad attuare il piano di Jessie. La sua compagna di stanza moriva dalla voglia di vedere il suo primo K e sostenere moralmente Mia, ma aveva un laboratorio di biologia a cui non poteva proprio mancare. Mia era felice di quello. Mettere in pericolo Jessie era l'ultima cosa che voleva.

Cominciò a fare salti, flessioni e addominali. Nel giro di quindici minuti, i muscoli della gamba e dello stomaco—poco abituati a tutto quello sforzo— cominciarono a bruciare, e Mia si ritrovò ad essere coperta da un sottile strato di sudore. Senza preoccuparsi di fare una doccia, indossò le mutandine più logore, un paio di calze spesse e marroni che sua sorella disprezzava, e un abito nero a maniche lunghe che secondo Jessie la faceva sembrare assolutamente informe. Un paio di vecchie Mary-Janes nere con tacchi medi, usurate e rovinate, completavano il look. Niente trucco, ad eccezione di una leggera spolverata di ombretto blu scuro, sotto gli occhi, per imitare le occhiaie. I capelli sembravano già una massa incolta, ma Mia li spazzolò e aggiunse il balsamo solo sulle radici, lasciando che le punte andassero in ogni direzione. E per finire, tagliò un intero spicchio d'aglio, mescolandolo alla cipolla verde, e li masticò con cura, assicurandosi che la fetida miscela raggiungesse ogni angolo della bocca, prima di sputarli. Soddisfatta, diede un'ultima occhiata allo specchio. Come immaginava, aveva un aspetto orribile—sembrava una vecchia zitella pazza—e probabilmente puzzava molto di più. Se Korum fosse stato ancora interessato a lei dopo quella sera, ne sarebbe rimasta molto sorpresa.

Quando il campanello suonò, alle sette in punto, Mia indossò il vecchio cappotto di lana e aprì la porta con un mix di trepidazione e gioia appena contenuta.

La vista che l'accolse era mozzafiato.

In qualche modo, nel giro di una giornata, Mia era riuscita a dimenticare quanto fosse bello. Con un paio di jeans scuri e una camicia color grigio chiaro che evidenziava il suo fisico alto e muscoloso, emanava salute e vitalità, con la carnagione abbronzata e i lucenti capelli neri in netto contrasto con quegli incredibili occhi color ambra. Mia si sentì improvvisamente imbarazzata per il suo aspetto sudicio.

Vedendola, Korum separò le labbra per un sorrisetto. "Ah, Mia. Immaginavo che non mi avresti facilitato le cose."

"Non so di cosa stai parlando" disse Mia in modo sfacciato, sollevando il mento.

"Mi fa piacere che tu abbia deciso di giocare a questo gioco." Alzò la mano e le accarezzò la guancia, provocandole un brivido di piacere indesiderato lungo la schiena. "Renderà la tua resa molto più dolce."

Continuando a sorridere, le offrì gentilmente il braccio. "Pronta per andare?"

Furiosa, Mia ignorò la sua offerta, scendendo le scale da sola. *Idiota!* Avrebbe dovuto immaginare che lui avrebbe preso il suo aspetto volontariamente brutto come una sfida. Con quel fisico e tutta quella ricchezza, probabilmente le donne gli cadevano ai piedi. Forse trovava addirittura divertente che qualcuna non andasse subito a letto con lui. Forse avrebbe dovuto farlo. Se gli piaceva l'inseguimento, allora avrebbe perso l'interesse molto rapidamente, se avesse ottenuto quello che voleva.

La limousine li stava aspettando. "Dove stiamo andando?" chiese Mia, domandandoselo per la prima volta.

"Percival" rispose Korum, aprendo la portiera per lei. Il luogo che aveva menzionato era un famoso ristorante del Meatpacking District, in cui era difficile cenare, anche il lunedì sera.

Mia imprecò mentalmente. Un conto era sembrare repellente per Korum—uno sforzo inutile, a quanto pareva—un altro era andare in giro per il quartiere più alla moda e più trendy di New York sembrando e puzzando come un senzatetto. Tuttavia, avrebbe preferito morire di imbarazzo che dare a Korum la soddisfazione di sapere come si sentisse infastidita.

Salì in macchina e si sedette accanto a lei. Raggiungendola, le prese una mano e la poggiò sul grembo, studiandole il palmo e le dita, affascinato. La sua mano sembrava piccola nella sua forte presa, con la carnagione dorata che sembrava molto più scura rispetto al suo pallore, creando un contrasto sorprendentemente erotico. Mia tentò di ritrarre la mano, cercando di ignorare le sensazioni che quel tocco le stava provocando alle zone inferiori. Le tenne la mano abbastanza a lungo da farle capire la futilità dei suoi tentativi di liberarsene, e poi la lasciò andare con un sorrisetto.

Era strano, pensò Mia, che avesse smesso di aver paura di lui. In un certo senso, sapere delle sue intenzioni verso di lei—per quanto fossero rozze e basse—la tranquillizzava. La ragazza spaventata seduta in quella macchina il giorno prima non avrebbe mai osato opporsi in alcun modo per paura di una sconosciuta vendetta. Ma non si faceva più quei problemi, e stranamente quello era liberatorio.

Un minuto dopo, la limousine si fermò davanti alla porta del ristorante. Korum scese per primo e Mia lo seguì, notando con mortificazione le occhiate che ricevevano dalle donne e dagli uomini ben vestiti. Un bellissimo K in limousine doveva attirare l'attenzione, e Mia era certa che si stessero facendo mille domande sulla sua trasandata compagna.

Una cameriera alta e magra li accolse alla porta. Senza nemmeno chiedere se avessero prenotato, li condusse in un separé privato sul retro del ristorante.

"Benvenuti al Percival" disse con fare teatrale, rivolgendosi a Korum e consegnando loro i menù. "Cominciamo con uno spumante dolce o secco?"

"Dolce va benissimo, Ashley, grazie" rispose l'alieno con aria assente, studiando il menù.

Mia sentì un'improvvisa e sconvolgente voglia di strappare tutti i capelli biondi dalla testa di Ashley, che sembrava una modella. Una strana sensazione di nausea si insinuò nel suo stomaco, immaginandoli a letto insieme, con il corpo muscoloso di Korum avvolto attorno a quello della bionda. *Basta, Mia! Certo che è andato a letto con altre donne!* Senza dubbio, quella creatura aveva migliaia di donne ai suoi piedi.

"Hai deciso cosa vuoi?" le chiese, sollevando la testa dal menù, apparentemente ignaro dell'espressione omicida sul volto di Mia.

"No, non ancora." Facendo un respiro profondo, si sforzò di concentrarsi sul menù. Quello era senza dubbio il ristorante più bello in cui fosse mai stata, e il menù—a cui mancavano i prezzi— elencava alcuni piatti e ingredienti che non conosceva. Sgranò gli occhi quando lesse formaggio di capra e caviale nella sezione degli antipasti, e uova in uno dei piatti a base di spaghetti. Le venne l'acquolina in bocca. "Credo che prenderò le bietole arrostite e l'insalata di formaggio di capra, seguiti dal Pad Thai con pesto ai carciofi."

Korum sorrise, accondiscendendo. "Certamente." Fece un cenno alla cameriera e le riferì il suo ordine. "Per me invece insalata di crescione jicama e ravioli shiitake in crema di anacardio. E una bottiglia di Dom Perignon."

Mia lo guardò affascinata. Non sapeva che i K bevessero alcolici. In realtà, c'erano tantissime cose che lei—e la gente in generale—non sapeva degli invasori che ormai vivevano insieme a loro. Mia aveva l'opportunità ideale per imparare, essendo seduta al suo tavolo.

Sentendosi leggermente temeraria, decise di iniziare con la domanda che le era frullata per la testa fin dal primo incontro. "È vero che bevete sangue umano?"

Korum sollevò le sopracciglia, e quasi si strozzò con la bevanda. "Sei molto diretta, non è vero?" Un grande sorriso gli apparve sul viso, quando domandò: "Stai chiedendo se dobbiamo bere sangue umano o se lo facciamo comunque?"

Mia deglutì. Improvvisamente, non sapeva quale fosse la domanda migliore da fare. "Entrambe, credo."

"Beh, lascia che ti tranquillizzi... Non abbiamo più bisogno di sangue per sopravvivere."

"Ma prima sì?" Mia sgranò gli occhi per lo shock.

"Originariamente, quando ci evolvemmo nella nostra forma attuale, avevamo bisogno di consumare significative quantità di sangue da un gruppo di primati che avevano alcune somiglianze genetiche con noi. Era una carenza del DNA a renderci vulnerabili e a legare la nostra esistenza ad un'altra specie. Da allora abbiamo corretto questo difetto."

"E così, è vero? C'erano degli umani sul vostro pianeta?" Mia lo guardava a bocca aperta.

"Non erano esattamente umani. Il loro sangue, però, aveva le stesse caratteristiche dell'emoglobina che avete voi."

"Che cos'è successo a loro? Ci sono ancora?"

"No, sono estinti ormai."

"Non capisco" disse Mia lentamente, cercando di dare un senso a ciò che aveva scoperto fino a quel momento. "Se avevate bisogno di loro per sopravvivere, come e quando si sono estinti? È stato prima o dopo... uhm... che avete corretto il vostro difetto?"

"È successo molto prima di allora. Siamo riusciti a sviluppare una sostanza sintetica prima che l'ultimo esemplare della loro specie scomparisse, e questo ci ha permesso di sopravvivere alla loro scomparsa. Sono stati una specie in pericolo per milioni di anni. In parte è stata colpa nostra, avendo dato loro la caccia, ma fu dovuto in gran parte alla loro bassa natalità e alla breve durata di vita. Proprio come voi, avevano un sistema immunitario debole, e una peste per poco non li fece scomparire. Così, iniziammo a cercare strade alternative per la sopravvivenza della nostra specie—sostituti sintetici di emoglobina, sperimentazioni con il nostro DNA e il tentativo di sviluppare una specie compatibile sia su Krina che su altri pianeti."

Una lampadina si accese nel cervello di Mia. "È per questo che avete predisposto la vita qui sulla Terra? È per questo che sono nati gli umani—avevate bisogno di una specie compatibile?"

"Più o meno. Si è trattato di un esperimento, con minuscole probabilità di successo. Diffondemmo il nostro DNA, per quanto la nostra primitiva tecnologia di allora lo permettesse. Non sapevamo quali pianeti fossero adatti alla vita, figuriamoci se sapevamo quanto somigliassero a Krina, così inviammo ciecamente miliardi di droni sui pianeti che si trovano in quelle che ora chiamiate Zone Goldilocks."

"Zone Goldilocks?"

"Sì, sono chiamate anche zone abitabili—regioni dell'universo intorno a varie stelle che potenzialmente hanno la giusta pressione atmosferica per mantenere l'acqua liquida sulla superficie. Sulla base delle nostre conoscenze, questi sono gli unici luoghi dove avrebbe potuto esserci una vita simile a quella di Krina."

Mia annuì, ricordando di averlo appreso durante il liceo.

Soddisfatto che lei stesse seguendo, continuò con la spiegazione. "Uno dei droni raggiunse la Terra, e i primi semplici organismi riuscirono a sopravvivere lì. Certo, non lo sapevamo all'epoca. Solo circa seicento milioni di anni fa raggiungemmo questa parte della galassia e trovammo la Terra."

"Appena prima dell'inizio dell'esplosione cambriana?" chiese Mia, con la pelle d'oca sulle braccia. Ormai tutti sapevano che i K avevano influenzato l'evoluzione sulla Terra in maniera abbastanza significativa, con la tempistica del loro arrivo iniziale che era coincisa con l'apparizione precedentemente confusa di molte forme di vita nuove e complesse durante il periodo cambriano. Ma i motivi per cui predisposero la vita sulla Terra per poi manipolarla erano rimasti un mistero, ed era incredibile per Mia sentirlo parlare con una tale disinvoltura, rivelandole così tanto durante la cena.

"Esattamente. Di tanto in tanto abbiamo guidato la vostra evoluzione, soprattutto quando ha minacciato di divergere drasticamente dalla nostra—come quando i dinosauri erano diventati la forma di vita dominante—"

"Ma pensavo che i dinosauri fossero stati uccisi da un asteroide."

"È così. Ma avremmo potuto evitare facilmente quell'impatto. Invece, ci assicurammo semplicemente che le forme di vita necessarie, come le prime versioni dei mammiferi, sopravvivessero."

Mia lo fissò a bocca aperta, mentre lui continuò con la storia.

"Quando un primate apparve qui per la prima volta, fu un risultato straordinario per noi, perché il suo sangue conteneva l'emoglobina. Tuttavia, non ne avevamo più bisogno, perché avevamo recentemente fatto una scoperta che ci permise di manipolare il nostro DNA senza conseguenze negative."

Si fermò quando le insalate furono servite, e continuò a parlare tra un boccone e l'altro. "A quel punto, la Terra e le sue specie di primati erano diventate il più grande esperimento scientifico nella storia dell'universo conosciuto. La sfida per noi divenne quella di vedere se avessimo potuto continuare con l'evoluzione abbastanza da veder emergere un'altra specie intelligente."

Mia sentì i brividi lungo la schiena, mentre ascoltava la storia delle origini umane raccontata da un alieno appartenente a una civiltà di miliardi di anni che essenzialmente aveva giocato ad essere Dio. Un alieno che al tempo stesso stava mangiando l'insalata, come se non stesse discutendo niente di più importante del tempo.

"Vedi" continuò: "I primati di Krina avevano il livello di intelligenza dei vostri scimpanzé, e alcuni di noi pensavano che una specie con una vita breve come la vostra avrebbe potuto sviluppare un intelletto davvero sofisticato. Ma insistemmo, a volte con modifiche genetiche per farvi assomigliare a noi, e il risultato superò tutte le nostre aspettative. Pur condividendo molte delle caratteristiche dei primati kriniani—la presenza dell'emoglobina, un sistema immunitario relativamente debole e una breve durata della vita—avete un tasso di natalità molto più elevato e un'intelligenza quasi paragonabile alla nostra. Anche il vostro tasso di evoluzione è molto più veloce del nostro—per lo più dovuto a un tasso di natalità più elevato. La transizione dei primati della Terra verso l'intelligenza durò solo un paio di milioni di anni, mentre da noi quasi un miliardo."

Decine di domande stavano attraversando la mente di Mia. Si concentrò sulla prima. "Perché vi importava che somigliassimo a voi? È un requisito per l'intelligenza?"

"No, non proprio. Aveva solo più senso per gli scienziati che all'epoca supervisionavano il progetto. Volevano creare una specie sorella, esseri intelligenti che ci somigliavano, in modo che fosse più facile per noi relazionarci a loro, in modo che fosse più facile comunicare con loro. Naturalmente" disse con un sorriso maligno, sollevando la forchetta vuota: "C'era un vantaggio inaspettato."

Mia lo guardò con diffidenza. "Quale vantaggio?"

"Beh, vedi, quando i primati della Terra apparvero, alcuni dei Krinar provarono a berne il sangue per curiosità. E scoprirono rapidamente che, in mancanza della necessità biologica di emoglobina, bere il sangue dava loro una sensazione molto piacevole—simile al piacere sessuale. Era meglio di qualunque droga, anche se le versioni sintetiche del vostro sangue da allora sono diventate molto popolari nei nostri bar e nei locali notturni."

Mia quasi si strozzò con l'insalata. Tossendo, bevve qualche sorso d'acqua per eliminare l'ostruzione nella gola, mentre lui la guardava con un'espressione divertita sul viso.

"Ma la cosa più interessante di tutte è stata la nostra scoperta più recente." Le si avvicinò, con gli occhi che assunsero l'ormai familiare sfumatura dorata più scura. "Vedi, abbiamo scoperto che non c'è niente di così piacevole quanto bere il sangue da una fonte vivente durante il sesso. Quell'esperienza è semplicemente indescrivibile."

Mia rifletté attentamente, sentendosi inorridita e stranamente eccitata al tempo stesso. "Quindi, vuoi bere il mio sangue mentre... scopiamo?"

Gli angoli della bocca dell'alieno si piegarono per un sorriso sensuale. "Quello sarebbe l'obiettivo finale, sì."

Doveva immaginarlo, anche se la risposta le dava il voltastomaco. "Morirei?"

Lui rise. "Moriresti? No, bere qualche sorso del tuo sangue ti ucciderebbe né più né meno di un prelievo dal medico. Anzi, la nostra saliva contiene una sostanza chimica che rende l'intero processo abbastanza piacevole per gli umani. Originariamente era stato pensato per le nostre prede, per drogarle e renderle docili quando ci nutrivamo di loro—ma ora serve solo per migliorare la vostra esperienza."

Mia si sentiva come se la testa le stesse scoppiando, dopo tutto ciò che aveva saputo, ma c'era qualcos'altro che doveva scoprire. "Come fate esattamente?" chiese timorosa. "A bere sangue, voglio dire. Avete le zanne?"

Lui scosse la testa. "No, questa è un'invenzione letteraria. Non abbiamo bisogno delle zanne—i bordi dei nostri denti superiori sono abbastanza affilati da poter penetrare nella pelle con relativa facilità, di solito semplicemente tagliando lo strato superiore."

Il pasto principale arrivò, concedendo a Mia alcuni preziosi momenti per ritrovare la compostezza.

Era troppo, tutto quello.

I suoi pensieri vagavano, confusi e caotici. In qualche modo, nelle ultime ventiquattro ore, si era abituata all'idea che un extraterrestre desiderava fare sesso con lei. Ma ora voleva anche che gli facesse da donatrice di sangue durante il sesso. La specie di Korum aveva fondamentalmente creato la sua, e ora utilizzava il sangue umano come una sorta di afrodisiaco. L'idea era inquietante e nauseante, e tutto ciò che Mia avrebbe voluto era andare a letto, tirando le coperte sopra la testa e fingendo che nulla di tutto quello stesse accadendo.

Il tormento interiore doveva essere evidente sul suo volto, perché Korum si allungò, coprendole delicatamente la mano con la sua, e disse dolcemente: "Mia, so che questo è un enorme shock per te. So che hai bisogno di tempo per capire e conoscermi meglio. Perché non ti rilassi e ti godi il pasto, e parliamo di qualcos'altro nel frattempo?" Poi, aggiunse con un sorrisetto: "Ti prometto che non mordo."

Mia annuì e si tuffò nel cibo non appena le lasciò andare la mano. L'alternativa era scappare dal ristorante urlando, ma non sapeva come l'alieno avrebbe reagito. Dopo tutto ciò che aveva scoperto, l'ultima cosa che voleva era provocare l'istinto predatorio che la sua specie ancora possedeva.

Il Pad Thai era delizioso, si rese conto, degustando i ricchi sapori accompagnati ai pezzi d'uovo. Per qualche ragione, nonostante il suo esile fisico, nulla interferiva mai con l'appetito. La sua famiglia scherzava spesso sul fatto che Mia dovesse essere davvero un boscaiolo travestito, viste le grandi quantità di cibo che amava consumare regolarmente. "Come sono i tuoi ravioli?" chiese tra un boccone e l'altro delle tagliatelle, cercando un argomento più innocuo.

"Squisiti" rispose lui, godendosi il pasto nello stesso modo. "Vengo spesso in questo ristorante, perché hanno uno dei migliori chef di New York."

"Non so" mugolò Mia, cercando di tenere la conversazione leggera. "Anche l'insalata e il panino che hai preparato ieri erano gustosi."

Le sorrise, mostrando la fossetta che lo faceva sembrare molto più cordiale. L'aveva solo sulla guancia sinistra, non sulla destra—una leggera imperfezione sul suo volto altrimenti impeccabile che non faceva che potenziarne il fascino. "Oh, grazie. È il complimento più bello che mi abbiano fatto quest'anno."

"Cucini molto o la maggior parte delle volte vai al ristorante?" Il cibo sembrava un argomento sicuro.

"Entrambi. Mi piace mangiare, e anche a te, a quanto pare"—indicò con un sorriso la sua porzione, che stava scomparendo rapidamente—"quindi, serve una grande quantità di entrambi. E tu? Credo che sia difficile uscire troppo a New York, avendo il budget di una studentessa."

"Quello sarebbe un eufemismo" concordò Mia. "Ma ci sono alcuni locali economici davvero belli vicino alla NYU e a Chinatown, se voglio avventurarmi così lontano."

"Che cosa ti ha fatto decidere di venire a New York per studiare? Il tuo Stato di origine ha delle ottime università, e il tempo è migliore lì." Sembrava davvero perplesso.

Mia rise, riflettendo solo ora sull'ironia della sua scelta scolastica. "Al momento di fare domanda per le università, i miei genitori hanno avuto paura che voi—i Krinar, voglio dire—avreste stabilito un Centro in Florida, così hanno preferito che studiassi in un altro Stato."

Korum sorrise. "Avevamo pensato di stabilirci lì, ma era troppo popolato per i nostri gusti." Bevve un sorso del suo champagne. "Quindi, immagino che non sarebbero particolarmente felici, se sapessero che sei qui con me oggi."

"Oh no." Mia tremò. "Mia madre probabilmente sarebbe isterica, e a mio padre verrebbe una delle sue emicranie da stress."

"E tua sorella?"

"Uhm, nemmeno lei sarebbe particolarmente contenta." Per un attimo, aveva quasi dimenticato quante informazioni avesse Korum su di lei.

"È più grande di te, vero?"

"Di quasi otto anni. Si è sposata l'anno scorso."

"Mi chiedo come sarebbe avere una sorella o un fratello" rifletté l'extraterrestre. "Non è comune tra noi avere più di un figlio."

Mia si strinse nelle spalle. "Non so se la mia esperienza sia stata particolarmente autentica, vista la differenza di età. Quando fui abbastanza grande da essere più di una mocciosa, lei era già partita per il college." Incuriosita, chiese: "E così, non hai fratelli? Che mi dici dei tuoi genitori?"

"Sono figlio unico. I miei genitori sono su Krina, quindi non li vedo da un bel po'. Comunichiamo a distanza, regolarmente."

La cameriera tornò per sparecchiare e porgere loro i menù per il dessert. Mia scelse il tiramisù—preparato con formaggio e uova—e Korum optò per una torta di mele. In qualche modo, nel corso della conversazione, era riuscita a mandar giù due bicchieri di champagne e stava cominciando a sentirsi stordita. La serata aveva assunto una sfumatura leggermente surreale nella sua mente, dal ristorante frequentato dalle più belle persone di Manhattan al meraviglioso predatore seduto dall'altra parte del tavolo, con cui stava parlando della sua famiglia.

Mia si chiese quanti anni avesse. Sapeva che i K vivevano a lungo, quindi era impossibile indovinare la sua età giudicandolo dall'aspetto. Se fosse stato umano, avrebbe avuto intorno ai ventott'anni. Con la curiosità che ebbe la meglio, domandò: "Quanti anni hai?"

"Circa duemila dei vostri anni terrestri."

Mia lo fissò in stato di shock. Questo lo avrebbe collocato nella categoria molto antica secondo gli standard umani. Duemila anni fa, l'impero romano dominava ancora il mondo occidentale, e la religione cristiana era appena agli inizi. Ed era vivo da allora?

Bevve altro champagne per togliere un po' della secchezza nella gola. "Questo ti rende vecchio o giovane nella tua società?"

Alzò le spalle. "Credo giovane. I miei genitori sono molto più anziani. Non importa, però. Una volta raggiunta la piena maturità, l'età diventa letteralmente solo un numero."

"Dobbiamo sembrarvi tutti dei neonati, eh?" Mia mandò giù un grosso sorso dal suo bicchiere e sentì che la stanza stava cominciando a girare. Sperava che non stesse blaterando. Probabilmente avrebbe dovuto smettere di bere. Avrebbe potuto facilmente approfittarsi di lei, se fosse stata ubriaca. Ma comunque, avrebbe potuto facilmente approfittarsene anche da sobria. Era completamente alla mercé di un alieno che voleva scoparla e berne il sangue, quindi tanto valeva godere di quella situazione.

"Non dei neonati. Solo un po' ingenui. Più come degli adolescenti."

Mia si strofinò un punto del naso che le prudeva con il dorso della mano, chiedendosi se volesse conoscere la risposta alla domanda successiva. Decise di chiedere. "E così, siete immortali, come i vampiri delle nostre leggende?"

"Non la vediamo così. Tutti possono morire. La nostra specie ha sempre goduto di una senescenza trascurabile, ma possiamo essere uccisi o morire in un incidente."

"Senescenza trascurabile?"

"In pratica, non abbiamo i sintomi dell'invecchiamento. Prima che fossimo sufficientemente avanzati nella scienza e nella medicina, potevamo ancora morire per tutta una serie di cause naturali, ma ormai siamo riusciti a raggiungere un tasso di mortalità molto basso—e quasi trascurabile."

"Com'è possibile?" chiese Mia. "Come può una creatura vivente non invecchiare? È una cosa peculiare su Krina?"

"Non proprio. In realtà ci sono molte specie qui sulla Terra che hanno questa stessa caratteristica. Per esempio, hai mai sentito parlare della vongola di quattrocento anni?"

"Che cosa? No!" Evidentemente si stava prendendo gioco della sua ignoranza; sicuramente una cosa del genere non esisteva.

Annuì. "È vero—informati, se non mi credi. Ci sono molte creature che non perdono le capacità riproduttive o funzionali con l'età—alcune specie di cozze e vongole, aragoste, anemoni di mare, tartarughe giganti, meduse... Anzi, le meduse sono praticamente immortali; muoiono a causa di ferite o malattie, ma non della vecchiaia."

Cercando di riflettere su quell'incredibile informazione, Mia si strofinò di nuovo il naso. Basta, si rese conto, niente più alcol. Per qualche ragione, il naso aveva la tendenza a pruderle dopo qualche bevuta, e Mia aveva imparato a rispettarlo come un segnale per fermarsi. Le rare volte che aveva ignorato quell'avvertimento, le conseguenze non erano state piacevoli.

Vedendola leggermente sbandare sulla sedia, Korum fece cenno alla cameriera di portare il conto.

Mia pensò di chiedergli di poter pagare la propria parte, come faceva sempre quando usciva con i ragazzi del college. Nah, decise. L'aveva praticamente obbligata a uscire, quindi tanto valeva approfittare di un pasto gratuito. Inoltre, non era sicura di potersi permettere quel posto, dato che il menù non aveva prezzi. Così, osservò Korum avvicinare il portafoglio telefonico del suo orologio da polso al piccolo ricevitore digitale della cameriera e aggiungere quella che sembrava una generosa mancia, a giudicare dall'espressione grata sul volto della ragazza.

"Pronta per andare?" L'aiutò a mettere il cappotto e le offrì nuovamente il braccio. Mia accettò questa volta, sentendosi un po' brilla e un po' sfiduciata nei confronti delle proprie capacità di riuscire a uscire dal ristorante senza cadere.

"Sei ubriaca?" le chiese divertito, osservandola barcollare leggermente, mentre uscirono sulla strada. "Ti ho vista bere solo un paio di bicchieri."

Mia sollevò il mento e mentì: "Sto benissimo." Detestava quando le persone le facevano notare quanto reggesse poco l'alcol.

"Se lo dici tu." Sembrava che stesse sul punto di riderle in faccia, e Mia avrebbe avuto voglia di dargli un cazzotto.

Naturalmente, Roger e la limousine li stavano aspettando. Mia esitò, con il battito del cuore che accelerò davanti alla consapevolezza che sarebbe stata sola con un predatore extraterrestre che voleva il suo sangue.

Lo guardò. "Sai, ho davvero voglia di un po' d'aria fresca. Posso andare a piedi—il mio appartamento è a una dozzina di isolati di distanza, e il tempo è veramente bello e fa fresco." L'ultima parte era una menzogna. Faceva piuttosto freddo, e Mia stava già tremando sotto al suo sottile cappotto.

L'espressione di Korum si rabbuiò. "Mia. Sali. Ti porto a casa." Era di nuovo quello spaventoso tono di voce, e stava funzionando per la seconda volta su di lei. Tremando leggermente per un mix di nervosismo e aria fredda, salì in macchina.

IL TRAGITTO verso l'appartamento fu stranamente privo di eventi significativi, impiegando solo pochi minuti in assenza di traffico. Le tenne di nuovo la mano, strofinandole delicatamente il palmo con fare rassicurante. Malgrado il nervosismo iniziale, Mia chiuse gli occhi, si appoggiò al comodo sedile, e stava cominciando ad addormentarsi quando arrivarono a destinazione.

L'accompagnò al suo appartamento, salendo tre rampe di scale, tenendole il braccio come apparente precauzione contro qualsiasi instabilità indotta dall'alcol. Si sentiva stanca e assonnata, non desiderando altro che crollare sul letto di casa. Ad un certo punto, riuscì a inciampare e quasi cadde, facendo un passo falso a causa delle scarpe col tacco alto. Korum sospirò e la sollevò tra le braccia, portandola sulle due rampe rimanenti, nonostante le sue proteste.

Arrivati davanti casa sua, la mise attentamente in piedi, tenendola premuta sul suo corpo duro prima di lasciarla allontanare. Le pose le mani sulla vita, tenendola a breve distanza. Mia lo fissò, ipnotizzata. Il suo respiro accelerò, e una calda umidità si insinuò tra le gambe, rendendosi conto di cosa significava il grande rigonfiamento che aveva sentito nei jeans di Korum. Anche il suo respiro era un po' troppo veloce, e dubitava che avesse qualcosa a che fare con il fatto di aver portato in braccio una ragazza umana di quarantacinque chili per due rampe di scale. Le si avvicinò, con gli occhi quasi gialli a quel punto, e Mia si bloccò, quando le afferrò la nuca e premette le labbra sulle sue.

La baciò piacevolmente, con la lingua che le esplorò la bocca con dolcezza infinita, anche se la stringeva in una morsa implacabile. Mia gemette, con un'ondata di calore che l'attraversò, lasciando un sorprendente senso di letargia nella sua scia. Da qualche parte nella sua mente, un campanello d'allarme stava suonando, ma tutto quello su cui riusciva a concentrarsi erano la bocca e le sensazioni che si stavano diffondendo in tutto il suo corpo. La tirò ancora più a sé, premendole l'inguine contro il ventre, e Mia sentì nuovamente la durezza dell'alieno, col suo intimo che si strinse in risposta. Le succhiò leggermente il labbro inferiore, tirandolo nella sua bocca, e fece scivolare la mano verso il basso per afferrarle le natiche, sollevandola da terra in modo da poter spingere l'erezione direttamente sul suo clitoride attraverso lo strato di indumenti.

La pressione che cresceva dentro di lei era diversa e più forte di qualunque cosa avesse mai provato, e Mia gemette dalla frustrazione, desiderando di più. Le sue mani in qualche modo trovarono le spalle di Korum, massaggiando fortemente i muscoli duri sotto la camicia, ma non bastava. Aveva bisogno della sensazione della sua pelle nuda su di sé, del grosso cazzo nel suo sesso, in grado di alleviare la sensazione di vuota pulsazione che sentiva lì. Gli avvolse le gambe intorno alla vita, spingendo contro di lui, e le sensazioni raggiunsero un picco febbrile. Esitò per alcuni secondi preziosi, e poi raggiunse l'orgasmo, con un urlo soffocato sulle labbra dell'extraterrestre. Anche lui gemette, raggiungendo con l'altra mano la gonna e strappandole le calze, lasciandole andare la bocca per darle dei baci appassionati sul collo e sulla clavicola.

"Mia? Sei tu?" Una familiare voce la raggiunse in quello stato di stordimento, e la ragazza si rese conto con mortificazione che Jessie aveva aperto la porta dell'appartamento e li stava fissando, scioccata. "Stai bene? Vuoi che chiami la polizia?" La sua compagna di stanza chiaramente non sapeva come interpretare quello a cui stava assistendo.

Ancora avvolta intorno a Korum, Mia sentì un brivido attraversarle il corpo, mentre lui lottò visibilmente per riprendere il controllo. Temendo per Jessie, Mia le gridò: "Sì, sto bene! Vattene e lasciaci soli!" Un'espressione ferita apparve sul volto della coinquilina, che scomparve in casa, sbattendo la porta dietro di sé.

Mia spinse sul torace di Korum, cercando di frapporre una certa distanza tra loro. "Lasciami andare, ti prego" disse piano, non desiderando altro che arrotolarsi in una piccola palla in camera sua e piangere. Lui esitò un attimo, poi la poggiò a terra, continuando a tenerla su di sé. La sua pelle dorata sembrava infiammata dall'interno, e gli occhi continuavano ad avere un'intensa sfumatura gialla. Il rigonfiamento spinto sul suo stomaco non mostrava segni di regressione, e Mia tremò, rendendosi conto che l'autocontrollo di Korum era appeso a un filo. "Ti prego" ripeté, sapendo che non avrebbe potuto fare niente, a meno che non l'avesse voluto lui.

"Vuoi che ti lasci andare? Dopo tutto questo?" La sua voce era dura e gutturale, e le strinse le braccia intorno alla schiena, permettendole a malapena di respirare.

Mia annuì, tremando, con il forte desiderio caldo che aveva provato prima che lasciò il posto a un mix di paura e acuto imbarazzo. La guardò, con espressione oscura e indecifrabile, e poi le tolse le braccia dalla vita e si allontanò.

"Va bene" disse sottovoce. "Come vuoi. Va' nella cameretta e racconta tutto alla tua coinquilina. Fatti un bel pianto pensando alla troietta che sei, venendo il quel modo per un bacio in mezzo al corridoio." I suoi occhi brillarono, notando l'espressione di Mia. "E faresti bene ad abituarti all'idea che verrai molto di più, per tutto quello che ti farò—e ti farò davvero di tutto."

Con quella promessa, si voltò e si diresse verso le scale. Fermandosi prima di raggiungere la rampa, si guardò indietro e disse: "Verrò a prenderti dopo la lezione, domani. Niente più giochini, Mia."

CAPITOLO CINQUE

Con le gambe tremanti, Mia si fece strada nell'appartamento con tutta la dignità possibile, considerando che la biancheria intima era bagnata e le calze erano a pezzi intorno alle ginocchia. Jessie era seduta sul divano del salotto, aspettando che entrasse. Non sembrava più arrabbiata, solo estremamente preoccupata.

"Oh mio Dio, Mia" disse lentamente. "Che diavolo è successo nel corridoio?"

Mia scosse la testa, trattenendo le lacrime a stento. "Jessie, mi dispiace. Non riesco a parlare ora" disse, andando direttamente in camera sua e chiudendo la porta.

Crollando sul letto, si avvolse la coperta intorno e tirò le ginocchia al petto. Era come se il corpo non le appartenesse, con il sesso che continuava a pulsarle per i postumi dell'orgasmo. Aveva le labbra gonfie dopo tutti quei baci, e i capezzoli erano così sensibili che il reggiseno sembrava troppo abrasivo sulla pelle. Si sentiva anche distrutta e devastata, esposta in un modo che non aveva mai sperimentato in vita sua.

Non voleva quello—niente di tutto quello. La totale perdita di controllo del proprio corpo era sconvolgente, e il fatto che fosse stato Korum a sollecitare una reazione così potente la faceva sentire ancora più vulnerabile.

La terrorizzava.

Era completamente alla sua mercé con lui, e lo sapeva. Per quanto fosse spaventoso pensare a che cosa avrebbe potuto comportare l'atto sessuale con un vampiro extraterrestre, la cosa che Mia temeva di più era l'effetto che aveva sulle sue emozioni. Le avrebbe strappato via tutto—il corpo e l'anima—e dopo averlo fatto, avrebbe voltato pagina, lasciandola a pezzi e segnata per tutta la vita, incapace di dimenticare il suo oscuro amante alieno.

Non era quello il modo in cui sarebbero dovute andare le cose. Provenendo da una famiglia di immigrati polacchi di seconda generazione, Mia aveva sempre seguito la retta via. Aveva studiato duramente a scuola, sia per soddisfare i genitori che per il proprio desiderio di realizzazione. Dopo aver conseguito la specializzazione, avrebbe voluto utilizzarla per assistere gli studenti delle scuole superiori o universitari nella loro carriera. Era legata ai genitori e alla sorella e, inoltre, sperava di diventare una brava madre per i propri figli, un giorno. Ad un certo punto, si sarebbe innamorata di un brav'uomo di buona famiglia e avrebbe avuto un lungo matrimonio felice, come i genitori. Mentre le altre ragazze sognavano le avventure e flirtavano con i ragazzacci, Mia voleva una vita normale, condotta nel modo giusto.

Aveva sempre saputo di essere una creatura sessuale. Nonostante la mancanza di esperienza, non aveva dubbi sul fatto che le sarebbe piaciuto il sesso, una volta trovata la persona giusta. Amava leggere romanzi erotici e guardare video porno, e non si riteneva una puritana. Anzi, le piaceva l'idea di provare nuove cose e di avere diverse relazioni prima di sistemarsi. Quando usciva insieme a Jessie, Mia si ritrovava spesso eccitata, ballando con i ragazzi attraenti, soprattutto dopo aver bevuto un po'. Per qualche motivo, non era mai andata oltre qualche bacio, forse perché era troppo cauta e razionale per scegliere un ragazzo in un locale per una botta e via. Tuttavia, aveva aspettato con ansia la sua prima volta, preferibilmente con una persona speciale a cui voler bene e da cui essere ricambiata. Un predatore alieno che voleva scoparla e bere il suo sangue era il più lontano possibile da quell'ideale.

Voleva fare una doccia.

Alzandosi lentamente, Mia si tolse i vestiti. Le calze erano irrecuperabili, così le gettò nel cestino. Anche l'abito nero era leggermente strappato sulla parte anteriore—Mia non ricordava nemmeno cosa fosse successo—e si liberò anche di quello. Sentendosi sconsiderata, tolse le Mary-Janes e la biancheria intima, buttando anche quelle nel cestino, non volendo ricordare nulla di quella serata. Indossando la vestaglia, lasciò la sicurezza della sua stanza e si diresse verso la doccia, sperando che Jessie fosse andata a dormire.

~

LA MATTINA SEGUENTE, Mia si svegliò con il mal di testa.

Appena aprì gli occhi, gli eventi della sera prima le tornarono in mente, accompagnati da una sensazione di scottante umiliazione. L'aveva chiamata troietta, e si sentiva tale, soprattutto perché Jessie li aveva visti. Ricordò anche quello che le aveva detto sul fatto di passarla a prendere, e improvvisamente si sentì nauseata per un mix di paura e perversa eccitazione.

Avrebbe avuto solo una lezione oggi, e sarebbe iniziata alle undici. Era positivo, dal momento che non sapeva nemmeno se avesse voluto scendere dal letto.

Qualcuno bussò timidamente alla sua porta.

"Sì, avanti" disse Mia, con rassegnazione, sapendo che Jessie doveva aver aspettato con ansia che si svegliasse.

La sua compagna di stanza entrò impacciatamente e si sedette sul letto di Mia. "E così, a quanto pare la mia strategia brevettata per allontanare i ragazzi si è rivelata un fallimento totale, eh?"

Mia si strofinò gli occhi e rivolse a Jessie un sorriso amareggiato. "Puoi dirlo forte, sì." Facendo un respiro profondo, disse: "Ascolta, mi dispiace per ieri. Non volevo urlarti contro—è solo che non volevo che fossi lì, a vedere quello che credo tu abbia visto."

Jessie annuì, avendolo immaginato. "Non preoccuparti. Avrei fatto la stessa cosa. Ero solo preoccupata che ti stesse costringendo a fare qualcosa. Quindi, ti piace davvero adesso?"

Mia gemette e seppellì la testa sotto al cuscino. "Non lo so. Ogni parte sana di me grida di scappare il più lontano possibile, ma ogni volta che mi tocca, non posso farne a meno. È come se non avessi alcun controllo. Lo detesto."

Jessie sgranò gli occhi. "Oh, wow. È così *eccitante*. È una di quelle cose che si leggono nei romanzi—lui la bacia e lei si scioglie!"

Un qualcosa di sfuggente tormentava Mia quella mattina, e le parole di Jessie improvvisamente misero insieme i pezzi del puzzle.

Certo! L'aveva baciata, e le aveva detto esplicitamente che la saliva dei K conteneva una sostanza chimica che drogava la preda, rendendola docile. Tutto aveva senso ora—la piacevole letargia che si era diffusa nelle sue vene e il modo in cui il cervello si era praticamente spento non appena le aveva sfiorato le labbra, lasciandola agire in base al puro istinto animale. La sostanza chimica probabilmente era ancora più potente, se immessa direttamente nel flusso sanguigno, ma ne aveva sicuramente ottenuto una bella dose.

Non c'era da meravigliarsi che si fosse comportata come una troietta—non solo era ubriaca per lo champagne, ma era letteralmente drogata per via del bacio.

Una furia ardente prese lentamente il sopravvento nel suo stomaco, sostituendo il senso d'umiliazione che aveva provato. Il bastardo. L'aveva sostanzialmente drogata e se ne era quasi approfittato, e poi aveva avuto il coraggio di *accusarla* di aver giocato. Beh, fanculo! Se pensava che sarebbe uscita docilmente insieme a lui oggi dopo la lezione, poteva scordarselo.

Il cervello le frullava, alla ricerca di un'alternativa.

"Jessie" disse lentamente. "Non mi hai detto una volta che un tuo cugino ha qualche collegamento nella Resistenza?"

"Uh—" Jessie era chiaramente sorpresa. "Stai parlando di quella cosa che ti ho detto una volta di Jason? È stato tanto tempo fa, quando eravamo ancora matricole. Sono abbastanza certa che non abbia più niente a che fare con quello, almeno per quanto ne so." Fissò Mia con un'espressione preoccupata sul volto. "Perché me lo stai chiedendo? Vuoi unirti ai combattenti per la libertà ora?"

Mia scrollò le spalle, non sapendo neppure lei dove la coinquilina volesse andare a parare. Tutto ciò che sapeva era che si sarebbe rifiutata di diventare il giocattolo erotico di Korum, di essere usata e scartata in base ai suoi capricci.

Non aveva mai creduto al movimento anti-K, e pensava che i combattenti della Resistenza fossero pazzi. I Krinar sarebbero rimasti. La tecnologia e le armi umane erano irrimediabilmente primitive rispetto alle loro, e Mia aveva sempre pensato che cercare di combatterli fosse l'equivalente di sbattere la testa contro il muro—inutile e molto pericoloso. Inoltre, le cose non sembravano andare così male, passati i giorni del Grande Panico. I K li avevano lasciati in pace, scegliendo di vivere nei loro insediamenti, e la vita andava avanti con lievi differenze—aria più pulita, una dieta più sana e molte illusioni infrante sul posto dell'umanità nell'universo. Tuttavia, ora che aveva interagito personalmente con un K, si sentiva un po' più vicina alla causa dei combattenti—non che quello rendesse il movimento della Resistenza meno inutile.

Sospirò. "Non importa, era solo un'idea stupida. Ho solo bisogno di schiarirmi le idee." Saltando giù dal letto, Mia infilò i jeans, una vecchia maglietta e un maglione comodo.

"Aspetta, Mia. Che cosa sta succedendo?" Jessie era confusa per le sue azioni. "Sei arrabbiata per quello che è successo la notte scorsa?"

Mia tirò su i calzini e indossò un paio di scarpe da ginnastica. "Credo di sì" mormorò. Raccontare alla compagna di stanza tutta la storia l'avrebbe solo fatta preoccupare, e una Jessie preoccupata a volte faceva cose drastiche—come quando aveva chiamato la polizia per informarli della scomparsa di Mia, che in realtà si era solo addormentata in biblioteca con la batteria del cellulare scarica. Non che Jessie avrebbe potuto fare qualcosa in questo caso, ma preferiva non procurarle un inutile disagio. "Ascolta, sto bene" mormorò Mia. "Ho solo bisogno di fare una passeggiata e di respirare un po' d'aria fresca. Sai che non ho molta esperienza con questo genere di cose, e questo è un po' come essere gettati nelle profondità di una piscina. Voglio solo cercare di capire come mi sento, prima di poter cominciare a parlarne."

Jessie la guardò con un'espressione leggermente offesa. "Va bene, certo. Come vuoi." Poi si riprese. "Sarai a casa per cena? Stavo pensando di cucinare un po' di pasta, e di passare una serata tra ragazze, guardando alcuni vecchi film..."

Mia scosse la testa, rammaricata. "È un'idea fantastica, ma non lo so. Credo che lo rivedrò oggi."

Notando l'espressione preoccupata sul volto di Jessie, aggiunse con un sorrisetto: "E potrebbe essere molto divertente." Prima che Jessie avesse la possibilità di rispondere, Mia afferrò il suo zaino e corse fuori dalla porta con un rapido "ci vediamo dopo."

Camminò in fretta, senza una particolare destinazione in mente. Fermandosi in un bar, comprò un pacchetto di gomme da masticare—dal momento che non si era nemmeno lavata i denti quella mattina— e una piadina farcita con hummus, avocado e verdure fresche. Il suo cervello sembrava essere ibernato, e camminava senza pensare a qualcosa in particolare, godendosi la sensazione dei piedi che colpivano il pavimento e del sole di mezzogiorno che le scaldava il viso. Doveva aver camminato così per molto tempo perché, quando cominciò a prestare attenzione ai cartelli stradali, era già a TriBeCa, a un isolato dal lussuoso grattacielo in cui era stata meno di quarantotto ore fa.

Improvvisamente, capì che cosa avrebbe fatto—che cosa il suo subconscio doveva aver capito ancor prima di portarla lì.

Era davvero semplice.

Scappare era inutile. Avrebbe potuto rintracciarla ovunque fosse andata, e aveva già dimostrato di poterle manipolare il corpo, facendolo reagire al suo con l'aiuto di varie sostanze chimiche. No, scappare non era la soluzione. Lui era un cacciatore. Amava inseguire, e c'era solo una cosa che avrebbe potuto fare per fermarlo. Avrebbe potuto negargli la caccia, togliendogli il piacere di inseguire una preda riluttante.

Sarebbe potuta andare da lui volontariamente.

~

Dopo aver preso la decisione, Mia non perse tempo ad agire.

Entrando nell'atrio del suo edificio, disse con calma al portiere che era lì per vedere Korum. L'uomo sgranò un po' gli occhi—chiaramente sapeva chi era l'abitante dell'ultimo piano—e avvisò la vigilanza della sua presenza. Dieci secondi dopo, indicò l'ascensore posizionato un po' a sinistra rispetto a quello principale. "Prego, signorina. Basta digitare il numero

1159, quando le verrà chiesto di inserire un codice, e la porterà all'attico."

Korum stava aspettando, quando le porte dell'ascensore si aprirono.

Nonostante l'intenzione di Mia di rimanere calma, il respiro le si bloccò in gola e il cuore iniziò a batterle forte, non appena lo vide. Indossava un paio di pantaloni del pigiama grigi e nient'altro. La parte superiore del corpo era completamente nuda, con la pelle bronzea che gli copriva i muscoli scolpiti e una leggera spolverata di peli scuri visibili intorno ai piccoli capezzoli maschili. Le spalle larghe e muscolose lasciavano spazio a una vita sottile e una vera e propria tartaruga gli copriva l'addome piatto. Non c'era il minimo accenno di grasso sul suo corpo potente.

Mia deglutì per alleviare la secchezza nella gola, improvvisamente molto meno sicura della saggezza del proprio piano.

"Mia" le disse dolcemente, appoggiandosi alla porta, sembrando un grosso gatto selvatico pronto a saltare. "A cosa devo questo piacere? Non mi aspettavo di rivederti così presto." Qualcosa nell'espressione della ragazza doveva averla tradirla, perché Korum si lasciò sfuggire una risatina. "Ah, capisco. È *perché* non ti aspettavo. Beh, entra."

Entrando lentamente in cucina a piedi nudi, le chiese: "Hai fatto colazione?"

Mia annuì, sentendosi come un muto, ma temendo che la voce potesse tradire il proprio nervosismo. Quello non era sicuramente il piano migliore. Perché aveva pensato che entrare nella tana del leone fosse meglio che cercare di evitarlo totalmente?

Ma non poteva fare marcia indietro.

"Bene, quindi, forse posso offrirti un caffè o un tè?" Il suo tono era troppo cortese, rendendo derisoria quella domanda normalmente educata.

La ragazza sollevò il mento, rendendosi conto che l'alieno trovava la situazione molto divertente. "No, grazie" disse freddamente, orgogliosa del tono piatto della sua voce. "Sai perché sono qui. Perché non *smetti* di giocare, e andiamo al sodo?"

Si fermò e la guardò. Il suo volto non mostrava più alcuna traccia di ilarità. "Va bene, Mia" disse lentamente. "Se è questo che vuoi..."

"Un'altra cosa" disse, desiderosa di stuzzicarlo senza pensare alle conseguenze. "Niente più droghe. Niente alcol, né saliva nel mio corpo. Se vuoi il mio sangue, puoi tagliarmi la vena e berlo. E niente più baci sulla bocca. Non voglio essere ubriaca, *né* drogata oggi."

Il volto dell'extraterrestre si rabbuiò e i suoi occhi sembrarono trasformarsi in piscine di oro liquido. "Credi che io ti abbia drogata ieri? È ciò che stai dicendo a te stessa per spiegare quello che è accaduto? Che un paio di bicchieri di champagne e i miei baci magici ti hanno trasformata in una ninfomane?" Rise sardonicamente. "Beh, mi dispiace deluderti, tesoro, ma la chimica nella nostra saliva funziona solo se affluisce direttamente nel sangue. Forse se ti baciassi per tutto il giorno, dopo qualche ora potresti sentirne un minimo effetto—se sei fortunata. Naturalmente, se ti baciassi per tutto il giorno, probabilmente verresti decine di volte e non noteresti alcun effetto indotto dalla saliva." Continuando a sorridere, disse allegramente: "Ma facciamo come dici tu. Niente baci e niente morsi. Tutto il resto è permesso."

Avvicinandosi a lei, le prese la mano e la condusse nel corridoio. Con il cuore che le martellava nel petto, Mia evitò di protestare, sapendo che il tempo per cambiare idea era ormai passato. Non sapeva se credergli o meno e, soprattutto, non voleva credergli. Se quello che le stava dicendo era la verità, allora aveva commesso un grosso errore andando lì. Una parte sciocca di lei aveva pensato che avrebbe potuto farlo—che avrebbe potuto lasciare che lui facesse sesso senza la sua volontà con il suo corpo insensibile, riducendolo ad essere lo stupratore che aveva affermato di non essere—e andarsene con le emozioni intatte, mantenendo un alto livello di moralità. Se non le stava mentendo, allora, era praticamente rovinata.

La portò in quella che doveva essere la sua camera da letto. Come il resto dell'attico, la stanza era moderna e opulenta al tempo stesso. Un grande letto rotondo dominava il centro di essa. Era sfatto e ovviamente qualcuno ci aveva dormito di recente. Le lenzuola erano di un leggero color avorio, e le spesse coperte e i cuscini sparsi intorno al letto erano azzurri. Il cuore le saltò in gola, realizzando cosa aveva appena accettato di fare.

Le liberò la mano e fece un passo indietro,

lasciandola in mezzo alla stanza. "Va bene" disse piano: "Adesso spogliati."

Mia rimase lì, bloccata, con una calda ondata di imbarazzo che l'attraversò. Voleva che si togliesse i vestiti, proprio nel bel mezzo della stanza illuminata dal sole?

"Mi hai sentito" ripeté la voce fredda, nonostante il caldo colore giallo nei suoi occhi. "Spogliati." Notando la sua esitazione, aggiunse: "Posso garantirti che i tuoi vestiti non sopravvivranno, se ci metto le mani io."

Le mani di Mia tremarono, quando le sollevò lentamente per togliere il maglione dalla testa. La guardava appena, con il volto imperturbabile, nonostante il desiderio nello sguardo. La ragazza tolse prima le scarpe da ginnastica e poi i jeans, lasciando solo le mutandine rosa e la maglietta. Aveva dimenticato di indossare il reggiseno, e ora sentiva acutamente quella mancanza, con i capezzoli duri e visibili sul sottile tessuto della maglietta.

"Ora togliti la maglietta" ordinò, notando che si era fermata. La parte anteriore dei pantaloni di Korum era tesa, notò lei, e in qualche modo ciò era stranamente rassicurante—sapere che aveva quel tipo di effetto su di lui, che non era rimasto disgustato dalla sua goffaggine o dal fisico esile. Tremando leggermente, si tolse la maglietta da sopra la testa, mostrando i seni agli occhi di un uomo per la prima volta. Dovette far appello a tutta la sua forza di volontà per non incrociare le braccia sul petto in uno stupido gesto verginale; invece, rimase lì con le mani strette a pugno lungo i fianchi.

Le si avvicinò e la toccò, passandole lentamente un palmo lungo la schiena, mentre le afferrò il seno sinistro con l'altro mano, palpandolo dolcemente, come se volesse valutarne il peso e la consistenza. "Sei molto carina" mormorò, guardandola mentre le esplorava il corpo con le mani, con ogni carezza che inviava ondate di calore nelle zone inferiori. Stando lì con i piedi nudi, Mia sapeva benissimo quanto il corpo dell'extraterrestre fosse più grande rispetto al suo, con la testa della ragazza che raggiungeva appena la sua spalla e ciascun braccio dell'alieno più spesso della metà del suo busto. Le mani sembravano scure sulla sua pallida carnagione, e tremò quando Korum spostò il palmo sul suo ventre, con la larghezza della mano aperta che quasi copriva la distanza tra le ossa del bacino di Mia. L'erezione spingeva sul suo fianco, con il sottile materiale dei pantaloni del pigiama che faceva poco per nascondere il calore e la durezza.

Senza l'effetto stordente dell'alcol o lo scudo dell'oscurità, era impossibile ripararsi dalle sue azioni brutalmente intime, fuggire in una nebbia sensuale. Così, Mia rimase lì alla luce del sole, esposta e vulnerabile, intensamente consapevole di ogni carezza delle sue grandi mani sul suo corpo e della calda umidità che le lubrificava il sesso in risposta.

Agganciando i pollici alla biancheria intima della ragazza, l'alieno le spinse le mutandine lungo le gambe, rimuovendo la sua ultima difesa. "Esci da lì" ordinò con voce roca, e Mia obbedì, completamente nuda tra le sue braccia. Il fatto che lui stesse ancora indossando i pantaloni in qualche modo peggiorava le cose, acuendo la sua sensazione di totale impotenza.

Le toccò le natiche, piegando le mani intorno ai piccoli globi pallidi del suo sedere e stringendoli leggermente. "Molto carino" sussurrò, e Mia arrossì per qualche inspiegabile ragione. I riccioli scuri tra le gambe furono il particolare successivo ad attirare la sua attenzione, e Mia si irrigidì, quando le dita di Korum le accarezzarono lentamente i peli della vagina, cercando la tenera carne sottostante. Sentendo la sua umidità, sorrise con soddisfazione puramente maschile, e l'imbarazzo di Mia crebbe di dieci volte. Era quella la parte peggiore—sapere che il suo corpo l'aveva tradita, che una creatura che non era nemmeno umana poteva provocare quella reazione in lei in quelle circostanze.

"Niente baci sulla bocca, vero?" mormorò lui, prendendola e portandola a letto. Mia annuì, chiudendo gli occhi nella speranza che avrebbe finito rapidamente. Invece, la mise in mezzo al letto circolare, come una vergine da sacrificare, e le scivolò lungo il corpo, fin quando la testa non fu sulla giunzione delle sue gambe. Mia cercò di tirarsi su, comprendendo le sue intenzioni, ma non aveva intenzione di lasciarla andare. Le tenne le gambe agitate con i gomiti, separandole le pieghe con le dita, esponendo le zone più sensibili al suo sguardo bruciante. Abbassando la testa, spinse delicatamente la lingua, morbida e piatta, sul suo clitoride—tenendola lì e lasciandola dimenarsi fin quando non ne poté più, inarcando il corpo per l'orgasmo più potente della sua vita.

Mentre giaceva lì, ancora tremante per i residui dell'orgasmo, lui si alzò in ginocchio, togliendosi i pantaloni per rivelare un grande pene proteso. Mia sgranò gli occhi non appena si accorse che la sua prima volta probabilmente le avrebbe provocato più di un piccolo disagio, viste le dimensioni del cazzo davanti a lei.

Notando la sua paura, si fermò. "Mia" disse con calma: "Non dobbiamo farlo, se non sei pronta. Posso aspettare—"

Lei scosse la testa, non riuscendo a riflettere con la nebbia del desiderio che le appannava il cervello. Aveva raccolto tutto il suo coraggio per arrivare a quel punto, per concedergli una simile intimità. Fare marcia indietro ora sarebbe sembrato codardo, e Mia sentì un timore improvviso e irrazionale—che se avesse rinunciato alla possibilità di vivere quella passione ora, non l'avrebbe mai più provata.

Korum non ebbe bisogno di un grande incoraggiamento. Prima che il suo lato logico potesse riaffermarsi, era già sopra di lei, separandole le gambe con una coscia muscolosa e sistemandosi lì in mezzo. Guardandola dritto negli occhi, cominciò a spingerle il cazzo nell'apertura, facendosi strada centimetro dopo centimetro.

Pentendosi quasi subito della decisione presa, Mia si agitò sotto di lui, sentendosi come se una calda mazza da baseball stesse cercando di entrare nel suo canale. Nonostante l'umidità dovuta all'orgasmo, i suoi muscoli interni non volevano farlo entrare, irrigidendosi disperatamente per respingere l'invasione. "Shhh" sussurrò lui con calma, mentre le lacrime le rigavano il viso per l'ardente disagio che minacciava di trasformarsi in dolore. Delle gocce di sudore apparvero sul volto dell'alieno—dovute all'evidente sforzo di trattenersi—che flesse le braccia per tenersi fermo, aspettando che i delicati muscoli si rilassassero attorno alla sua asta prima di procedere. Ma lei non riusciva a stare ferma, con ogni istinto che la spingeva ad opporsi alla penetrazione e piccole grida che le uscirono dalla gola, mentre lui spinse ulteriormente, fermandosi brevemente sulla barriera interna. "Mi dispiace" disse bruscamente, e Mia urlò, quando lui spinse con un movimento fluido, strappando la membrana che gli impediva l'ingresso e affondando il cazzo fino in fondo, con i peli pubici dell'umana che spinsero sui suoi.

La vista di Mia si oscurò per un attimo, e una calda nausea le risalì fino alla gola, quando un dolore simile a un coltello le dilaniò le viscere. Non si sarebbe mai aspettata di provare una simile agonia, e affondò le unghie nelle spalle di Korum, con grida basse e gutturali che le uscirono dalla gola, nel disperato tentativo di liberarsi dell'oggetto che la stava facendo a pezzi. Dimenticando il piacere di prima, si dimenò sotto di lui come un pesce attaccato all'amo, notando appena le rassicuranti parole che le stava sussurrando nell'orecchio e i dolci baci che le stava dando sulle guance e sulla fronte.

A un certo punto, quel terribile dolore cominciò a placarsi, e si rese conto che lui non si stava più muovendo, che era rimasto in profondità dentro di lei, con i muscoli tremanti per lo sforzo necessario per rimanere fermo. "Mi dispiace" le disse, ripetendolo per l'ennesima volta: "Andrà meglio, te lo prometto. Rilassati, e non ti farà più così male, te lo prometto... Shhh, tesoro, rilassati... Che brava ragazza... Presto andrà meglio, te lo prometto..."

Bugiardo, pensò Mia amaramente. Come poteva andare meglio, quando era ancora dentro di lei, con l'organo che le aveva provocato tanto dolore sepolto in profondità? Si sentiva violata e tradita, inchiodata sotto quel corpo molto più grosso e senza alcuna possibilità di fuga, fin quando lui non avesse finito. "Finisci quello che hai cominciato" gli disse con severità, disposta a tollerare qualsiasi cosa purché quell'agonia terminasse.

Un sorrisetto gli piegò le labbra, nonostante la tensione sul volto. "Ah Mia, dolce ragazza coraggiosa, ogni tuo desiderio sarà esaudito." Lo tirò fuori lentamente, e Mia chiuse gli occhi, non riuscendo a trattenere le lacrime, con quel movimento che le causò ancora più dolore in un primo momento. Tuttavia, Korum continuò a muoversi, ritirandosi lentamente dal suo corpo e penetrandolo nuovamente, e il vecchio ritmo in qualche modo accese una piccola scintilla dentro di lei. Percependolo, l'extraterrestre aumentò gradualmente la velocità e cambiò leggermente l'angolazione, in modo che la larga punta della sua asta colpisse il sensibile punto in profondità. Allungò il braccio, con dita esperte che trovarono il clitoride, e premette leggermente, mantenendo la pressione costante e lasciando che i suoi colpi la spostassero contro la sua mano. Il corpo di Mia si tese nuovamente, questa volta per una ragione diversa, e un calore liquido cominciò a radunarsi nel suo intimo. Cominciò ad ansimare, facendo eco al suo respiro pesante, e la tensione dentro di lei diventò quasi insopportabile, con ogni spinta del cazzo che la portò sempre più al limite, senza farle raggiungere il culmine. Il dolore non scomparve—era ancora lì—ma in qualche modo non importava, in quanto ogni nervo del corpo di Mia era concentrato sul disperato bisogno di rilascio. L'alieno gemette, sbattendo i fianchi contro di lei, e Mia gridò dalla frustrazione, spingendogli inutilmente i pugni contro il petto, con il corpo che vibrava come una corda di chitarra a causa dell'intollerabile tensione interna. Improvvisamente, era troppo. Lo sentì gonfiarsi ancora di più, e poi venne con un'ultima spinta profonda che la spinse oltre il limite, sbattendole il bacino sul sesso, mentre il suo intero corpo sembrò esplodere con un orgasmo così potente che vide letteralmente le stelle, con il cervello che andò quasi in cortocircuito per l'intensità di esso.

Rimase lì, sentendo il cazzo ancora dentro di lei, anche se era diventato più floscio e piccolo. Le spalle e la schiena dell'alieno erano madide di sudore, con il respiro corto, come se avesse appena corso durante una maratona, e il corpo pesante sopra di lei. Anche le membra di Mia stavano tremando leggermente, si accorse con un interesse curiosamente distaccato, e il cuore le batteva come se avesse fatto uno sforzo fisico.

Poi Korum lo tirò fuori, e Mia sentì la perdita di calore del suo corpo, rimpiazzata da una strana freddezza interna. L'extraterrestre uscì dalla stanza, e lei tirò su le ginocchia in un movimento lento e doloroso, con il corpo che sembrava un estraneo, mentre si rannicchiò in posizione fetale sul fianco, con la mente stranamente vuota. C'erano striature di sangue sulle sue cosce, molto più di quanto aveva sempre pensato fosse la norma.

L'extraterrestre tornò un minuto dopo, con un tubetto bianco in mano. Facendo uscire una sostanza chiara, la spalmò sul dito e si allungò tra le gambe della ragazza, entrando nella dolorante apertura nonostante la sua debole protesta. Quasi immediatamente, Mia sentì che il dolore bruciante cominciava a diminuire, mentre il misterioso gel faceva la sua magia.

"È un analgesico e velocizza la guarigione" le spiegò, strofinando la mano sulle lenzuola per liberarsi di quello in eccesso. "Purtroppo, non posso guarirti completamente, perché l'ultima cosa che voglio è che la membrana ricresca."

Mia rispose raggomitolandosi in una palla ancora più piccola. Più che altro, voleva scomparire, fingere che niente di tutto quello fosse reale. Non glielo permise, però, tirandola a sé nella posizione a cucchiaio, con il grosso corpo caldo intorno a lei. "Ti odio" gli disse, desiderando ferirlo in qualche modo. Lo sentì sospirare sulla sua schiena. "Lo so" le disse, accarezzando delicatamente i riccioli aggrovigliati.

Dovevano essere rimasti così per qualche minuto. Le lenzuola odoravano di sesso, notò Mia, e di lui. C'era anche un odore metallico, e Mia capì che dovevano essere i resti della sua verginità.

"Non hai bevuto il mio sangue" gli disse, trovando più facile comunicare in quel modo, dandogli le spalle.

"No, non l'ho fatto" concordò, aggiungendo: "Credo che tu abbia vissuto fin troppe nuove esperienze come prima volta."

Com'era premuroso, pensò Mia amaramente. Un vero gentiluomo per aver risparmiato alla povera vergine un ulteriore trauma. Non importava che fosse lui la causa di quel trauma.

Come se avesse percepito la direzione dei suoi pensieri, le disse, continuando ad accarezzarle i capelli: "Mi dispiace che sia stato così doloroso per te. So che non mi credi ora, ma non avrei mai voluto farti del male e non lo farò più. Se avessi saputo quanto sei stretta e quanto era spessa la tua membrana, avrei cercato di rimuoverla prima di avvicinarmi a questa camera da letto. Una volta entrato dentro di te, era troppo tardi—non sono riuscito a fermarmi. La prossima volta non sarà così, te lo giuro."

Mia ascoltò il suo discorso con un crescente timore nello stomaco. "Tanto per chiarire le cose" disse lentamente: "Non lo rifarò mai più con te. Mai. Se mi toccherai un'altra volta, sarà stupro nel vero e proprio senso della parola."

Korum non rispose, e Mia si rese conto con grande sgomento che lui avrebbe voluto una prossima volta. "Sei un mostro" gli disse, cercando di staccarsi. La lasciò andare, alzandosi. Prima che lei potesse capire cosa voleva l'alieno, si chinò sul letto e la sollevò fra le braccia, portandola nuda fuori dalla stanza.

LA CONDUSSE nello stesso bagno in cui Mia aveva fatto la doccia. A un certo punto, doveva aver riempito la Jacuzzi, perché era pronta per loro. La mise nella splendida acqua calda che le arrivava alla vita. Con le gambe ancora tremanti, Mia si abbassò tra le bolle, trovando un gradino su cui poté sedersi. Dei potenti getti le massaggiarono piacevolmente i muscoli sfiniti, togliendole il sangue secco e il seme dalle cosce, e l'umana si appoggiò al bordo e chiuse gli occhi, cercando di ignorare la presenza nuda di Korum.

Un pensiero spaventoso si insinuò improvvisamente nella sua mente, facendole aprire gli occhi. "Non hai usato la protezione" sibilò, spaventata da quella consapevolezza. "Mi verrà qualche malattia trasmissibile sessualmente o peggio—rimarrò incinta?"

Rise, piegando la testa all'indietro. "No, dolcezza—entrambe le ipotesi sono irrealizzabili. Sei molto più al sicuro facendo sesso con me che con qualsiasi maschio umano, a prescindere dal numero di preservativi che indossi."

Mia tirò un sospiro di sollievo. Il gel di prima e l'acqua calda stavano facendo miracoli al suo fisico, e si sentiva quasi bene. Aveva anche fame, si rese conto.

"Devo andare" disse, guardandosi intorno nel bagno alla ricerca di un asciugamano o di un accappatoio che l'avvolgesse. Non si sentiva ancora a proprio agio nuda davanti a lui.

"Perché?" le chiese pigramente, spostando la schiena muscolosa per approfittare dei getti. "Hai già perso la lezione e non hai niente da fare il mercoledì."

A quanto pareva, conosceva il suo orario delle lezioni a memoria.

Mia si strinse nelle spalle, non più sorpresa da niente. "Ho fame, e voglio tornare a casa" affermò, dicendo la verità.

Le sorrise, sembrando contento. "Ti preparerò qualcosa da mangiare. Perché non ti rilassi un po'? Ti avviserò quando è pronto."

Lei annuì, decidendo di non discutere, al ricordo del delizioso pasto che aveva preparato.

Continuando a sorridere, Korum si alzò e uscì dalla vasca, con l'acqua che gli rigava la pelle dorata e i muscoli ben definiti. Nonostante tutto ciò che era successo, Mia sentì una scintilla di eccitazione, vedendolo completamente nudo. La sua schiena era larga e muscolosa, e aveva i fianchi stretti. Il sedere era il migliore che avesse mai visto su un uomo, sodo e muscoloso, e le gambe sembravano potenti. Si chiese se i K si esercitassero per mantenersi in forma e decise che gliel'avrebbe chiesto in un secondo momento.

"Ti piace quello che vedi?" le chiese con un astuto sorrisetto, accorgendosi che lo stava osservando.

Mia arrossì leggermente e poi si disse di non comportarsi come una stupida. "Certo" disse sinceramente. "Sei molto carino, come la versione maschile di una Barbie."

Invece di offendersi, Korum scoppiò a ridere. "Non come Ken, spero. Non gli manca l'attrezzatura necessaria?"

Mia scrollò le spalle, non volendo entrare in quella discussione con lui in quel momento. Sorridendo, uscì dalla stanza, lasciandola sola a godersi la Jacuzzi per i venti minuti successivi.

Quando tornò, Mia aveva già fatto la doccia e indossato il familiare accappatoio che aveva scoperto nell'armadietto del bagno. Trovò anche le pantofole che aveva già indossato e le mise volentieri. Fare la doccia lì stava diventando un'abitudine.

Accompagnò Korum in cucina, con l'acquolina in bocca per i deliziosi profumi che provenivano da lì. Aveva preparato un'altra delle sue ottime insalate e un piatto di grano saraceno arrostito con carote e funghi arrosto. Sentendosi affamata, Mia aggredì il cibo con apprezzamento, e lo stesse fece lui. Per un po', la cucina rimase in silenzio, ad eccezione dei rumori della masticazione e dello sbattere dei piatti. Sentendosi finalmente sazia, Mia si appoggiò allo schienale. Lui aveva già finito la propria porzione, come al solito, e la stava osservando con un sorrisetto.

"Che cosa c'è?" chiese Mia, sentendosi a disagio e

chiedendosi se avesse un pezzo di lattuga in mezzo ai denti.

"Niente" rispose lui, e il suo sorriso si allargò. "È solo che mi piace guardarti mangiare. Lo fai con molto entusiasmo—è molto tenero."

Mia arrossì leggermente. Ovviamente l'aveva presa per una ghiottona. Alzando le spalle, disse: "Sì, che cosa posso dire? Mi piace molto il cibo."

Lui sorrise. "Lo so. Mi piace molto questa tua particolarità. Molto inaspettata per una ragazza magra come te."

Mia ricambiò il sorriso e si alzò dalla sedia. Quello era il momento perfetto. "Ok, beh, grazie per il pasto. Ora mi cambio e me ne vado."

Il sorriso scomparve dal volto di Korum. Chiaramente non era felice di sentire quelle parole. "Perché non resti?" le suggerì dolcemente. "Ti prometto che non ti sfiorerò, se è questo che ti preoccupa."

Mia deglutì, sentendosi improvvisamente a disagio. "Devo proprio andare" disse, sperando che il linguaggio del corpo non la tradisse—che lui non avesse intenzione di tenerla lì contro la sua volontà.

La guardò negli occhi. Qualunque cosa ci vide, sembrò sufficiente a fargli prendere una decisione. "Va bene" disse lentamente. "Puoi andare a casa." Mia tirò un sospiro di sollievo—prematuramente, come si rese conto. Perché poi l'alieno aggiunse: "Ma voglio che torni qui stasera. Porta tutto quello che ti occorre per un giorno o due—oppure posso comprarti nuove cose, se preferisci—e torna entro le 19:00. Preparerò la cena."

Mia lo fissò. "E se non lo facessi?" chiese, sfacciata.

"Allora verrò a prenderti io" rispose Korum, con lo sguardo che non lasciava dubbi sulla sua serietà.

"Ma perché?" sbottò Mia in preda alla frustrazione. "Perché vuoi stare con una che non ti vuole? Chi ti odia, anzi? Sicuramente sarai pieno di donne che ti desiderano. Hai già ottenuto quello che volevi da me. Non puoi passare ad un'altra vittima?"

Socchiuse gli occhi dalla rabbia. "Beh, Mia, hai ragione. Non mi mancano le donne che farebbero di tutto per essere al posto tuo, e potrei facilmente trovare un'altra 'vittima,' come hai detto tu." Fece un passo verso di lei. "Il motivo per cui voglio te è che—nonostante tu finga di non volerlo—una chimica come la nostra è molto rara. Sei molto giovane, anche per un'umana, quindi non ti rendi conto di quello che abbiamo. Credi davvero che il sesso sarebbe così per te con un altro uomo? O che qualunque altra donna avrebbe lo stesso effetto su di me?" Fece una pausa e continuò con un tono più dolce: "Questo tipo di attrazione capita molto raramente, e non intendo rinunciarci, anche se ora sei spaventata." Fissando il suo viso scioccato, aggiunse con un familiare scintillio dorato negli occhi: "So che si tratta di una novità per te e che probabilmente hai provato più dolore che piacere oggi. Ma non sarà più così. La prossima volta che sarai nel mio letto, prometto che le tue uniche grida saranno quelle di piacere."

CAPITOLO SEI

Mia lasciò il suo appartamento e tornò a casa, con i pensieri confusi. Non era più vergine, e il residuo dolore tra le cosce ne era la prova. Il gel aveva alleviato gran parte della sofferenza, ma sentiva ancora l'eco della sua pienezza dentro di lei. Il sesso le palpitò leggermente al ricordo degli orgasmi che le aveva provocato, e tremò per l'intensità di esso. E voleva rivederla, quella sera. Anzi, sembrava che non avesse alcuna intenzione di lasciarla andare—incurante dei suoi desideri.

A quel pensiero, Mia si arrabbiò di nuovo. Non aveva alcun diritto di farle quello. La sua specie aveva guidato l'evoluzione umana, ma ciò non significava che avrebbe potuto possederla. Qualunque chimica pensava ci fosse tra loro, non era una buona scusa per il suo comportamento, e Mia detestava l'idea che Korum pensasse di poter avere tutto ciò che voleva. Desiderava che ci fosse qualcosa da poter fare per impedirglielo, ma la sua reazione a lui rendeva ridicola qualunque resistenza.

Il tragitto per tornare a casa era lungo, ma Mia voleva sgranchirsi le gambe e schiarirsi le idee prima di rivedere la compagna di stanza. Quando arrivò sotto il suo edificio, era così stanca che salire cinque rampe di scale le sembrò un peso. Non vedeva l'ora di riposarsi sul divano e di fare qualunque cosa per distrarsi—come guardare uno show sul portatile.

Non era la sua giornata fortunata, però. Jessie aveva ospiti, si rese conto Mia, quando aprì la porta e udì delle voci maschili nel salotto. Entrando, rimase sorpresa di vedere due uomini che non aveva mai visto prima.

Uno di loro—un ragazzo asiatico—sembrava avere intorno ai venticinque anni, mentre l'altro doveva averne almeno trenta. Il ragazzo più grande attirò subito la sua attenzione. C'era qualcosa nel modo in cui era seduto sul divano che le dava l'impressione di una molla pronta a scattare. Era biondo e aveva degli occhi azzurri incredibilmente vigili. Sembrava essere di media altezza e magro, forse anche un po' troppo.

Vedendo entrare Mia, si alzarono entrambi. Jessie rimase seduta, sembrando pallida e stranamente in colpa. "Ciao, Mia" disse con una leggera esitazione. "Questo è mio cugino Jason, con il suo amico John."

Mia sollevò le sopracciglia. "Il Jason di cui abbiamo parlato questa mattina?" chiese, confusa.

Il ragazzo asiatico annuì. "Il solo e l'unico."

"Oh, ciao... piacere di conoscervi" disse Mia con gentilezza, cercando di collegare i punti.

"Sono qui per parlare con te" chiarì Jessie, e Mia comprese perché sembrava così in colpa.

"Voi ragazzi fate parte della Resistenza o qualcosa del genere?" chiese, incredula. Davanti alla loro non risposta, saltò da sola alle conclusioni. "Ascoltate, non so che cosa vi abbia detto Jessie, ma non abbiamo davvero niente di cui parlare—"

"Non credo proprio, Signorina Stalis" disse John, parlando per la prima volta con una voce leggermente roca: "Abbiamo molte cose da dirci. Jason—perché non parli un po' con tua cugina, mentre la Signorina Stalis ed io concludiamo la nostra discussione?"

Notando l'espressione corrucciata sul viso di Mia, Jessie le rivolse un'occhiata implorante. "Ti prego, Mia, so che sei arrabbiata con me, ma credo che possano davvero aiutarti. Ascoltali, ok? Jason ha detto che possono darti degli utili consigli su come affrontare questa situazione—ecco perché sono qui."

Mia sospirò profondamente e sbottò: "Va bene." A quanto pareva, non avrebbe trascorso un rilassante pomeriggio in casa.

"Quand'è che vuole rivederti?" domandò John.

Mia sbatté le palpebre per la sorpresa. "Uh—questa sera alle 19:00."

"Ok" disse lui: "Questo ci dà il tempo necessario per agire. Dimmi—sei stata irradiata?"

"Irradiata?"

"Ha usato qualche dispositivo alieno su di te che ha

emesso una luce rossastra su qualche parte del tuo corpo in cui la pelle era rovinata?"

Mia lo fissò in stato di shock. "Come lo sai?"

Prendendola come una risposta affermativa, disse: "Allora, non puoi lasciare l'appartamento. Jason—perché non porti tua cugina a vedere un film, mentre la Signorina Stalis ed io parliamo qui?"

Jason annuì e se ne andò, seguito da Jessie, anche se Mia poté vedere che la coinquilina stava morendo dalla curiosità.

Quando furono soli, Mia chiese con rabbia: "Che cosa vuol dire che non posso lasciare l'appartamento?"

"Sei stata irradiata. In pratica, ti ha marchiato—ora hai delle piccole nano-macchine impiantate nella parte del corpo che è stata irradiata. Gli trasmettono la tua posizione in ogni momento. Se dovessi fare qualcosa che non si aspetta, come lasciare il tuo appartamento quando pensa che dovresti essere a casa, lo saprebbe immediatamente—e questo potrebbe renderlo sospettoso."

Mia si guardò i palmi con orrore. "Vuoi dire che quando mi ha guarito i graffi ha davvero inserito un dispositivo di rilevamento dentro di me? Perché l'avrebbe fatto?" Sollevò la testa con sospetto. "E come fai a sapere tutto questo?"

"Signorina Stalis—" disse, sfinito.

"Puoi chiamarmi Mia" lo interruppe.

"Ok, Mia" ripeté confidenzialmente: "Combattiamo i Krinar da molto tempo. Non pensi che abbiamo scoperto molte cose sui nostri nemici?"

"E va bene" disse Mia lentamente: "Supponiamo che vi creda. Perché l'avrebbe fatto? Perché mi avrebbe marchiata in quel modo?"

"Per sapere sempre dove sei, ovviamente. È la loro procedura operativa standard."

Mia lo fissò scioccata. "Beh, allora, cosa potete fare per aiutarmi?"

"Non possiamo aiutarti, Mia" disse John sinceramente. "Ma tu puoi aiutare noi."

Mia respirò forte. Temeva che sarebbe successo qualcosa di simile. "Credo che siate stati informati male. Non voglio essere coinvolta nella vostra causa in alcun modo o forma. Non potete vincere, e l'ultima cosa di cui abbiamo bisogno è tornare ai giorni del Grande Panico. Voglio solo essere lasciata in pace—da Korum, da voi e da tutti gli altri—e se non mi potete aiutare in questo, dovreste andarvene." Indicò la porta.

"Sei già coinvolta, Mia, che ti piaccia o meno. Sai chi è il tuo amante K?"

"Non è il mio amante!" disse Mia bruscamente.

"Non sei andata a letto con lui?" Vedendo il colorito sul volto della ragazza, aggiunse: "Proprio come pensavo. Sono certo che non abbia perso tempo a ottenere esattamente ciò che voleva da te, proprio come hanno fatto con il nostro pianeta."

Mia cercò di nascondere l'imbarazzo. "Che cosa vuoi dire con 'so chi è'?"

"Ti ha raccontato qualcosa di sé? Sai perché è qui a New York? Come hanno fatto i K ad arrivare sulla Terra in generale?"

Mia annuì lentamente. "Ha detto di essere un ingegnere, che l'azienda per cui lavora ha costruito le astronavi che li hanno portati qui sulla Terra."

"Un ingegnere? Bene." John si lasciò sfuggire una risatina priva di ilarità. "È uno dei K più potenti su questo pianeta, Mia. Possiede le astronavi che li hanno portati qui—la sua azienda, in realtà, è stata la forza trainante dietro il loro insediamento sulla Terra."

Vedendo l'espressione di pura incredulità sul suo volto, aggiunse: "Fa parte del loro consiglio governativo—alcuni dicono che sia addirittura a capo del consiglio. La sua azienda fornisce tutto il necessario per i loro Centri. Senza di lui, non ci sarebbero Centri K, né Krinar sulla Terra."

"Non capisco" disse Mia, confusa. "Se le cose stanno così, allora perché è qui? E che cosa vuole da me?"

"È qui perché, per la prima volta dopo il K-Day, abbiamo una possibilità contro di loro." Gli occhi di John brillarono dall'emozione. "Perché sa che siamo quasi pronti per un equo combattimento. Perché vuole estirpare la Resistenza prima che sia troppo tardi."

Fece un respiro profondo. "Per quanto riguarda ciò che vuole da te, è abbastanza evidente. Sai che cos'è una charl?"

Mia scosse la testa, sentendosi sconvolta.

"La traduzione letterale di charl è *colui o colei che soddisfa*. È il termine che usano per gli schiavi umani che tengono nei loro insediamenti. Lo scopo dei charl è quello di dar piacere ai K. Come forse saprai, amano bere il sangue durante il sesso. Quindi, ci tengono prigionieri, rinchiusi nelle loro gabbie altamente tecnologiche, e ci usano come vogliono."

Mia sentì una calda bile risalirle nella gola. "Stai mentendo. Perché dovrebbero farlo? Siamo esseri intelligenti."

"Non ci vedono necessariamente così. Molti di loro ci considerano animali domestici che hanno allevato appositamente per questo fine—poco più dei primati a cui avevano dato la caccia fino a farli estinguere sul loro pianeta."

"Quindi, che cosa stai cercando di dire? Che Korum vuole tenermi come schiava?" chiese, incredula. "Sono tutte stronzate. Se avesse voluto rinchiudermi, non sarei qui, no?"

Sospirò. "Mia, non so esattamente a quale gioco sta giocando con te. Forse trova divertente illuderti di essere libera per ora. Non è così però—lo capisci, vero? Se provassi a lasciare New York invece di restare qui e andare da lui ogni volta che vuole, non so cosa farebbe, se la tua famiglia ti rivedrebbe. Sei una ragazza intelligente. Lo hai percepito, vero? Ecco perché non lo hai esattamente evitato. Ecco perché la tua coinquilina era così spaventata per te, perché è corsa da Jason, anche se non si parlavano da tre anni—perché ha detto che era una cosa più grande di te."

Mia aveva voglia di vomitare. Se John stava dicendo la verità, allora la sua situazione era decisamente peggiore di quanto avesse immaginato. Lui aveva ragione; il suo subconscio doveva aver capito il pericolo che avrebbe corso, se fosse fuggita da Korum;

ecco perché non aveva mai pensato seriamente di lasciare la città. Il cervello le frullava per un milione di domande, mentre un grande pozzo di disperazione prendeva il sopravvento nello stomaco.

"Allora, che cosa volete da me?" chiese amaramente. "Siete venuti fin qui per dirmi che sono rovinata? Che finirò per essere l'animale domestico di un alieno, rinchiusa da qualche parte e usata per il sesso? È questo che stai cercando di dire?"

"Sì, Mia" rispose John con calma, con il volto stranamente inespressivo. "Non hai scelta. Se si stancasse di te, potresti riuscire a riprendere in mano la tua vita—soprattutto se sarai ancora a New York. Naturalmente, potresti anche attirare l'attenzione di un altro K e scomparire per sempre. È quello che è successo a mia sorella—è per questo che faccio quello che faccio, in modo che altre giovani innocenti possano avere una vita normale."

Mia lo guardò inorridita. "Tua sorella? Che cosa le è successo?"

La bocca di John si contorse amaramente. "È successo che le regalai un viaggio in Messico per la laurea. Partì con le amiche e conobbe un bellissimo sconosciuto sulla spiaggia. Scoprì che non era esattamente umano... La sera prima di tornare a casa, Dana scomparve dalla sua stanza. Per molto tempo, non ricevemmo alcuna notizia di lei—sospettavamo solo che i K fossero coinvolti in qualche modo. Ecco perché ho cominciato a combatterli, per vendicare mia sorella. Solo un anno fa, scoprii che è ancora viva e che è detenuta come charl nel Centro K della Costa Rica."

Gli occhi di Mia si riempirono di lacrime, immaginando la sofferenza della sua famiglia. "Oh mio Dio, mi dispiace" disse. "Non c'è modo di salvarla?"

"No." Scosse la testa con furioso rammarico. "Anche se riuscissimo a tirarla fuori di lì—cosa alquanto improbabile—è stata irradiata, come tutte le charl. Saprebbero sempre dove si trova—non possiamo annullare la procedura."

"Irradiata" disse Mia. "Come tutte le charl —come me."

"Come te" concordò John.

Aveva voglia di urlare, piangere e lanciare oggetti. Invece, chiese: "Allora, perché siete venuti qui oggi?"

"Perché, Mia, anche se non possiamo davvero aiutarti, tu puoi aiutare noi. Se ci riusciamo, non solo riavrai indietro la tua vita, ma salverai anche quella di innumerevoli altre giovani donne— e uomini—dal destino di mia sorella."

"Non capisco... Che cosa mi stai chiedendo?" domandò Mia lentamente, con il cuore che cominciò a batterle forte.

"Vogliamo che lavori con noi. Che ci informi sugli spostamenti di Korum, su quello che ama mangiare, su come dorme, su eventuali debolezze che potrebbe avere. E se ti capita di ottenere qualche informazione che potrebbero essere utile—password, misure di sicurezza, qualsiasi cosa—informaci."

"Mi stai chiedendo di fare la spia per voi?" Mia alzò la voce, incredula.

"Ti sto chiedendo di sfruttare al meglio la tua indubbiamente sfortunata situazione. Di aiutare te stessa e tutta l'umanità. Tutto quello che dovrai fare è tenere le orecchie e gli occhi aperti quando sei con lui, e riferirci di tanto in tanto le tue scoperte."

"E credi che io sia in grado di riuscirci? Senza alcuna formazione, né abilità di recitazione? Come potrei ingannare uno dei più potenti K su questo pianeta? Che cosa ti fa pensare che non sappia già che siete qui, soprattutto se il suo obiettivo è quello di schiacciare il vostro movimento?"

"In quest'appartamento non ci sono cimici—abbiamo controllato. Non avrebbe motivo di spiarti, se non fai nulla di sospetto e continui a stare al gioco. Non sa che siamo qui—se lo avesse saputo, saremmo già morti. Ascolta, non ti stiamo chiedendo di essere James Bond, né una femme fatale. Non dovrai cercare di avvicinarti a lui, di sedurlo o qualcosa del genere—basterà continuare la relazione con lui, così com'è, e informarci di tanto in tanto."

"E come? E a cosa porterebbe tutto questo? Che cosa vi fa pensare di avere qualche possibilità, se tutti i governi del mondo con le loro armi nucleari sono stati completamente impotenti durante l'invasione?" Quell'idea era folle, e Mia non aveva intenzione di diventare una martire in nome di una causa persa.

"Del come—ce ne occuperemo noi. Se continuerà a concederti un po' di libertà, sarà sicuramente molto più facile. Altrimenti, sarà tutto più complicato, ma troveremo un modo." Si fermò un attimo, riflettendo sulla saggezza delle parole successive. "Per quanto riguarda il motivo per cui pensiamo di poter vincere, diciamo solo che non tutti i K sono uguali. Non condividono tutti le stesse credenze sull'inferiorità umana. Non posso dirti di più senza metterti in pericolo, ma ti assicuro che abbiamo degli alleati potenti."

Alleati degli umani tra i K? Le implicazioni di quel fatto erano incredibili.

"Non lo so" disse Mia, cercando di riflettere. "E se scoprisse tutto? Che cosa mi succederebbe?"

Rispose sinceramente: "Non ne ho idea. Potrebbe decidere di ucciderti o punirti in qualche altro modo. Non lo so proprio."

Mia si lasciò sfuggire una risata amareggiata. "E non ti importa, vero?"

John sospirò. "Sì, Mia. Più che altro, vorrei che le cose stessero diversamente. Vorrei non doverti chiedere di fare questo, che l'unica cosa di cui debba preoccuparti fossero gli esami. Ma non viviamo più in quel genere di mondo. Se vogliamo riconquistare la nostra libertà, dobbiamo rischiare. Sei la nostra migliore occasione per avvicinarci a Korum. Puoi davvero fare la differenza, Mia."

La ragazza si avvicinò al tavolo e si sedette, chiudendo gli occhi per un minuto in modo da poter riflettere. Non aveva alcun motivo di fidarsi di John, e non sapeva se ciò che le aveva detto era la verità.

Tuttavia, in qualche modo era incline a credergli. C'era stato troppo dolore nella sua voce, quando aveva parlato della sorella; o era il miglior attore del mondo o i K rapivano e schiavizzavano davvero gli umani che attiravano la loro attenzione. Proprio come lei aveva involontariamente attirato quella di Korum.

Un'altra domanda le passò per la testa. Aprendo gli occhi, chiese: "E se Korum sapesse che Jason è il cugino di Jessie, e già sospettasse di me?"

John alzò le spalle. "È possibile, naturalmente. Ma Jason è il cugino di terzo grado di Jessie, quindi il legame è molto lontano. Inoltre, non è nessuno nella nostra operazione—è stato a malapena coinvolto negli ultimi due anni. È venuto da me solo oggi, perché Jessie l'aveva chiamato per te. Non possiamo escludere completamente questa possibilità, ma le probabilità sono a nostro favore. E poi, non dimenticare—Korum è quello che ti ha corteggiata, non il contrario, quindi non ha motivo di sospettare."

"Va bene" disse Mia: "Supponiamo per un attimo che io decida di fare la spia per voi. Ti aspetti che vada da lui stasera, sapendo tutto quello che mi hai appena detto, e che mi comporti come se non fosse cambiato nulla? Ha migliaia di anni—può leggermi come un libro aperto. Non ho alcuna possibilità."

"Non lo so, Mia. A questo punto, lo conosci molto meglio di noi. So che non sei mai stata messa alla prova in questo modo, ma credo in te. Il tuo più grande vantaggio potrebbe essere che probabilmente sottovaluta la tua intelligenza. Finché sarai solo la sua charl, non ti vedrà come una minaccia."

Mia ne aveva abbastanza. Si alzò in piedi, sentendosi davvero esausta.

"John" disse, sfinita: "Capisco cosa stai cercando di fare, e apprezzo la tua causa. Ma non posso prometterti niente. Non metterò la mia vita in pericolo informandoti su dove si trova Korum e su cos'ha mangiato per cena. Ma se otterrò qualche informazione davvero utile, farò del mio meglio per riferirvela."

Annuì. "D'accordo, Mia. Se hai bisogno di contattarci, parla con Jessie—o, se non è possibile, inviale un'e-mail con 'Ciao' nella riga dell'oggetto—monitoreremo il suo account. In questo modo, se deciderà di controllare la tua posta elettronica—cosa che probabilmente farà—non sospetterà di nulla. Avrai solo salutato la tua compagna di stanza."

Mia fece un cenno con la testa in segno di accordo, non desiderando altro che rimanere sola. La testa le pulsava a causa di una terribile emicrania, e chiuse con piacere la porta non appena John se ne andò.

Incamminandosi verso la sua camera, crollò sul letto.

Si sentiva male, con lo stomaco in subbuglio per le rivelazioni di John. Non potevano essere vere—non voleva crederci. Sì, Korum non sembrava accettare obiezioni, e finora non le aveva lasciato molta scelta nella loro relazione. Ma tenerla come una vera e propria schiava sessuale? Toglierle la libertà e rinchiuderla in un Centro K? Se l'esistenza dei charl fosse stata qualcosa di più del frutto dell'immaginazione di John—e Korum voleva renderla davvero tale—allora l'alieno era davvero il mostro che l'aveva accusato di essere.

Mia si sentì nauseata al pensiero di rivederlo quella sera e di sentirne il tocco sul suo corpo. E probabilmente gli avrebbe risposto, come se fosse davvero il suo amante. Quell'ultima parte le fece venir nuovamente voglia di vomitare. Com'era possibile che il suo corpo lo desiderava, quando lui non la considerava nemmeno una persona con i diritti umani di base—o addirittura nemmeno un essere intelligente?

Era anche spaventata all'idea di spiarlo. Se l'avesse sorpresa a farlo, era certa che probabilmente l'avrebbe uccisa—forse dopo averla torturata, per ottenere informazioni. Chiunque fosse in grado di tenere degli schiavi, probabilmente non avrebbe battuto ciglio davanti alla tortura.

Rabbrividì.

Anzi, se Korum avesse saputo della sua conversazione con John, probabilmente sarebbe stata la sua fine.

Cercò di immaginarlo infliggerle dolore intenzionalmente. Per qualche ragione, era difficile. Più che altro perché era stato molto gentile con lei. Perfino la perdita della verginità quella mattina—per quanto fosse stata traumatica—avrebbe potuto essere decisamente peggiore, se non avesse cercato di controllarsi. In realtà, alcune delle sue azioni erano addirittura tenere—prepararle da mangiare, assicurarsi che fosse asciutta e al sicuro, guarirla (beh, forse quello no, considerato ciò che aveva appena saputo)—e quelle azioni non sembravano combaciare con l'immagine crudele che John aveva dipinto per lei. Tuttavia, Mia non avrebbe mai fatto del male a un gattino, ma non si sarebbe fatta alcun problema a tenerne uno in casa. Se l'alieno la vedeva davvero in quel modo—come un grazioso animale domestico che voleva scoparsi— allora il suo comportamento aveva perfettamente senso.

La ragazza cercò di non pensare alle implicazioni di tutto quello, ma era impossibile. Aveva sempre creduto in un futuro brillante, e le piaceva pensarci, programmare gli anni successivi della sua vita. E ora non aveva idea di cosa le avrebbero riservato le prossime settimane—non sapeva nemmeno se sarebbe stata ancora viva, tanto meno se avrebbe frequentato la NYU.

Il pensiero di poter diventare la charl di Korum in un insediamento alieno era devastante, soprattutto se immaginava la reazione della famiglia dopo aver saputo della sua scomparsa. Le avrebbe almeno permesso di dir loro che era viva o sarebbe scomparsa senza lasciare tracce?

Un'ondata di autocommiserazione prese il sopravvento, sentendo il caldo bruciore delle lacrime dietro le palpebre. Non riuscendo più a sopportare tutte quelle emozioni, seppellì il viso nel cuscino e singhiozzò per l'amara ingiustizia di tutto—finché non si ritrovò con gli occhi rossi e gonfi, e lasciò cadere un'altra lacrima.

Poi si alzò, lavò il viso e cominciò a preparare le sue cose per la serata, seguendo il suggerimento di Korum.

～

ALLE 18:45 PRESE la metropolitana fino a TriBeCa ed entrò nell'edificio di Korum alle 18:59. Dandosi mentalmente una pacca sulla spalla, Mia pensò di essere una spia molto puntuale.

L'accolse con un lento sorrisetto sensuale, stupendo come non mai con quel paio di jeans chiari e una maglietta bianca. Nonostante le rivelazioni di John, il suo cuore saltò un battito a quella vista. I muscoli interni si irrigidirono, e cominciò a bagnarsi. Il sorriso dell'alieno si allargò, mostrando quella dannata fossetta. Ovviamente, percepiva la sua eccitazione.

Mia maledisse il suo corpo. Continuava a reagire a lui, nonostante tutto. Ma, dato che sarebbe dovuta andare letteralmente a letto con il nemico, pensò che tanto valeva divertirsi. Ora che conosceva la verità sulla sua razza e le sue probabili intenzioni verso di lei, era abbastanza certa di riuscire a tenere sotto controllo le emozioni, a prescindere da quanti orgasmi le avrebbe provocato.

La cena che le aveva preparato era eccezionale, come al solito. Le patate arrosto con i funghi selvatici, l'aneto e le cipolle caramellate erano il pasto principale, preceduto da un antipasto a base di insalata di spinaci con pere affogate. Il dessert era un piatto di frutta fresca, tagliata in varie forme, con un salsa di noci dolci. L'intero pasto venne servito a lume di candela. Se non l'avesse conosciuto meglio, avrebbe pensato che la stava corteggiando con una cena romantica. La spiegazione più plausibile era che semplicemente gli piaceva il buon cibo in una bell'atmosfera, e lei ne era la beneficiaria.

Eppure, quello non combaciava affatto con l'immagine malvagia che John le aveva dipinto.

Nonostante la preoccupazione iniziale di Mia, trovò facile comportarsi naturalmente con lui— forse perché non doveva fingere che le piacesse, né di essere calma in sua presenza. Korum conosceva benissimo i sentimenti che Mia provava per lui, e sapeva che sarebbe stata nervosa, tremante ed eccitata, anche se a malincuore—tutto verissimo.

La cena proseguì, dominata da un leggero scambio di battute—scoprì che gli piacevano molto i film americani degli inizi del ventunesimo secolo—e dal cibo delizioso. Man mano che il pasto si avviava alla conclusione, i livelli di ansia di Mia cominciarono a crescere al pensiero di ciò che l'avrebbe aspettata più tardi. Nonostante il gel che aveva usato su di lei, continuava a sentire un leggero disagio dentro di sé, e non voleva rifare sesso così presto—anche se, in teoria, la seconda volta avrebbe fatto meno male. Dubitava che avrebbe mai potuto essere completamente indolore, viste la dimensione del cazzo dell'alieno e la sua presunta strettezza. Tuttavia, al suo corpo non sembrava importare, mentre una calda umidità si radunò tra le gambe dall'attesa.

Dopo cena, Mia aiutò Korum a sparecchiare, sistemando i piatti nella lavastoviglie e ripulendo il tavolo. Era un compito assolutamente domestico—qualcosa che avrebbe potuto fare con un ragazzo o il marito in futuro—e questo la rendeva ancora più consapevole della strana direzione che la sua vita aveva preso. Era difficile credere che solo quattro giorni fa temeva per il saggio di Sociologica, ed era preoccupata per le scarse frequentazioni. Ed ora stava cercando di non essere scoperta nella sua nuova veste, mentre spiava un extraterrestre di duemila anni che probabilmente voleva tenerla come schiava sessuale.

Dopo aver ripulito, Korum la portò in camera da letto.

A quel punto, Mia si sentì nervosissima, con la paura e il desiderio che lottavano nello stomaco. Notando la sua apparente apprensione, le disse: "Niente sesso stanotte, promesso. So che sei ancora dolorante."

L'ansia di Mia raggiunse un nuovo record. Che cos'aveva intenzione di fare esattamente, se il sesso era fuori discussione?

Entrarono in camera, e la condusse verso il familiare letto circolare, ora ricoperto da nuove lenzuola blu e avorio. La stanza era illuminata da una tenue luce giallognola, e una sorta di musica sensuale suonava in sottofondo. Sedendosi sul letto, la tirò a sé, fin quando la ragazza non si ritrovò tra le sue gambe aperte. In quella posizione, Mia era quasi al livello dei suoi occhi. Tremando leggermente, cercò di non guardarlo, quando le tolse la maglietta da sopra la testa, rivelando un reggiseno bianco che stavolta aveva ricordato di indossare. "Sei bellissima" mormorò, accarezzandole delicatamente i fianchi, mentre studiava il corpo finora denudato. Inspiegabilmente, Mia arrossì, con l'adolescente insicura dentro di sé assurdamente felice del complimento.

Piegandosi verso di lei, diede un caldo bacio sul punto sensibile in cui il collo incontrava la spalla. Mia tremò per quella sensazione, con la pelle d'oca dappertutto. Soddisfatto della reazione, lo fece di nuovo, per poi soffiare leggermente sull'umido punto che la bocca aveva abbandonato. Mia ansimò, con i capezzoli che si indurirono per quel gradevole brivido. Le sorrise, con gli occhi dorati e scintillanti. "Ancora niente baci in bocca?" chiese con calma, e Mia scrollò le spalle, ricordando cos'era successo l'ultima volta che aveva posto quella condizione.

Interpretandolo come un consenso, la tirò verso di lui, seppellendole una mano nei capelli e tenendole l'altra sulla schiena. Mettendo le mani sulle spalle vestite di Korum, Mia chiuse gli occhi e lo sentì darle piccoli baci dolci sulle guance, la fronte e le palpebre chiuse. Quando le sue morbide labbra raggiunsero la sua bocca, la ragazza si stava quasi contorcendo dall'attesa.

All'inizio, la baciò molto dolcemente, appoggiando appena la bocca sulla sua. Poi, cominciò a mordicchiarle delicatamente le labbra, stuzzicandole con la lingua. Lei gemette, spingendo il corpo su di lui, che le spinse la lingua nella bocca, penetrandola con un'imprevista imitazione dell'atto sessuale. L'umidità le inondò il sesso già bagnato, mentre le scopava la bocca con la lingua e le succhiava leggermente le labbra gonfie e sensibili, alternando le due azioni.

Persa in quelle sensazioni, Mia si rese conto solo vagamente che le aveva tolto il reggiseno. Staccando la bocca dalla sua, le baciò l'orecchio, succhiandole attentamente il lobo. Lei si inarcò dal piacere, lasciando cedere le ginocchia e piegando la testa all'indietro, e lui ne approfittò, leccandole e succhiandole la dolce colonna della gola e la zona della clavicola, fin quando la bocca calda non raggiunse i piccoli globi bianchi dei suoi seni. "Davvero bellissima" sussurrò, prima di tirare un capezzolo rosa nella bocca e di graffiarlo leggermente con i denti. Mia gridò, con il clitoride palpitante sull'orlo dell'orgasmo, e lui riservò all'altro seno il medesimo trattamento, tenendola stretta, mentre si dimenava tra le sue braccia, prossima al culmine. La tenne così, fermandosi per alcuni secondi, finché la sensazione si affievolì un po', e poi la sollevò su una gamba piegata, sbattendole la figa coperta dai jeans sul ginocchio e ingoiando le sue grida con la bocca, mentre raggiunse l'orgasmo tanto atteso.

Crollando su di lui, Mia sentì i muscoli interni pulsare per i residui dell'orgasmo. Senza aspettare che si riprendesse, Korum si alzò, la sollevò fra le braccia e la poggiò sul letto. Togliendosi i vestiti con una velocità che la lasciò a bocca aperta, salì sopra di lei, sbottonandole i jeans, e li tirò via insieme alle mutandine.

Rimasta completamente nuda, Mia ricordò spiacevolmente il dolore che aveva provato l'ultima volta in cui era stata in quella posizione. Tuttavia, nonostante quel grosso cazzo che sporgeva aggressivamente verso di lei, tutto quello che l'extraterrestre fece fu baciarle delicatamente il corpo, partendo dal punto sensibile vicino alla spalla e finendo vicino al ventre. Lei si irrigidì dall'attesa, ma lui non la deluse. Divaricandole le gambe con mani forti, piegò la testa e le leccò delicatamente le pieghe, evitando un contatto diretto con il clitoride. Mia rimase sorpresa di sentirsi di nuovo eccitata, solo pochi minuti dopo l'ultimo orgasmo. Un dito lungo entrò lentamente nella sua apertura, premendo con cautela su un punto sensibile in profondità, mentre le passò la lingua sopra con un ritmo più veloce. Stavolta, non ci fu un lento crescendo; il suo corpo si irrigidì intorno al dito dell'alieno, liberando la tensione che si era accumulata dentro di lei in pochi secondi.

Stupefatta, Mia rimase lì. A un certo punto, doveva avergli afferrato la testa, perché si ritrovò con le dita sepolte nelle sue ciocche lucenti. Sentendosi irrazionalmente imbarazzata, si staccò, tirando via le mani. Lentamente le tirò fuori il dito, facendole fremere il sesso con un tremito residuo, e lo leccò, guardandola. Mia quasi gemette di nuovo.

Korum si sedette, continuando a sostenere il suo

sguardo. Mia si rese conto che era ancora estremamente duro, non essendo venuto. Si leccò le labbra nervosamente, chiedendosi cosa intendesse fare. Gli occhi dell'extraterrestre seguirono con bramosia la sua lingua, e la ragazza improvvisamente capì che cosa voleva.

Mettendosi a sedere, l'umana allungò con cautela la mano e strofinò delicatamente le dita sul suo pene, sentendone la durezza. Con sua sorpresa, saltò nella sua mano, come se fosse vivo. Guardò Korum, e ciò che scorse nel suo sguardo era rassicurante. Sembrava dolorante, con gli occhi chiusi e il sudore che gli rigava le tempie. Sentendo che si era fermata, aprì gli occhi e sussurrò con voce roca: "Continua."

Incoraggiata, Mia avvolse le dita intorno al suo cazzo e lo accarezzò lentamente con un movimento dall'alto verso il basso, come aveva visto fare nei video porno. La sua mano sembrava bianca e piccola intorno a quello spessore, e si chiese come avesse fatto ad entrare dentro di lei. Lui gemette per la sua azione, con il corpo che si irrigidì, e Mia improvvisamente si sentì molto potente. Sapere che aveva quell'effetto su di lui, che quella creatura straordinaria era alla mercé del suo tocco—in qualche modo ripristinava l'equilibrio del potere in un rapporto che era stato molto unilaterale fino a quel momento.

Decidendo di portare le cose a un livello superiore, si mise in ginocchio e si chinò su di lui. Con i riccioli scuri che gli strofinavano le cosce, gli leccò la punta. Lui sussurrò, spingendo i fianchi verso di lei, e lei sorrise, godendo della capacità di controllarlo in quel modo. Tenendogli l'asta con una mano, gli afferrò le palle pesanti con l'altra e strinse dolcemente, esplorando la parte sconosciuta con curiosità. "Mia..." gemette, e sorrise, contento. Desiderava una risposta ancora più forte dal suo corpo, come quella che aveva ricevuto da lei. Continuando a stringergli le palle, attorcigliò attentamente le labbra intorno alla punta del cazzo, muovendo l'altra mano sulla sua asta con un movimento ritmico. Korum si lasciò sfuggire un grido rauco, sollevando i fianchi, e lei sentì un liquido caldo e leggermente salato entrarle nella bocca. Sorpresa e soddisfatta, Mia lo lasciò entrare, osservando il resto del fluido color crema atterrare sul suo stomaco abbronzato. Aveva uno strano sapore—non cattivo—e si chiese se ci fossero differenze tra lo sperma dei K e quello umano. Il cazzo continuava a fremere davanti ai suoi occhi, anche se le dimensioni cominciavano a diminuire.

Alzando gli occhi, Mia vide che la stava fissando con un sorriso. "L'avevi mai fatto prima?" chiese, indicando il proprio sesso.

Mia scosse la testa. Per qualche strana ragione, non aveva mai voluto andare oltre qualche bacio con i ragazzi che aveva frequentato in passato.

"Beh, allora, hai un talento naturale" le disse, sorridendole ancora più ampiamente. Allungandosi sotto il letto, tirò fuori una scatola di fazzoletti e ne utilizzò uno per pulirsi lo stomaco. Mia sbatté le palpebre, chiedendosi cos'altro tenesse lì sotto. Dopo essersi pulito, si alzò e si avvicinò alla porta completamente nudo. "Doccia?" chiese, e Mia accettò volentieri, seguendolo nel bagno.

Entrarono nella cabina doccia gigante, e Korum impostò i comandi per fare in modo che l'acqua calda uscisse da tutte le direzioni. Versando lo shampoo nella mano, le massaggiò i capelli, lavandoli con movimenti esperti. Con gli occhi chiusi, Mia rimase lì, godendosi la sensazione delle sue dita sul cuoio capelluto e dell'acqua sulla pelle sensibile. Poi, le lavò tutto il corpo, facendola arrossire. Sentendosi leggermente intimidita, Mia ricambiò, sfregando il sapone sulla sua pelle dorata e sui muscoli potenti. Korum si beò del suo tocco, inarcandosi come un grosso gatto che viene accarezzato.

Dopo aver finito, le asciugò il corpo con un asciugamano e poi asciugò se stesso. Rilassata dall'acqua calda e dai due orgasmi, Mia sentì un'ondata di sonnolenza prendere il sopravvento. Notando il suo sbadiglio appena soffocato, Korum la prese e la portò a letto. Mettendola al centro, tirò una coperta morbida sopra di loro e si sistemò accanto a lei, abbracciandola da dietro. Sentendosi stranamente confortata dalla sensazione del suo grande corpo piegato intorno al suo, Mia chiuse gli occhi e si addormentò facilmente per la prima volta da quando il suo mondo era stato capovolto dall'extraterrestre sdraiato accanto a lei.

CAPITOLO SETTE

Il mattino seguente, la luce filtrante del sole risvegliò Mia.

Tenendo gli occhi chiusi per l'eccessiva luminosità, Mia pensò con un leggero fastidio che doveva aver dimenticato di chiudere le persiane la notte prima. Non importava, però; si sentiva riposata ed estremamente comoda. *Forse troppo comoda?* Rendendosi improvvisamente conto che il letto su cui era sdraiata era troppo morbido per essere il suo materasso dell'IKEA, si mise a sedere e fissò l'ambiente circostante. I ricordi del giorno prima le affollavano la mente, e riconobbe il posto.

Era anche completamente nuda e sola.

Tirando la coperta fino al petto, si guardò intorno nella stanza. Era seduta in mezzo a un gigantesco letto rotondo—doveva avere un diametro di almeno cinque metri—nella camera da letto decorata di Korum. Alcune piante in vaso erano rigogliose vicino alla grande finestra che si affacciava sul fiume Hudson.

Notando la vestaglia e le pantofole che Korum doveva aver lasciato per lei, le indossò e andò a cercare il bagno. Sorprendentemente, non ce n'era uno adiacente alla camera da letto. Sbirciando nel corridoio, Mia notò la porta del bagno. Si affrettò in quella direzione, non volendo che Korum sapesse che era già sveglia.

Dopo essersi presa cura dei bisogni primari, Mia lavò i denti con lo spazzolino che l'extraterrestre aveva lasciato per lei e lavò il viso. Fissando lo specchio, fu sorpresa di vedere che sembrava piuttosto bella. La sua carnagione pallida era quasi radiante, e gli occhi erano insolitamente brillanti. Persino i capelli—la rovina della sua esistenza—sembravano più setosi, con i ricci scuri lucenti e ben definiti. Qualunque shampoo avesse usato su di lei, chiaramente aveva fatto miracoli. Proprio come gli orgasmi.

Si chiese dove fossero i suoi vestiti. La pancia borbottava, ricordandole che la cena della sera precedente era già molto lontana. Continuando a indossare la vestaglia, decise di andare a cercare del cibo.

Entrando nel salotto, Mia udì voci provenienti da qualche parte alla sua sinistra.

Pensando che Korum stesse guardando la TV, si diresse in quella direzione. Le voci salirono, e capì che stavano parlando in una lingua straniera che non aveva mai sentito prima. Leggermente gutturale, anche se sembrava fluire senza problemi, a differenza di quelle che conosceva.

Restò a bocca aperta.

Doveva essere la lingua dei Krinar—il che significava che Korum probabilmente aveva dei visitatori, e che c'erano altri K in casa. Quella poteva essere la sua occasione per apprendere qualcosa di utile, si rese conto, con il cuore che saltò un battito.

Avvicinandosi silenziosamente alla stanza, si spaventò quando le pesanti porte si aprirono bruscamente davanti a lei, mostrando gli occupanti ed esponendola ai loro occhi.

Korum e altri due K erano disposti intorno a un grande tavolo con una sorta di immagine tridimensionale. Vedendola, Korum agitò la mano e l'immagine scomparve, lasciando solo una superficie di legno.

Mia si bloccò, mentre tre paia di occhi alieni la esaminavano.

L'espressione sul volto di Korum era fredda e distante, diversa da quelle che la ragazza aveva visto finora. L'altro maschio K, alto quanto Korum, aveva i capelli castani e gli occhi color nocciola, con una carnagione dorata molto simile. La femmina era un po' più chiara, più simile a Jessie, e i capelli setosi che le scendevano fino alla vita avevano un'insolita sfumatura color rosso scuro. I suoi occhi erano quasi neri e sembravano enormi sul bellissimo viso. Era anche alta, probabilmente circa un metro e ottanta, e indossava un vestito che sembrava fosse stato realizzato appositamente per le sue curve. Sembrava essere uscita dalle pagine di un vecchio catalogo di Victoria's Secret —se avessero ritoccato l'immagine, ovviamente.

Lì in piedi con la vestaglia, Mia si sentiva come una bambina cattiva sorpresa a rubare un biscotto in un barattolo.

Non poteva farci niente. Si schiarì la gola, con il cuore che le batteva forte nel petto. "Uhm, ciao. Stavo solo cercando la cucina—"

Un sorrisetto apparve sul viso di Korum, addolcendogli i lineamenti, e il suo sguardo distante svanì. "Certo" disse. "Devi avere fame."

Si voltò verso i visitatori. "Mia, questi sono i miei... colleghi" disse, sembrando esitante sull'ultima parola: "Leeta e Rezav."

"Piacere di conoscervi" disse Mia gentilmente, guardandoli con cautela.

Aveva la forte impressione che quei due non fossero felici di vederla. Leeta la fissò, con la sua bella bocca piegata dal disgusto. Rezav era un po' più amichevole, curvando le labbra in un mezzo sorriso e facendo un grazioso inchino verso di lei. Parlando con Korum, gli chiese qualcosa nella loro lingua, e Korum annuì con fare assente.

"Ok, beh, non intendevo intromettermi" si scusò Mia, con il boato del battito cardiaco nelle orecchie. "Vi lascio al vostro lavoro."

Korum indicò la cucina. "Prendi un po' di frutta o qualsiasi altra cosa desideri. Ti raggiungerò presto."

Con un ringraziamento soffocato, Mia scappò in

fretta, per quanto le gambe tremanti glielo permettessero.

Entrando in cucina, si sedette su una sedia, abbracciandosi con fare protettivo. La testa le girava più che mai, e lo stomaco le bruciava dalla nausea.

Della domanda di Rezav, interamente pronunciata in Krinar, Mia aveva compreso una sola parola: *charl.*

~

QUANDO KORUM la raggiunse in cucina, Mia era riuscita a ricomporsi.

Al suo ingresso, gli rivolse un sorrisetto e continuò a mangiare i mirtilli come se non le importasse di niente al mondo—come se non l'avesse appena sentito confermare le sue peggiori paure.

Le si avvicinò e si chinò, baciandole la bocca. Per la prima volta, Mia sopportò semplicemente il suo tocco, con la bile nello stomaco troppo forte per consentirle una normale risposta sessuale.

Non sapeva perché avesse avuto bisogno di quella conferma. Aveva creduto a John, quando le aveva raccontato dei K e del loro approccio atavico ai diritti umani. Eppure una piccola parte di lei doveva essersi aggrappata alla speranza che John si fosse sbagliato— che Korum non pensasse quelle cose di lei, che in qualche modo fosse speciale ai suoi occhi.

Sentirlo ammettere che era la sua schiava sessuale— il suo animale domestico umano—era stato come venire colpita ripetutamente allo stomaco.

Se l'avesse trattata con crudeltà fin dall'inizio, sarebbe stato facile odiarlo. Invece, la sua arroganza era stata spesso temprata dalla tenerezza—e quello peggiorava le cose. Nonostante il buonsenso di Mia, era riuscito a conquistarla, e la rivelazione di oggi le sembrava il più terribile dei tradimenti.

Percependo la sua mancata risposta, si allontanò e aggrottò leggermente la fronte. "Che cosa c'è?" chiese, perplesso. "Ti senti bene?"

Il cervello di Mia pensò rapidamente a una risposta sensata. Sarebbe stato pericoloso per lei—e per la Resistenza—se avesse saputo che lei aveva capito la domanda di Rezav. Tuttavia, non riusciva a nascondere che era sconvolta—Korum era troppo astuto per non accorgersene. Improvvisamente, le venne in mente un'idea rischiosa ma brillante.

"Sto bene" disse con dignità, ovviamente mentendo.

"Uh-uh" disse Korum con tono sarcastico: "Certo."

Sedendosi accanto a lei, le sollevò il mento in modo da poterla guardare negli occhi. "Ora, dimmi che cosa sta succedendo."

Mia sentì sfuggirle una lacrima furibonda. "Niente" gli disse con rabbia.

"Mia" pronunciò il suo nome con quel tono particolare che utilizzava sempre per intimidirla. "Smettila di mentirmi."

Guardando dritto nei suoi bellissimi occhi, Mia diresse tutta la frustrazione e l'irrazionale sensazione di tradimento nelle parole successive. "Quante volte la scopi?" sbottò, al ricordo della gelosia che aveva provato davanti ad Ashley, la cameriera. "In generale, quante donne ti ripassi ogni giorno? Due, tre, una dozzina?"

Scorgendo lo sguardo sorpreso sul viso dell'alieno, continuò, iniettando nel suo tono quanta più amarezza possibile: "Perché mi stai costringendo a stare qui, se hai lei? E Ashley, e Dio sa quante altre?"

Continuando a tenerle il mento con le dita, Korum disse lentamente: "Stai parlando di Leeta? Pensi che siamo amanti?"

Mia lasciò che un'altra lacrima le rigasse la guancia. "Non è così?"

Scosse la testa. "No. In realtà, siamo cugini lontani, quindi sarebbe impossibile."

"Oh" disse Mia, fingendo di essere imbarazzata per la sua scenata. Cercò di allontanarsi, e lui la lasciò andare, osservandola alzarsi e avvicinarsi alla finestra, asciugandosi il viso con la manica con fare indifferente.

Mia rimase lì, a guardare l'Hudson. Una parte stupidamente romantica di lei fu scioccamente felice di sentire quelle cose su Leeta, anche se la sua esplosione di gelosia era stata pensata per destabilizzarlo. Non disse niente quando le si avvicinò, abbracciandola da dietro. Non le fece alcuna promessa, né le diede dei chiarimenti, notò Mia. Naturalmente, perché avrebbe dovuto cercare di rassicurarla, di convincerla che era speciale per lui, quando chiaramente non lo era? Nemmeno lei si sarebbe preoccupata molto per i sentimenti del proprio cane.

"Credo che andrò a fare una passeggiata nel parco"

mormorò, stringendola ancora. "Ti andrebbe di venire con me?"

Le stava lasciando una scelta? E se avesse detto di no? "Non lo so" disse. "Devo studiare, e volevo parlare con i miei genitori. Di solito, mercoledì è il giorno in cui chattiamo su Skype..."

Non riusciva a vedere l'espressione di Korum, e ne era felice. Ora avrebbe mostrato le sue vere intenzioni, pensò.

"D'accordo" le disse: "Come vuoi."

Mia sorrise, sorpresa. Poi, lui continuò: "Per stasera, ho prenotato al Le Bernardin alle 19:00. Verrò a prenderti alle 18:30. Visto che non sembri avere dei bei vestiti, farò mandare qualcosa di appropriato a casa tua."

Era riaffiorato il dittatore che conosceva—e che detestava.

"Non ho bisogno di vestiti" protestò Mia. "Ho dei vestiti più belli. Solo che non li ho indossati quel giorno."

Rigirandola tra le braccia, la guardò e sorrise. "Mia, non offenderti, ma non ti ho mai vista indossare un solo abito decente. Sei una ragazza molto carina, ma i tuoi indumenti ti fanno sembrare un ragazzo di dieci anni. Direi che il vestire bene non è uno dei tuoi punti di forza."

Mia arrossì dalla rabbia e l'imbarazzo, ma decise di tenere la bocca chiusa. Se voleva vestirla come una bambola, gliel'avrebbe lasciato fare. Non sarebbe stata la cosa peggiore che le avrebbe fatto, probabilmente.

Notando l'espressione ribelle sul viso della ragazza, il sorriso di Korum si allargò, con gli occhi più dorati che mai. Tirandola su per la vita, la portò verso di sé e la baciò di nuovo. Le sue labbra cercarono dolcemente le sue, e la lingua le accarezzò la bocca con una maestria tale che Mia sentì una scintilla di desiderio accendersi nuovamente. Sollevata di non dover continuare a recitare, gli mise le braccia intorno al collo, lasciò svuotare la mente e si concentrò sulle sensazioni. Il suo corpo, già abituato a quel tocco, reagì con l'istinto animale, e ricambiò il bacio con tutta la passione possibile.

A quella reazione, lui gemette e la avvicinò a sé, sbattendo i fianchi contro di lei e lasciandole sentire il duro rigonfiamento che gli era cresciuto nei pantaloni. Le viscere di Mia si strinsero, e si ritrovò a strofinarsi contro il suo corpo come una gatta in calore. All'improvviso, non fu più soddisfatto dei baci. Mia sentì lo spostamento della gravità, quando la poggiò sul tavolo, con il sedere sul bordo e le gambe penzoloni. Sistemandosi tra le sue gambe aperte, Korum le strappò la vestaglia con mani impazienti. Prima che lei potesse comprendere le sue intenzioni, si era già sbottonato i jeans, spingendo nella sua apertura.

Mia era bagnata, ma non abbastanza, e l'alieno riuscì ad infilare solo la punta, prima che lei iniziasse a gridare dal dolore. Tirandolo fuori, si mise accovacciato, con la testa tra le cosce aperte della ragazza, e le leccò le pieghe con la lingua, spargendo l'umidità intorno all'ingresso. Lei si inarcò, presa alla sprovvista dall'improvvisa intensità, e lui le spinse un dito dentro, sfregando il punto sensibile, fin quando i suoi muscoli interni non cominciarono a fremere in maniera incontrollabile. Prima che le pulsazioni si placassero, era già sopra di lei, premendo il grosso cazzo nella sua apertura, e spingendolo dentro lentamente.

Mia si contorse sotto di lui, con leggere grida che le sfuggirono dalla gola, mentre il canale interno cercava di espandersi intorno alla sua larghezza. Nonostante l'orgasmo, la penetrazione non fu affatto facile, e poté vedere la fatica sul viso dell'extraterrestre per lo sforzo di procedere lentamente.

Non ci fu alcun dolore questa volta—solo una scomoda sensazione di invasione ed estrema pienezza. Era troppo grande, con quell'asta simile a un tubo riscaldato che le entrava nel corpo. Eppure, c'era la promessa di qualcosa che andasse oltre il disagio. Continuò la sua inesorabile avanzata, e Mia ansimò, man mano che i suoi muscoli interni cedevano, permettendogli di seppellire tutta la lunghezza dentro di lei. Fece una pausa, permettendole di abituarsi alla sconosciuta sensazione, e poi tirò fuori lentamente e rispinse dentro. Un'ondata di calore le attraversò le vene, quando il cazzo colpì il medesimo punto sensibile, e lei gridò per l'intensità del piacere, affondando le unghie nelle spalle di Korum.

Sentendo quelle unghie affilate nella pelle, l'ultimo brandello di controllo sembrò dissolversi. Con un basso ringhio, cominciò a spingere in profondità, con ogni colpo del cazzo che la spingeva avanti e indietro sul tavolo scivoloso. In lontananza, le grida di una donna sembravano far eco alle sue spinte, e Mia si rese conto vagamente che quella donna era lei. Ogni cellula del suo corpo stava urlando affinché tutto quello finisse, affinché ottenesse il sollievo dalla terribile tensione che le stava stringendo ogni muscolo e tendine, e improvvisamente lo raggiunse—un culmine così potente che sembrò lacerarla, facendola scalciare inavvertitamente nelle sue braccia, mentre lui raggiunse il climax con un gutturale ruggito.

CAPITOLO OTTO

Mia tornò al suo appartamento, sentendo un disperato bisogno di passare un po' di tempo da sola prima di affrontare Jessie e le sue domande.

Si sentiva emotiva, disgustata da se stessa. Razionalmente, sapeva che reagire a lui in quel modo le rendeva le cose più facili e sopportabili. Sarebbe stato infinitamente peggio, se l'avesse trovato repellente o avesse dovuto fingere di provare la passione laddove non ce n'era. Tuttavia, l'adolescente romantica sepolta in profondità dentro di lei era in lacrime per la perversione della sua storia d'amore. Non c'erano eroi nella sua relazione amorosa, e il cattivo le faceva provare cose che non aveva mai immaginato di poter sperimentare.

Dopo aver finito di scoparla sul tavolo della cucina, l'aveva portata al bagno e l'aveva ripulita delicatamente. Poi, le aveva permesso di vestirsi e tornare a casa, con un bacio e l'ammonimento di prepararsi e farsi trovare pronta per le 18:30. Mia aveva acconsentito docilmente, non volendo altro che andar via, con il corpo ancora palpitante dopo quell'episodio.

Rifletté su quanto rivelare a Jessie. L'ultima cosa che voleva era trascinarla in tutto quel casino. Ma Jessie era già coinvolta a causa di Jason, e probabilmente aveva involontariamente peggiorato le cose per Mia, spingendola nel movimento anti-K.

Entrando nell'appartamento, fu sorpresa e sollevata di scoprire che non c'era nessuno. Jessie doveva essere fuori a studiare o a eseguire commissioni.

Sospirando, decise di sfruttare quella tranquillità per parlare con la sua famiglia. L'ultima volta che aveva parlato con loro era stato sabato scorso, che ormai sembrava una vita fa. I suoi genitori probabilmente pensavano che fosse sommersa dal lavoro scolastico, perciò non l'avevano disturbata, a parte inviarle qualche messaggio, a cui Mia era riuscita a rispondere con un generico "Va tutto a gonfie vele, vi voglio bene."

Accese il vecchio computer e vide che sua madre la stava già aspettando su Skype. Suo padre era sul retro della stanza, a leggere qualcosa. Notando che Mia si era connessa, un grande sorriso apparve sul volto della mamma.

"Tesoro! Come stai? Non ti sentiamo da una settimana!"

Se c'era una cosa per cui Mia era grata ai K, era l'impatto che avevano avuto sui genitori e gli altri americani di mezza età in tutta la nazione. La nuova dieta dei K aveva fatto miracoli per la salute dei suoi genitori, invertendo il valore del diabete del padre e abbassando drasticamente gli anomali livelli elevati di colesterolo della madre. Ora che avevano cinquantacinque anni, i suoi genitori erano più magri, più energici e sembravano più giovani che mai.

Mia sorrise con piacere davanti alla telecamera. La cosa peggiore di vivere a New York era il fatto di vedere i genitori così raramente. Sebbene tornasse a casa tutte le volte che poteva—volare in Florida per la pausa primaverile non era troppo impegnativo—le mancavano. Sperava di avvicinarsi a loro un giorno, forse dopo aver terminato la specializzazione.

"Sto bene, mamma. Come va da voi?"

"Oh, sai, niente di nuovo—tutte le novità riguardano voi ragazze ultimamente. Hai parlato con tua sorella?"

"Non ancora" rispose Mia: "Perché?"

Il sorriso di sua madre si allargò ulteriormente. "Oh, non so se dovrei dirtelo. Chiamala, ok?"

Mia annuì, morendo dalla curiosità.

"Come vanno le cose a scuola? Hai finito di scrivere il saggio?" chiese sua madre.

Mia se n'era quasi dimenticata. "Il saggio? Oh, sì, il saggio di Sociologica. L'ho finito domenica."

"Hai dovuto scriverne altri da allora?" chiese sua madre con disapprovazione. Senza aspettare una risposta, continuò: "Mia, tesoro, studi troppo. Hai ventun anni—dovresti uscire e divertirti in città, non rinchiuderti in quella biblioteca. Quand'è stata l'ultima volta che sei uscita con un ragazzo?"

Mia arrossì un po'. Quella era una vecchia discussione che riaffiorava sempre più spesso ultimamente. Per qualche ragione, a differenza di altri genitori che avrebbero voluto una figlia studiosa e responsabile, la madre si preoccupava per la mancanza di vita sociale di Mia.

La ragazza cercò di immaginare la reazione dei genitori, se avesse detto loro quanto fosse stata attiva la sua vita nell'ultima settimana. "Mamma" disse esasperata: "Frequento dei ragazzi. È solo che non ti dico necessariamente tutto."

"Sì, certo" disse sua madre, incredula. "Ricordo perfettamente l'ultimo appuntamento a cui sei andata. Era con quel ragazzo che studiava biologia, vero? Come si chiamava? Ethan?"

Mia sorrise. Sua madre la conosceva troppo bene. O, perlomeno, conosceva la Mia che era stata prima di sabato scorso, quando il suo mondo era stato capovolto.

"A proposito" disse sua madre: "Sei davvero bella. Hai fatto qualcosa ai capelli?" Girandosi, disse al padre di Mia: "Dan, vieni qui e da' un'occhiata a tua figlia! Non è stupenda?"

Suo padre si avvicinò alla telecamera e sorrise. "È sempre stupenda. Come stai, tesoro? Hai conosciuto qualche bel ragazzo?"

"Papà" mugolò Mia: "Non ti ci mettere anche tu."

"Mia, te lo ripeto, i migliori sono i primi ad essere

scelti." Ogni volta che sua madre affrontava quell'argomento, era difficile fermarla. "Un altro anno, e finirai il college, e poi dove conoscerai un bravo ragazzo?"

"Per strada, su internet, a qualche festa, in qualche locale, in un bar o al lavoro" rispose Mia, elencando l'ovvio. "Ascolta, mamma, solo perché Marisa ha conosciuto Connor all'università, non significa che quello sia l'unico modo per conoscere qualcuno." Era possibile anche incontrare un alieno nel parco—ne era la prova vivente.

Sua madre scosse la testa per un rimprovero, ma cambiò saggiamente argomento. Parlarono di altre cose di poca importanza, e Mia scoprì che i genitori stavano pensando di andare in vacanza in Europa per il loro trentesimo anniversario di matrimonio, e che la ricerca di un lavoro di sua madre stava andando bene. Era una conversazione meravigliosamente normale, e Mia si rallegrò, desiderando ricordarne ogni momento, nel caso quella fosse stata l'ultima volta che avrebbe parlato con i suoi genitori in quel modo. Alla fine, li salutò con riluttanza, promettendo che avrebbe chiamato subito Marisa.

Le sue capacità di recitazione dovevano essere migliorate drasticamente negli ultimi giorni, pensò Mia. Nonostante il suo tormento interiore, i genitori non avevano sospettato di nulla.

Cercare di contattare Marisa su Skype era stato sempre un po' impegnativo, così la chiamò al cellulare.

"Mia! Ehi, sorellina, come stai? Hai letto qualche

mio post su Facebook?" Sua sorella sembrava incredibilmente emozionata.

"Uhm, no" rispose Mia lentamente. "È successo qualcosa?"

"Oh mio Dio, sei proprio una secchiona! Non posso credere che non vai più su Facebook! Beh, è successo qualcosa. Avrai una nipote o un nipote!"

"Oh mio Dio!" Mia saltò, quasi urlando dall'emozione. "Sei incinta?"

"Sì! Oh, so che stai pensando che sono troppo giovane, che ci siamo appena sposati e bla, bla, bla, ma sono davvero emozionata."

"No, penso che sia fantastico! Sono molto felice per te" disse Mia sinceramente. "Non posso credere che la mia sorella preferita avrà un figlio!"

A ventinove anni, Marisa aveva esattamente il tipo di vita che Mia aveva sempre sperato di avere. Era felicemente sposata con un ragazzo meraviglioso che l'adorava, viveva a un'ora di distanza dai suoi genitori in Florida e lavorava come insegnante di musica in una scuola elementare. E ora aspettava un bambino. La sua vita non avrebbe potuto essere più perfetta, e Mia era davvero felice per lei. E anche se sentiva un pizzico— un po' più di un pizzico—di invidia, non avrebbe mai lasciato che questo interferisse con la felicità di Marisa. Non era colpa di sua sorella, se la vita di Mia era diventata così incasinata nell'ultima settimana.

Parlarono un altro po', e Mia scoprì tutto sulla nausea e le voglie del primo trimestre, e poi Marisa dovette scappare, perché la pausa pranzo era terminata.

Mia la lasciò andare, sentendo già la mancanza della sua voce allegra, e poi decise di sfruttare il tempo rimasto per studiare.

Un'ora dopo, Mia aveva finito gli esercizi di Statistica e aveva appena iniziato a ripassare il suo libro di testo 'Psicologia del Bambino,' quando arrivò Jessie.

"Mia!" esclamò con sollievo, fissandola, incurvata sul divano. "Oh, grazie a Dio! Ero così preoccupata, non avendoti vista tornare a casa ieri sera! Ho chiamato Jason, ma mi ha detto che probabilmente stavi benissimo e che non avrei dovuto preoccuparmi. Che cos'è successo? John ti ha detto qualcosa di utile?"

Mia fissò la compagna di stanza, riflettendo ancora una volta su quanto condividere con la ragazza, che era stata la sua migliore amica negli ultimi tre anni. "Sì" disse lentamente, cercando di trovare qualcosa che avrebbe tranquillizzato Jessie.

"Beh, che cosa ti ha detto? E dove sei stata ieri sera? Eri con quel K?"

Mia sospirò, optando per una storia plausibile. "Beh, John sostanzialmente ha detto che di tanto in tanto i K si interessano agli umani in questo modo. Di solito, è una fantasia che passa, si stancano della relazione e voltano pagina abbastanza rapidamente. Non c'è nulla di cui preoccuparsi, e dovrei solo stare al gioco e godermi il tutto, finché dura."

"Goderti cosa? Andare a letto con il K?" Jessie sgranò gli occhi dallo shock.

"Più o meno" confermò Mia. "Non è affatto male.

Mi porta anche in posti piacevoli. Stasera andremo al Le Bernardin."

"Aspetta, Mia, fai sesso con lui ora?" Jessie alzò la voce, incredula. "Ma non sei mai stata con nessuno prima d'ora! Mi stai dicendo che hai già perso la verginità con lui?"

Mia arrossì, sentendosi imbarazzata. Ormai era lontanissima dall'essere una vergine. Vedendo la risposta nel rossore apparso sul viso di Mia, Jessie disse dolcemente: "Oh mio Dio. Com'è stato? Non ti ha fatto male, vero?"

Mia avvampò ancora di più. "Jessie" disse disperatamente: "Non mi va di parlarne dettagliatamente. Abbiamo fatto sesso, ed è stato bello. Ora possiamo cambiare argomento?"

Jessie esitò ed accettò con riluttanza. Mia poté vedere che la coinquilina stava morendo dalla curiosità, ma sapeva che non avrebbe potuto continuare a fingersi coraggiosa ancora a lungo. Voleva raccontare a Jessie tutta la sua incasinatissima storia più di qualunque altra cosa, confessandole la nauseante paura che avvertiva davanti alla prospettiva di finire come schiava sessuale o di essere sorpresa a fare la spia per la Resistenza. Ma farlo probabilmente avrebbe messo in pericolo anche Jessie, e questa era l'ultima cosa che voleva.

La menzogna era un piccolo prezzo da pagare per tenere i propri cari al sicuro.

PRIMA CHE MIA avesse la possibilità di studiare un altro po', fu interrotta da qualcuno che suonò il campanello. Aprendo la porta, rimase sorpresa di vedere una donna di mezza età vestita di tutto punto e un giovane uomo in abiti sgargianti. L'uomo teneva in mano un borsone pieno di vestiti alto quasi quanto lui. "Sì?" disse cautamente, aspettandosi di sentir dire che avevano sbagliato appartamento.

"Mia Stalis?" chiese la donna con un debole accento britannico.

"Uh, sì" rispose Mia: "Sono io."

"Fantastico" disse la donna. "Sono Bridget, e questo è Claude. Siamo personal shopper della Saks Fifth Avenue, e siamo qui per rinnovare il tuo guardaroba."

Improvvisamente, capì.

Cercando di trattenere la rabbia, Mia chiese: "Vi ha mandati Korum? Credevo che mi avrebbe fatto portare solo un abito per questa sera."

"È così. Questo è il tuo vestito. Ci assicureremo che ti stia perfettamente, e poi prenderemo le misure." Bridget sembrava un po' altezzosa, ma forse era dovuto all'accento britannico.

Mia fece un respiro profondo. "D'accordo" acconsentì: "Prego, entrate pure." Jessie era uscita dalla sua camera e stava osservando l'evento con grande interesse, e Mia non voleva fare una scenata per una cosa così banale.

Entrarono, e Claude aprì il borsone con un gesto plateale. "Wow" disse Jessie con tono riverente: "Credo di non aver mai visto un abito simile..."

L'indumento era davvero stupendo, di un tessuto blu scintillante che sembrava ondeggiare ad ogni movimento. Aveva le maniche a tre quarti—perfette per un ristorante fresco—e le arrivava alle ginocchia. Sembrava piccolo, e Mia dubitava che le sarebbe andato bene.

Così, andò in camera sua e lo provò. Roteando davanti allo specchio, fu sconvolta di vedere che in realtà le calzava perfettamente. L'abito era molto sobrio nella parte anteriore, ma aveva un profondo spacco sul retro, quindi non poteva indossare il reggiseno. Tuttavia, era fatto in modo intelligente, con le coppe già cucite all'interno, in modo tale che non fosse necessario alcun reggiseno per una ragazza esile come lei. La giovane donna riflessa nello specchio era più che bella; sembrava sexy, con tutte le piccole curve messe in risalto ed evidenziate al meglio.

Imbarazzata, Mia uscì dalla camera e mostrò l'abito al suo pubblico. Claude e Bridget emisero suoni di ammirazione, e Jessie rimase a bocca aperta, vedendola. "Wow, Mia, sei stupenda!" esclamò, girandole intorno per esaminarla da ogni angolazione.

"Ecco" disse Bridget, con un tono meno altezzoso: "Puoi indossare queste calze e queste scarpe." Teneva in mano un paio di collant neri di seta e delle semplici scarpe nere scollate con le suole rosse.

Provando le calze e le scarpe, Mia scoprì che anche quelle le stavano perfettamente. Si chiese come facesse Korum a conoscere così precisamente la sua taglia. Se avesse dovuto scegliere l'abito da sola, non avrebbe mai acquistato quello, sicura che fosse troppo piccolo per lei. Ancora affascinata dalla bellezza del vestito, Mia permise gentilmente a Bridget di prenderle le misure.

Controllando l'ora, Mia fu sorpresa di vedere che erano già le sei del pomeriggio. Aveva solo mezz'ora di tempo per prepararsi—non che avesse bisogno di tutto quel tempo, dato che era già vestita. I capelli si stavano comportando ancora magicamente bene, per cui doveva solo preoccuparsi del trucco. Due minuti dopo, era pronta, dopo aver passato due mani di mascara, aver applicato un po' di fard per nascondere le lentiggini e un lucidalabbra. Soddisfatta, si sedette sul divano per finire di studiare, e aspettò che Korum venisse a prenderla.

~

Salutando Korum sulla porta, fu felice di scorgere i suoi occhi assumere una tonalità ambra, vedendola con quell'abito.

"Mia" disse: "Ti ho sempre trovata bellissima, ma stasera sei davvero splendida."

L'umana arrossì a quel complimento, e mormorò un grazie.

La cena fu la più deliziosa che avesse mai assaggiato. Le Bernardin era assolutamente elegante, con i camerieri che anticipavano ogni suo desiderio con un'attenzione quasi inquietante e il cibo a metà tra il celestiale e lo stellare. Avevano un menù di degustazione speciale, e Mia provò di tutto, dal carpaccio di aragosta al fiore di zucchina farcito. Il vino associato ai pasti era ottimo, anche se Korum tenne d'occhio il suo consumo di alcolici, fermando il cameriere, quando provò a riempirle il bicchiere per l'ennesima volta.

Tenere la conversazione sul leggero fu sorprendentemente facile. Korum era un buon ascoltatore, e sembrava sinceramente interessato alla sua vita, per quanto dovesse sembrargli semplice e noiosa. Dato che sapeva già tutto di lei e che non stava cercando di conquistarlo, Mia si ritrovò ad aprirsi come non aveva mai fatto durante gli appuntamenti del passato. Gli raccontò del primo ragazzo che avesse mai baciato—un bambino di otto anni per il quale si era presa una cotta quando ne aveva sei—e di quanto fosse stata gelosa della sorella maggiore da piccola. Gli parlò delle aspettative dei genitori e del proprio desiderio di influenzare positivamente i giovani, aiutandoli e consigliandoli.

Scoprì anche che normalmente Korum viveva in Costa Rica. Probabilmente, il clima di quella zona era simile a quello di Krina. "Il nostro Centro nel Guanacaste è la cosa più vicina che abbiamo a una capitale qui sulla Terra. Lo chiamiamo Lenkarda" spiegò. Ricordò che la Costa Rica era il Paese in cui John aveva detto che sua sorella era tenuta prigioniera. Si chiese se Korum l'avesse mai vista. Era possibile— aveva detto che in ciascun Centro vivevano solo circa cinquemila K.

Man mano che la cena proseguiva, Mia si ritrovò ad

allontanarsi sempre più dagli argomenti sicuri. Non riuscendo a controllare la curiosità, gli chiese della vita su Krina e di come fosse il pianeta in generale.

"Krina è un bel posto" disse Korum. "È come una Terra molto lussureggiante. Abbiamo molte più specie di piante e animali, grazie alla nostra storia evolutiva più lunga. Siamo anche riusciti a preservare la maggior parte della nostra biodiversità, evitando le estinzioni di massa che si sono verificate qui negli ultimi secoli." Di cui gli umani erano responsabili—non c'era bisogno che aggiungesse quella parte ad alta voce.

"La maggior parte, ad eccezione dei primati umani, vero?" chiese Mia causticamente, leggermente irritata dal suo atteggiamento di chi vuole dare lezioni sulla morale.

"Ad eccezione dei primati umani, sì" concordò Korum. "E di qualche altra specie particolarmente debole per poter sopravvivere."

Mia sospirò e decise di passare a qualcosa di meno controverso. "Allora, come sono le vostre città? Visto che vivete così a lungo, il vostro pianeta dev'essere molto popolato ormai."

Scosse la testa. "In realtà, non lo è. Non siamo fertili come la vostra razza, e pochi coppie ultimamente sono interessate ad avere più di uno o due figli. Di conseguenza, il nostro tasso di natalità negli ultimi tempi è stato molto basso, a malapena al di sopra dei livelli di ripopolazione, e la nostra popolazione non cresce da milioni di anni." Fermandosi per sorseggiare la sua bevanda, continuò: "Le nostre città sono molto diverse dalle vostre. Non ci piace vivere l'uno sull'altro. Tendiamo ad essere molto territoriali, quindi ci piace avere molto spazio. Le nostre città sono più simili alle vostre periferie, dove i Krinar vivono ai margini per poi fare i pendolari e recarsi nei centri più popolati, solo per attività commerciali. E ovunque si vada, l'aria è pulita e incontaminata. Ci piace circondarci di alberi e piante, quindi anche le aree più popolate delle nostre città sono quasi verdi come i vostri parchi."

Mia lo ascoltava affascinata. Quello spiegava la presenza di tutte le piante nell'attico. "Sembra davvero bello" gli disse. Poi, le venne in mente una domanda ovvia. "Perché avete lasciato tutto quello per venire sulla Terra, con tutto il nostro inquinamento e la sovrappopolazione? Dev'essere davvero brutto per voi vivere a New York, per esempio."

Sorrise e si allungò per prenderle la mano, accarezzandola. "Beh, di recente ho scoperto alcuni vantaggi di questa città."

"No, ma davvero, perché venire sulla Terra?" insistette. "Non posso credere che abbiate abbandonato il vostro pianeta solo per venire qui e bere il nostro sangue." Cosa che, chissà perché, non aveva ancora fatto con lei, si rese conto.

Sospirò e la guardò, giungendo a una decisione. "Beh, Mia, è così. Per quanto sia bellissimo il nostro pianeta, non è immortale. Il nostro sole, che è una stella molto più vecchia della vostra, comincerà a morire tra altri cento milioni di anni. Se saremo ancora su Krina in quel momento, tutta la nostra razza morirà. Quindi, non abbiamo altra scelta che cercare delle alternative."

"Cento milioni di anni?" A Mia sembrava un periodo di tempo lunghissimo. "Ma è così lontano. Perché venire qui adesso? Perché non godervi il vostro bellissimo pianeta, non so, per altri novanta milioni di anni?"

"Perché, mia cara, se avessimo lasciato la Terra agli umani per altri novanta milioni di anni, forse non ci sarebbe stato un pianeta abitabile per noi." Si chinò in avanti, con un'espressione fredda. "La vostra specie si è rivelata incredibilmente distruttiva, con la tecnologia che si sta evolvendo molto più velocemente rispetto alla moralità e al buon senso. Quando iniziò la vostra Rivoluzione Industriale, sapevamo che avremmo dovuto intervenire a un certo punto, perché stavate utilizzando le risorse del pianeta ad un ritmo senza precedenti. Così, cominciammo a prepararci per venire qui, vedendo quale piega stavano prendendo le cose." Fece una pausa, facendo un respiro profondo. "E avevamo ragione. Ogni generazione era più avida della precedente, con ogni progresso tecnologico che faceva sempre più danni al vostro ambiente. Con una vita breve come la vostra, ragionate in termini di decenni—nemmeno centinaia di anni—e questo non porta a preoccuparsi per il futuro. Siete come un bambino che rompe un giocattolo per divertirsi, senza preoccuparsi che l'indomani non potrà più giocarci."

Mia rimase seduta lì, sentendosi proprio come quel bambino, punito dal maestro. Le punte delle orecchie le bruciavano dalla rabbia e la vergogna. Forse quello che stava dicendo era la verità, ma non aveva il diritto di giudicare tutta la sua specie, soprattutto alla luce di ciò che lei sapeva sulla sua. Gli umani forse erano davvero primitivi e poco lungimiranti rispetto ai Krinar, ma almeno avevano avuto la saggezza—e la moralità—per smettere di ridurre in schiavitù gli esseri intelligenti.

"E così, siete venuti sul nostro pianeta per impossessarvene e sfruttarlo come volete?" gli chiese, risentita. "Fingendo di salvarlo dai nostri modi poco rispettosi verso l'ambiente?"

"No, Mia" disse con pazienza, come se stesse spiegando l'ovvio a una bambina piccola. "Siamo venuti per condividere il vostro pianeta. Se avessimo voluto impossessarcene, credimi, l'avremmo già fatto. Siamo stati più che generosi con la vostra specie. A parte vietare alcune pratiche particolarmente stupide, generalmente vi abbiamo lasciati in pace, a vivere come volete. Questo è molto meglio di come avete trattato la vostra stessa razza."

Notando l'espressione testarda sul viso di Mia, aggiunse: "Quando gli Europei vennero nelle Americhe, lasciarono vivere in pace i nativi? Rispettarono le loro tradizioni e le usanze o cercarono di imporre la propria religione, i valori e i costumi? Li trattarono come altri esseri umani o come animali selvaggi?"

Mia scosse la testa per il disaccordo. "È stato molto tempo fa. Siamo cambiati e abbiamo imparato la lezione. Non faremmo mai più una cosa del genere."

"Forse no" ammise lui. "Ma continuate a non farvi problemi a sterminare altre specie con la negligenza e l'ignoranza. Recentemente, fino a qualche anno fa, trattavate gli animali che allevavate per il cibo come se non fossero creature viventi. Per non parlare dell'Olocausto e delle altre atrocità che avete perpetuato contro altri umani nel corso del secolo scorso. Non siete illuminati come credete di essere."

Aveva ragione, e Mia lo detestava per questo. Per quanto avrebbe voluto rinfacciargli l'utilizzo degli schiavi umani, non poteva farlo. Così, chiese: "Se siamo tanto pessimi, allora perché mi vuoi? Sicuramente non vorrei stare con una persona di cui ho un'opinione così bassa."

Korum sospirò dall'esasperazione. "Mia, non ho mai detto che siete pessimi. Soprattutto non tu. La vostra specie è ancora immatura e ha bisogno di essere guidata, tutto qui."

"E poi, sono solo il tuo giocattolo erotico, non è vero?" chiese Mia amaramente, non sapendo nemmeno perché avesse fatto quella domanda. "Suppongo che non abbia importanza ciò che pensi degli umani nel loro complesso, in quel caso."

La fissò, impassibile. "Se è questo che pensi, va bene. Sicuramente mi piace molto scoparti." I suoi occhi assunsero una sfumatura più dorata, e si chinò verso di lei. "E tu ami essere scopata. Quindi, perché non smetti di etichettare tutto e inizi a goderti le cose?"

Appoggiandosi allo schienale, fece un cenno al cameriere per il conto. Le guance di Mia bruciarono dall'imbarazzo, anche se il suo corpo reagì involontariamente a quelle parole con una rapida eccitazione.

L'alieno pagò il conto e se ne andarono, tornando nell'attico.

Non appena salirono sulla limousine, Korum la tirò sul suo grembo e la baciò appassionatamente, fin quando Mia non riuscì a pensare ad altro che arrivare nella camera da letto. Le mani dell'extraterrestre si fecero strada sotto la gonna del suo vestito, premendo ritmicamente tra le gambe fino a farla gemere dolcemente e contorcere tra le sue braccia. Prima di poter raggiungere l'orgasmo, arrivarono a destinazione.

La portò rapidamente nella hall dell'edificio, e Mia nascose il volto nel suo petto, fingendo di non vedere gli sguardi sconvolti del portiere e dei pochi passanti. Non appena furono soli nell'ascensore, la baciò di nuovo, esplorandole lentamente la bocca con la lingua, fin quando non fu quasi pronta per venire ancora. Senza fermarsi a togliere i vestiti, la portò in camera e la gettò sul letto.

Al loro ingresso, la musica in sottofondo e la tenue illuminazione si accesero, creando un'atmosfera romantica. Mia se ne accorse appena, con un'eccitazione quasi febbrile. Lo osservò spogliarsi con una rapidità inumana, mostrando il corpo muscoloso sotto ai vestiti. Non c'era da stupirsi che fosse così attratta da lui, pensò con una parte fredda e razionale della mente. Probabilmente era il maschio più bello che avrebbe mai visto in tutta la sua vita.

La raggiunse e le tolse l'abito, senza nemmeno perdere tempo a tirarle giù la lampo. Rimase sdraiata con i collant neri e le scarpe col tacco alto, con la parte superiore del corpo completamente esposta al suo sguardo affamato. "Sei così sexy" le disse, con voce carica di lussuria. Il grosso cazzo gonfio puntato verso di lei avvalorava le sue parole. Piegandosi verso i suoi seni, chiuse le labbra intorno al capezzolo sinistro e lo succhiò duramente, facendola inarcare dall'intensità della sensazione. Ripetendo la stessa azione con l'altro capezzolo, premette simultaneamente sulla zona palpitante tra le sue cosce, e Mia urlò mentre venne, tremando per la forza dell'orgasmo.

Prima che potesse riprendersi, ricominciò a baciarla con una strana espressione sul volto. Partendo dalle labbra, la bocca calda si spostò lungo il viso e il collo della ragazza, soffermandosi sulla sensibile giuntura tra il collo e la spalla, facendola rabbrividire dal piacere.

Improvvisamente, Mia provò un leggero dolore, e si rese conto che doveva averla morsa. Ansimò dallo shock, ma prima che potesse provare qualcosa di più di un pizzico di paura, una calda estasi le attraversò le vene. Ogni muscolo del suo corpo si strinse, trasformandosi in poltiglia, e le sembrò che la pelle stesse bruciando dall'interno. L'ultimo pensiero razionale fu che doveva essere la sostanza chimica nella saliva di Korum, e poi non riuscì più a pensare, con tutto il suo essere concentrato solo sulla bocca dell'alieno sul suo collo e sulla sensazione di quel corpo che entrava nel suo con una potente spinta.

Il resto della notte trascorse con sensazioni e immagini sfocate. Si rese conto vagamente di aver raggiunto l'orgasmo ripetutamente, con i sensi amplificati a un livello quasi insopportabile. Tutti i colori sembravano più brillanti, e le sembrò di fluttuare in un mare caldo, con le correnti che le accarezzavano la pelle e le lambivano l'interno, facendola contrarre e rilassare dall'estasi. Era implacabile nella sua passione, con il cazzo che spingeva dentro di lei a un ritmo selvaggio e spietato, fino a trasformarla in pura sensazione, con la sua essenza ridotta all'essenziale, e la sua persona sconvolta dal rapimento totale.

Potevano essere passate ore, o giorni. Mia non lo sapeva e non le importava. A un certo punto, perse la voce a forza di urlare, e non poté più venire, con il corpo prosciugato da tutti quegli orgasmi incessanti. Anche lui venne duramente, fremendo parecchie volte durante la notte, e poi la penetrò ancora qualche istante dopo. Sfinita, Mia svenne letteralmente, cadendo in un sonno profondo e senza sogni, che pose fine all'esperienza sessuale più incredibile della sua vita.

CAPITOLO NOVE

Nelle settimane seguenti, Mia stabilì una routine—se dormire con un extraterrestre, mentre cercava di spiarlo poteva essere definito come un'attività tanto banale.

Insistette di vederla ogni sera, per cena e oltre. La ragazza trascorreva ogni notte nel suo attico, senza più dormire nel suo appartamento. Durante il giorno, le permetteva di frequentare le lezioni, tornare a casa per studiare o trascorrere il tempo a chattare con la famiglia. La sua vita sociale—mai particolarmente attiva—ora girava intorno alla relazione con lui, e Jessie ne era inorridita.

"Ascoltami, Mia" cercò di convincerla. "So che hai detto che si tratta di una cosa temporanea, ma sono davvero preoccupata per te. Non fai altro che andare da lui—è come se non avessi più una vita. Non è sano il modo in cui ti ha privato del tempo libero. Ti vedo a malapena—e condividiamo un appartamento. Non puoi trascorrere una notte lontana da lui, per uscire con le amiche o andare a una festa? Sei al college, per l'amor di Dio!"

Mia si strinse nelle spalle, non volendo discutere con Jessie. Le lasciò credere che fosse semplicemente ossessionata dal suo primo amante. Era meglio che spiegare la realtà della sua precaria situazione.

John la contattò giovedì, chiedendosi se avesse ottenuto informazioni utili. Mia non aveva niente. Leeta e Rezav erano andati a casa di Korum qualche volta, ma si erano ritirati in quella stanza, e Mia si era sentita troppo spaventata per provare a spiarli di nuovo. Camminando per Central Park, Korum e Mia erano stati avvicinati da un gruppo di tre K, che non aveva mai visto prima. Il loro atteggiamento nei confronti di Korum era stato particolarmente rispettoso, facendo riflettere Mia sul potere che probabilmente deteneva sui Krinar in questo pianeta. Tuttavia, avevano parlato nella loro lingua, e Mia non aveva avuto idea di cosa avessero detto. Tuttavia, era rimasta sorpresa di vederli; non sapeva che Manhattan fosse un luogo così popolare tra i K.

Il venerdì e il sabato, la portava fuori a vedere spettacoli di Broadway e nuovi film. Mia si divertiva molto. Per qualche ragione, pur vivendo a New York, raramente aveva avuto la possibilità di andare a vedere quegli spettacoli—ed era divertente fingere di essere una turista per una notte. La portava anche in ristoranti costosi oppure le preparava deliziosi pasti in casa, quando non uscivano. Vista da fuori, la sua vita era il sogno di ogni ragazza—con tanto di amante bello e ricco che la portava in giro in limousine e che solitamente la trattava come una principessa.

Anche il suo guardaroba aveva subito un radicale cambiamento. I personal shopper della Saks si erano dati da fare, sostituendo ogni vestito di Mia con qualcosa di più bello, più elegante e infinitamente più costoso. I nuovi cappotti alla moda e i morbidi mantelli la scaldavano ed erano comodi al tempo stesso, perfetti per il tempo imprevedibile della primavera. Tutta la biancheria intima ora era per lo più di seta e pizzo, con alcune parti in cotone per il comfort e l'esercizio quotidiano. I maglioni vecchi e i pantaloni larghi furono sostituiti da comodi, ma aderenti pantaloni per lo yoga e leggeri top morbidi. Anche i jeans vennero considerati troppo vecchi e logori, e al loro posto ora ce n'erano altri di marche famose sui suoi scaffali. E, naturalmente, i begli abiti che ora erano appesi nel suo armadio erano di una categoria a sé. Nemmeno le scarpe erano sopravvissute, con scarpe da ginnastica, scarponcini, pianelle e tacchi alla moda che rimpiazzarono i vecchi Ugg e le All Stars della scuola superiore.

Le obiezioni di Mia per le stravaganti spese di Korum per lei furono completamente ignorate.

"Ti sembra che questo sia qualcosa in più di qualche spicciolo per me?" le chiese con fare arrogante, sollevando un sopracciglio nero davanti alle sue proteste. "Mi piace vederti vestita bene, e voglio che indossi questi."

E quelle parole posero fine alla discussione.

Il sesso tra loro era esplosivo—letteralmente e figurativamente stellare. Korum era un amante molto lunatico. Un giorno poteva essere giocoso e tenero, passando ore a massaggiare Mia con oli profumati, fino a farla godere dal piacere; l'altro, era spietato, spingendo dentro di lei con una forza incomprensibile, fino a farla gridare dall'estasi. Nei giorni in cui le prendeva il sangue—non tutti, perché farlo avrebbe reso dipendenti entrambi, le aveva spiegato—pensava che sarebbe impazzita per l'intensità dell'esperienza. Anche se Mia non aveva mai provato droghe pesanti, era a conoscenza degli effetti di varie sostanze sul cervello, grazie al suo corso di Psicologia della Dipendenza, e pensava che la combinazione sesso-sangue con Korum fosse simile al mix di eroina ed ecstasy.

Si sentiva spesso amareggiata per questo, sapendo che non avrebbe mai provato le stesse sensazioni con un umano. Anche se un giorno fosse riuscita a tornare alla sua vita di sempre, sapeva che non sarebbe mai più stata la stessa cosa, che lui era impresso troppo in profondità nella sua mente e nel corpo. Ogni giorno che passava, desiderava sempre di più il suo tocco, con ogni cellula del corpo sofferente quando lui non c'era. Tutto quello che doveva fare era sorriderle o guardarla con quegli occhi color ambra e lei era pronta, con il corpo che si rilassava e si scioglieva, preparandosi per il suo.

La calma e razionale Mia Stalis degli ultimi venti

anni era stata sostituita da un relitto insicuro ed emotivo. Quando era con Korum, sentendo il suo tocco e godendo della sua presenza, Mia si sentiva fluttuare nell'aria. Non appena lui si allontanava, però, percepiva tutto il timore, il disgusto per se stessa, la paura—la paura di essere sorpresa a spiare, di non riuscire a portare a termine la propria missione prima che si stancasse di lei e, soprattutto, di perderlo.

Era inevitabile, lo sapeva. Anche se non fosse stato il nemico, anche se la sua specie non avesse schiavizzato la sua, non ci sarebbe stato alcun futuro per loro. Appartenevano a specie diverse, e, anche se quello non avesse rappresentato un ostacolo, la sua durata di vita era come quella di un moscerino della frutta in confronto a quella dell'alieno. Tra qualche anno—una decina al massimo—avrebbe iniziato l'inevitabile processo di invecchiamento, e l'attrazione di Korum verso di lei sarebbe svanita, ammesso che fosse durata così a lungo.

Nei momenti più bui, una vocina insidiosa nella sua testa si chiedeva se sarebbe stato davvero così terribile —essere la sua charl in Costa Rica. L'avrebbe trattata diversamente dal modo in cui l'aveva trattata oggi? Se non l'avrebbe fatto, allora che cosa importava dell'etichetta affibbiata alla loro relazione, se poteva continuare a stare con lui? E poi, si sentì disgustata da se stessa, nauseata per aver perso in considerazione quell'idea.

Nonostante i suoi migliori sforzi di mostrarsi allegra a spensierata, la famiglia aveva cominciato a notare che c'era qualcosa di strano in lei. Sua madre lo attribuiva allo stress per la vicinanza degli esami, ma suo padre aveva più spirito di osservazione. "Hai conosciuto qualcuno, tesoro?" le chiese un giorno all'improvviso, sorprendendo Mia. Naturalmente lo aveva negato con convinzione, ma vide che lui aveva ancora dei dubbi. Tra tutti i familiari, suo padre era l'unico a leggere le sottigliezze degli umori di Mia, e lei era sicura che il luminoso sorriso artificiale non fosse sufficiente a nascondere il tormento interiore al suo sguardo aguzzo.

L'unica volta in cui si sentiva come la vecchia se stessa era quando passava il tempo in biblioteca, assorbita dagli studi. La fine del semestre si stava avvicinando rapidamente, e il carico di lavoro di Mia si era triplicato, con saggi ed esami che incombevano su di lei. In circostanze normali, sarebbe stata tesa e nervosa dallo stress. In quei giorni, però, lo studio rappresentava un sollievo dal dramma del resto della sua vita, e apriva volentieri i libri di testo, ripassando ogni volta che poteva.

I primi giorni di maggio portarono un clima insolitamente caldo a New York, e l'intera città si ravvivò, con i residenti che cominciavano a indossare vestiti estivi e i turisti che arrivavano in gruppi numerosi.

Per quanto Mia desiderasse unirsi agli altri studenti che si ritrovavano sul prato con i libri, aveva bisogno delle quattro mura intorno a lei per concentrarsi. Korum stava diventando sempre più riluttante a lasciarla andare in biblioteca, vista la tendenza della ragazza a dimenticare di controllare l'ora mentre era lì, quindi cercò di studiare di più nel suo attico. L'extraterrestre aveva allestito una scrivania e una comoda poltrona per lei in una stanzetta soleggiata accanto al suo ufficio—il luogo in cui si era visto con Leeta e Rezav—e Mia aveva cominciato a trascorrerci molte ore.

Aveva anche cominciato a pensare all'estate. Dopo gli esami, Mia sarebbe dovuta tornare a casa in Florida dai genitori. Aveva avuto la fortuna di svolgere un tirocinio in un campo per i ragazzi problematici a Orlando, dove sarebbe stata una consulente. Dato che Orlando distava solo circa novanta minuti da Ormond Beach, sarebbe potuta andare a trovare facilmente i genitori durante i fine settimana o le giornate libere. Anche se avere a che fare con i ragazzi difficili non sarebbe stato un compito semplice, quell'esperienza era considerata preziosa per qualcuno del suo campo e l'avrebbe aiutata molto nella domanda per il master.

Non sapeva come Korum avrebbe reagito alla sua idea di lasciarlo per i mesi seguenti. Forse tra un altro paio di settimane si sarebbe stancato di lei, e a quel punto non ci sarebbe stato alcun problema. Finora, non le aveva impedito di studiare, e sperava che avrebbero trovato una soluzione anche per l'estate—se la relazione fosse durata così a lungo. Per ora, decise di stare zitta e di non agitare le acque.

Due giorni prima dell'esame di Statistica, con Mia che cominciava a pensare e a sognare, Korum venne convocato per un'emergenza sconosciuta. Seduta nella sua stanza per studiare, Mia sentì delle voci alterate che parlavano in Krinar nella stanza accanto. Qualche minuto dopo, l'alieno entrò nella sua stanza e le disse che sarebbe stato via per il resto della giornata.

"Se hai bisogno di tornare a casa per studiare o vuoi uscire con la tua compagna di stanza stasera, vai pure" aggiunse. "Potrei tornare a casa tardi stasera."

Sorpresa, Mia annuì e lo guardò andarsene di corsa, dopo averle dato un bacetto sulla guancia.

Il cuore le saltò in gola, rendendosi conto che quella avrebbe potuto essere l'occasione che stava aspettando.

Si sedette per qualche minuto, assicurandosi che fosse andato via per davvero. Per precauzione, si diresse in bagno e spruzzò un po' d'acqua fredda sulle guance, cercando di convincersi che non c'era nulla di cui preoccuparsi... che era completamente sola in casa. Le mani le tremavano leggermente, notò, portandole al viso, e gli occhi risaltavano sul viso insolitamente pallido. *Puoi farcela, Mia. Tutto quello che devi fare è dare un'occhiata in giro.*

Si diresse con fare indifferente verso l'ufficio di Korum, pronta a correre nella sua stanza al primo segnale del ritorno dell'extraterrestre. L'attico era inquietantemente silenzioso, con solo i suoi passi che infrangevano lo scomodo silenzio. Con il battito cardiaco che le rimbombava nelle orecchie, Mia camminò in punta di piedi verso la porta dell'ufficio.

Come sempre, le porte si aprirono automaticamente, man mano che si avvicinava. Pur aspettandoselo, sussultò a quel fruscio. Entrando, esaminò rapidamente l'ambiente circostante.

La stanza era completamente vuota.

Un grande tavolo era al centro, dominando lo spazio. C'erano alcune sedie intorno ad esso, con la sistemazione che le ricordava una sala conferenze aziendale. Non sapeva che cosa avrebbe sperato di trovare—forse alcuni documenti lasciati in giro o un computer acceso. Ma non c'era niente.

Naturalmente, si rese conto, Korum non avrebbe utilizzato niente di primitivo come la carta o un computer. Qualunque fosse stato l'equivalente K di un computer, probabilmente non l'avrebbe nemmeno riconosciuto come tale, visto lo stato della loro tecnologia.

Mia maledisse la propria inettitudine tecnologica. Una che aveva problemi a tenere il passo di tutti i più recenti gadget umani era particolarmente inadatta a spiare un alieno di una specie molto più avanzata.

Addentrandosi nella stanza, si avvicinò cautamente al tavolo. Sembrava normalissimo, ma Mia ricordò l'immagine tridimensionale che aveva visto su di esso una volta. Cercò di ricordare cos'aveva fatto Korum per farla scomparire. Aveva agitato la mano?

Cercando di imitare quel gesto, mosse il braccio destro. Niente. Agitò il braccio sinistro. Ancora niente. Frustrata, puntò i piedi. Come aveva immaginato, non successe nulla.

Girò intorno al tavolo, studiandone ogni angolo e fessura. Mettendosi in ginocchio, si chinò e cercò di guardare lì sotto, nella folle speranza che ci fosse un pulsante riconoscibile da qualche parte. Naturalmente, non c'era. La superficie sopra di lei era assolutamente innocua, realizzata con niente di più che un misterioso legno chiaro.

Cercando di rialzarsi, sbatté contro una sedia. Proprio come una sedia da ufficio aziendale, aveva le rotelle e ruotò verso il centro. Un maglione di lana che Korum di tanto in tanto indossava per casa era appeso alla parte posteriore. Strisciò intorno alla sedia, facendo attenzione a non modificarne la disposizione, nel caso Korum avesse ricordato bene la posizione dei mobili.

Seduta sul freddo pavimento accanto alla sedia, Mia esaminò la stanza. Era assurdo... John era stato un pazzo a pensare che Mia avrebbe potuto essere utile in qualche modo. Se si erano davvero affidati a lei, allora erano rovinati. Era semplicemente la spia peggiore del mondo.

Cominciava ad avere il sedere freddo per essere stata seduta troppo a lungo, e tutto quello era comunque inutile.

Cercando di alzarsi, urtò inevitabilmente contro la sedia e perse l'equilibrio per un attimo. Afferrando la sedia per sostenersi, fece cadere accidentalmente il maglione di Korum.

Perfetto. Non era solo una spia inutile—era anche maldestra. Sollevando il maglione, l'avvicinò al naso e ne respirò il familiare profumo. Fresco e mascolino, le scaldò le viscere. *Ti sei presa una bella cotta, Mia. Smettila di rimuginare sul nemico che stai spiando.*

Cercò di rimettere il maglione nella posizione originale, e sentì qualcosa di insolito. Una piccola sporgenza sul bordo della manica che non sembrava far parte di un maglione morbido come quello.

Con il cuore che iniziò a batterle forte dall'emozione, Mia sollevò la manica per analizzarla meglio.

In fondo ad essa, un piccolo chip era incorporato nel tessuto. Era grosso quanto un piccolo bottone, ed era stata una fortuna che le dita di Mia fossero finite lì sopra—altrimenti non se ne sarebbe mai accorta.

Le tornò in mente un particolare. Korum aveva indossato quel maglione, quando aveva agitato il braccio e aveva fatto scomparire l'immagine, ricordò Mia con i brividi lungo la schiena. Aveva letteralmente l'asso nella manica!

Quasi saltando dall'emozione, esaminò il piccolo computer—o perlomeno, questo era ciò che presumeva fosse—con attenzione. Era minuscolo e non aveva alcun pulsante di accensione/spegnimento.

"Accenditi" ordinò Mia, chiedendosi se rispondesse ai comandi vocali.

Niente.

Riprovò. "Accenditi!"

Ancora niente.

Era frustrante. O il chip non rispondeva ai comandi vocali o non capiva l'inglese. Forse, era stato programmato per rispondere solo alla voce di Korum o alla sua impronta.

E se l'avesse strofinato?

Provò. Niente.

Soffiando dalla frustrazione verso un ricciolo che le era caduto sull'occhio, Mia rifletté sulle alternative. Se il chip rispondeva al tocco di Korum, probabilmente conosceva il suo DNA o qualcosa del genere. In quel caso, non avrebbe mai potuto farlo funzionare.

Scoraggiata, si sedette nuovamente sul pavimento. Sembrava aver aiutato l'ultima volta in cui era rimasta di sasso. Se solo avesse potuto verificare la sua teoria— con una ciocca dei capelli dell'alieno o qualcosa del genere...

Improvvisamente speranzosa, Mia saltò e corse in camera da letto per cercare qualche capello. Con sua enorme delusione, la stanza era assolutamente priva di capelli, ad eccezione di qualche lunga ciocca, che non poteva che essere sua. O Korum era un fanatico della pulizia o semplicemente non gli cadevano i capelli come agli umani.

Riflettendo, la ragazza corse in bagno e afferrò lo spazzolino da denti elettrico di Korum. Forse c'erano delle tracce della sua saliva o del tessuto gengivale... Avvicinò lo spazzolino al piccolo dispositivo con un respiro soffocato.

Il dispositivo lampeggiò, accendendosi per un secondo, e poi si spense di nuovo.

Mia quasi urlò dall'emozione.

Avvicinò lo spazzolino ancora di più, quasi

strofinandolo sul maglione, ma il chip rimase spento e silenzioso.

Digrignò i denti dalla frustrazione. Era sulla buona strada, ma aveva bisogno di un pezzo più grande del DNA di Korum. I suoi vestiti avrebbero potuto contenerne, le scarpe, le lenzuola del letto... Ma probabilmente ne contenevano solo qualche traccia, come lo spazzolino.

Le lenzuola del letto! Sul volto di Mia apparve lentamente un grande sorriso. Sapeva esattamente dove poterne trovare una grossa quantità.

Entrando nella lavanderia, scavò nella pila di asciugamani e biancheria sporca che si era accumulata nella settimana scorsa. Korum di solito faceva il bucato il lunedì. Visto che oggi era sabato, la stanza doveva essere piena di pezzi di DNA, per gentile concessione della loro attiva vita sessuale.

Tirò fuori una federa particolarmente macchiata, arrossendo un po' al ricordo di come si era ridotta in quel modo. Portandola nell'ufficio, l'avvicinò al piccolo dispositivo e aspettò, fiduciosa.

Senza emettere suoni, il chip si accese e si spense. Sulla superficie del tavolo apparve una gigantesca immagine tridimensionale. Con il cuore in gola, Mia appoggiò il maglione sulla sedia— cosa che non ebbe alcun effetto sull'immagine—e girò intorno al tavolo, cercando di dare un senso a quello che stava vedendo.

CAPITOLO DIECI

Davanti a lei c'era una gigantesca mappa tridimensionale di Manhattan e dei quartieri circostanti. Sembrava una versione molto più realistica di Google Earth.

Girando lentamente intorno al tavolo, Mia fissò il familiare paesaggio davanti a lei. C'era Central Park, proprio nel mezzo dell'isola lunga e stretta che era ancora il centro culturale e finanziario degli Stati Uniti d'America. Molto più in basso, sul lato occidentale, poté vedere l'alto grattacielo di Korum, contraddistinto da precisi dettagli.

Affascinata, allungò la mano verso la piccola immagine dell'edificio, chiedendosi se ci fosse qualche sostanza. Le dita l'attraversarono, ma sentì un piccolo impulso elettrico correre lungo il palmo. All'improvviso, la realtà si modificò e si adattò... e Mia gridò in preda al panico, ritrovandosi sulla strada a guardare l'edificio—non la sua immagine, ma l'edificio vero e proprio.

Ansimando, inciampò, cadendo all'indietro e sostenendosi con le mani.

Non provò dolore al contatto con la superficie ruvida del marciapiede; anzi, era come se il marciapiede non ci fosse. Tutto era stranamente silenzioso. Non c'erano automobili per la strada e nessun pedone che passeggiava.

Doveva trattarsi di un sogno, pensò Mia con un brivido, o di un'allucinazione davvero vivida. Forse stava morendo a causa del contatto con la tecnologia aliena, e quello era il gran finale del suo cervello. Non le sembrava così, però—si sentiva strana, come se fosse caduta in una piscina riflettente e i riflessi si fossero rivelati reali.

Realtà virtuale.

Mia ne era certa. Anche la tecnologia umana poteva imitarla debolmente grazie ai film e ai videogiochi tridimensionali. I K evidentemente potevano fare molto di più, facendola sentire come se fosse all'interno dell'immagine stessa. Doveva essere la versione K di Google Maps, dove, invece di posizionare la piccola figura arancione sulla mappa digitale per guardarsi intorno tramite le immagini, la mappa portava semplicemente lo spettatore nella realtà tridimensionale.

Ora, la domanda era come uscirne.

Forse se avesse chiuso gli occhi e li avesse riaperti, si sarebbe ritrovata in ufficio. Chiudendo gli occhi, Mia cercò di contare fino a cinque. Al tre, perse la pazienza e sbirciò. No, era ancora di fronte all'edificio.

Come mossa successiva, si pizzicò il naso... duramente.

Ahi.

Provò dolore, ma la visuale non cambiò. Sbatté un piede. La gamba comunicò quella sensazione al cervello, ma Mia era ancora in quel misterioso mondo.

Cazzo. Cominciò ad entrare nel panico. Che cosa sarebbe successo, se non fosse riuscita a lasciare quel luogo, o peggio, se fosse rimasta ancora lì dopo il ritorno a casa di Korum? L'alieno avrebbe capito subito che lei aveva ficcato il naso. Non c'era modo di vedere le cose sotto una luce positiva o di farla passare per semplice curiosità. Aveva davvero esagerato, accedendo a quei documenti.

Rifletti, Mia, rifletti. Se era riuscita a entrare in quel mondo così facilmente, doveva esserci un modo altrettanto facile per uscirne. Qualcosa doveva essere reale in quel luogo surreale, anche se sembrava tutto falso.

Sollevando le braccia, Mia si girò lentamente in un cerchio. Inizialmente le sue mani protese non trovarono altro che aria. Fece un passo a destra e ripeté la procedura. Poi un altro passo, e un altro ancora. Al quinto tentativo, le dita trovarono qualcosa di morbido e familiare. Il maglione! Non riusciva a vederlo, ma sicuramente poteva sentirlo.

Afferrandolo con una stretta disperata, cercò di individuare il dispositivo. E lo trovò, vicino al bordo della manica. Non appena Mia lo toccò, il noto impulso elettrico le attraversò la mano. Per un attimo, sperimentò quella sensazione di disorientamento, e poi si ritrovò sul pavimento solido—nell'ufficio di Korum all'interno dell'edificio che stava guardando.

Quasi tremando dal sollievo, fissò la mappa ancora aperta davanti a lei. Ce l'aveva fatta! Lei—Mia Stalis, che non sapeva nemmeno utilizzare gli iPad di ultima generazione—era entrata nella realtà virtuale aliena, uscendone indenne.

Naturalmente, non aveva ancora scoperto niente di utile. Per quanto avrebbe voluto smettere e tornare a memorizzare la formula per la deviazione standard, doveva sfruttare ulteriormente quell'occasione.

Questa volta, Mia sapeva che cosa avrebbe dovuto fare per evitare di perdersi in quello strano mondo. Indossò il maglione di Korum. Era enorme su di lei, arrivandole quasi alle ginocchia. Il suo profumo familiare la inebriava, quasi come se fosse tra le sue braccia. Per qualche motivo, lo trovava molto confortante, anche se sapeva che l'avrebbe uccisa se l'avesse sorpresa in quel momento.

Camminando intorno al tavolo, esaminò la mappa nel dettaglio. L'immagine sembrò pulsare leggermente, e c'erano zone che brillavano più di altre. Un particolare edificio di Brooklyn aveva quasi un bagliore attorno.

Un bagliore? Mia doveva indagare ulteriormente.

Allungando la mano verso quell'immagine minuscola, chiuse gli occhi e aspettò il trasferimento della realtà. Quando li riaprì, si ritrovò sulla strada, a guardare un palazzo residenziale alberato, seguito da una fila di case con i mattoni rossi.

Con sua sorpresa, la scena era tutt'altro che vuota. Soffocando un sussulto sbalordito, osservò un uomo che si affrettò ad entrare in una delle case. Passò proprio davanti a lei, senza nemmeno degnarla di un'occhiata. Naturalmente, si rese conto Mia, non era lì nella prospettiva dell'uomo. O stava guardando un video in diretta—un video molto realistico—o, più probabilmente, un video pre-registrato.

Un detto che aveva sentito una volta le frullò per la testa. Qualcosa riguardo al fatto che le tecnologie avanzate fossero indistinguibili dalla magia. Era esattamente così con i K, pensò. Si sentiva un po' come Harry Potter col suo mantello dell'invisibilità—sebbene il suo antagonista fosse indubbiamente molto più bello di Voldemort.

Raccogliendo il coraggio, seguì l'uomo sulle scale, fino a casa sua. *Tutto questo non è reale, Mia. Non possono vederti. Puoi uscirne ogni volta che vuoi.* Aprì la porta— che, chissà perché, non era chiusa a chiave—ed entrò dentro.

Non c'era nessuno nel corridoio, ma poté sentire delle persone nel salotto. Con il cuore in gola, Mia si avvicinò lentamente al gruppo. Il grande maglione avvolto intorno a lei era come una coperta di sicurezza, che le dava la forza di continuare.

Entrando nella stanza in punta di piedi, rimase sulla porta, aspettandosi che qualcuno gridasse: "Intrusa!"

Ma gli occupanti della stanza non erano consapevoli della sua presenza. Sentendosi molto più calma, cominciò a guardarsi intorno.

C'erano circa quindici persone, di diversa età e nazionalità. Solo tre di loro erano donne, tra cui una signora di mezz'età che sembrava una professoressa. Le altre due donne erano giovani, probabilmente avevano più o meno l'età di Mia, anche se l'aspetto stressato sui loro volti le faceva sembrare più anziane in qualche modo. Un uomo biondo e magro era seduto dando le spalle a Mia, ma qualcosa di lui sembrava familiare.

"John" disse la donna di mezz'età, rivolgendosi all'uomo biondo: "Abbiamo davvero bisogno di studiare i dettagli. Non possiamo fidarci ciecamente di loro..."

Girò la testa per rispondere, e Mia si rese conto, scioccata, che conosceva quel John—che gli aveva parlato due volte nelle ultime settimane. E ciò significava solo una cosa: che quella a cui stava assistendo doveva essere una riunione della Resistenza —e che se la stava osservando attraverso il video della realtà virtuale di Korum, allora evidentemente lui sapeva di loro.

Oh mio Dio. Credevano di essere al sicuro, di non essere monitorati. Altrimenti, come mai erano tutti riuniti lì in quel modo? John aveva detto che Korum era a New York per debellare il movimento della Resistenza... perché si stavano avvicinando a qualche scoperta. Ma, chiaramente, l'extraterrestre era ancora più vicino al suo obiettivo di stanare i combattenti per la libertà.

Doveva avvisarli. Erano seduti in quella casa di Brooklyn. Korum avrebbe potuto irrompere da un momento all'altro.

All'improvviso, Mia sentì rizzarsi i capelli. I pezzi del puzzle si ricomposero, e rimase a bocca aperta per quella sconvolgente scoperta.

Forse era già troppo tardi per John e i suoi amici.

Altrimenti, perché Korum se n'era andato così bruscamente oggi? Sapeva esattamente dove fossero. Non aveva motivo di aspettare ancora. L'agguato—se non era ancora avvenuto—sarebbe accaduto presto.

Senza aspettare un secondo di più, Mia toccò il piccolo dispositivo sulla manica e fu trasportata immediatamente nell'ufficio di Korum. Agitando la mano come aveva visto fare dall'alieno, quasi crollò dal sollievo, quando l'azione effettivamente funzionò, e la mappa scomparve. Togliendo rapidamente il maglione, lo appese sul retro della sedia, assicurandosi che nessun capello fosse rimasto attaccato al tessuto. Poi, posizionò le sedie come le aveva trovate e corse fuori dalla stanza. All'ultimo minuto, si ricordò della federa e afferrò anche quella, mettendola sulla pila della lavanderia mentre usciva dall'appartamento. Due minuti dopo, aveva lo zaino e le scarpe, e stava per entrare nell'ascensore.

Aveva bisogno di contattare John, immediatamente.

Tirando fuori il vecchio cellulare, inviò un'e-mail a Jessie, scrivendo 'Ciao' nella riga dell'oggetto. Nel corpo del testo, menzionò che sarebbe tornata a casa quella sera, e chiese a Jessie se avesse voluto trascorrere una serata tra ragazze. Quello avrebbe dovuto mettere John in allerta, pensò, se stava davvero monitorando l'account di Jessie. Ora tutto quello che poteva fare era sperare e pregare che non fosse troppo tardi.

Volendo tornare a casa al più presto possibile, Mia chiamò un taxi. Era un'inutile stravaganza, ma se c'era un buon motivo per affrettarsi—era proprio quello. Salendo in macchina, diede al conducente l'indirizzo di casa e si appoggiò al sedile, chiudendo gli occhi.

Pensieri e idee le frullavano per la testa, saltando da un argomento all'altro. Come faceva Korum a sapere della riunione? Doveva aver installato delle telecamere nella casa dei combattenti senza che loro lo sapessero... Ma John le aveva assicurato che avrebbe saputo se una stanza fosse stata monitorata o meno. O John le aveva mentito o Korum era dieci passi più avanti di qualunque conoscenza la squadra di John ritenesse di possedere. Quell'ultima parte aveva senso per lei. Gli umani non avrebbero mai potuto sperare di vincere contro la tecnologia K. Se Korum voleva monitorare la Resistenza, ovviamente poteva farlo senza che loro lo sapessero.

Mia si rese conto del pericolo del gioco a cui stava giocando. Probabilmente Korum era ormai a conoscenza di tutti i loro piani... e forse sapeva del coinvolgimento di Mia, anche se era rimasto limitato fino a quel giorno. A quel pensiero, lo stomaco della ragazza si contorse e sentì il freddo espandersi fino alle dita dei piedi. Non aveva mai visto Korum veramente arrabbiato, ma senza dubbio non sarebbe stato piacevole.

Arrivando a destinazione, la ragazza pagò il conducente con dita fredde e tremanti, e salì per le cinque rampe di scale del suo appartamento. Jessie non era a casa, e Mia pensò con invidia che probabilmente si stava godendo la bella giornata con gli amici. O quello oppure stava studiando per gli esami—ed entrambe le alternative le sembravano straordinarie in quel momento.

Cominciò ad aspettare.

Era passata circa mezz'ora, e Mia aveva quasi scavato un buco nel tappeto a forza di camminare avanti e indietro nel salotto. Alla fine, proprio mentre stava iniziando a impazzire dalla frustrazione, suonò il campanello.

John e una delle giovani donne della riunione erano davanti alla sua porta. I capelli della ragazza erano di una tonalità sabbiosa di castano e corti, quasi come quelli di un uomo. Sembrava anche molto atletica. Se non fosse stato per i lineamenti delicati, avrebbe potuto essere scambiata facilmente per un ragazzo adolescente.

"Mia, questa è Leslie" disse John. "Leslie—questa è Mia, la ragazza di cui ti ho parlato."

Mia li salutò e li lasciò entrare nell'appartamento.

"John" disse senza preamboli: "Ho appena scoperto che sei in pericolo."

"Altroché" disse Leslie sarcasticamente. "Non lo sapevamo."

Mia rimase a bocca aperta. Quella ragazza non aveva motivo di detestarla, ma il suo tono era quasi di disprezzo. Si innervosì. "Esatto" disse lei freddamente. "Ovviamente non lo sapevate... altrimenti non ci sarebbe stata quella riunione, che Korum ha potuto riprendere in un bel video di tutti voi—compresa te, Leslie."

John sgranò gli occhi dallo shock. "Di cosa stai parlando? Quale video?"

"Non so nemmeno se video sia la parola giusta. È più un reality show virtuale—"

Raccontò per filo e per segno quello a cui aveva assistito. Quando ebbe finito, John sembrava pallido e il sorriso arrogante di Leslie era scomparso dal suo viso.

"Non capisco" disse lui lentamente. "Come sapeva dove trovarci? Tutti i nostri luoghi di riunione vengono monitorati quotidianamente. Inoltre, eseguiamo delle scansioni regolari—"

"Ovviamente non è abbastanza" disse Leslie. "Oppure siamo stati traditi."

Si guardarono, sconvolti.

"Come fate a farlo?" chiese Mia. "Come fate a sapere cosa cercare, quando eseguite le scansioni? Possono nascondere i dispositivi di monitoraggio in qualsiasi cosa. Mi avete addirittura detto che ce li ho dentro di me..."

"È vero" annuì John: "Ma possiamo ancora trovarli—"

"Di solito" disse Leslie.

"Esatto, di solito, perché non ci basiamo solo sulla nostra moderna tecnologia—"

"John" disse Leslie con tono preoccupato.

"Leslie, Mia dovrebbe sapere. Chiaramente ha rischiato molto per trovare queste informazioni per noi stasera—"

"Ma come puoi fidarti di lei? Va a letto con lui ogni giorno!"

"Non ha altra scelta! Altrimenti, come avrebbe fatto a scoprire quelle cose oggi? Dovresti ringraziarla per aver rischiato la vita—"

"Scusate" li interruppe Mia, rossa per la rabbia e l'imbarazzo: "Che cosa dovrei sapere?"

Leslie sembrava furiosa, come se volesse colpire John. Lui la ignorò e disse: "Ascolta, Mia... Non voglio che pensi che siamo solo un gruppo di idioti esaltati. Forse il movimento era così nelle prime fasi, quando non sapevamo cosa fossero o di cosa fossero capaci. Ora è diverso. Conosciamo bene il nostro avversario. E abbiamo l'aiuto—"

"L'aiuto dei K?" lo interruppe Mia, con il cuore che le batté più velocemente a quel pensiero.

"Dei K" confermò John. "Come ti ho già detto, non sono tutti uguali. Alcuni credono che sia sbagliato il modo in cui i K sono venuti su questo pianeta per rubarcelo... per schiavizzare la nostra popolazione. Vogliono aiutarci—condividere la loro tecnologia con noi, aiutarci a progredire fino a diventare come loro—"

"Sono come la versione dell'associazione animalista PETA dei K" disse Leslie, arrendendosi all'inevitabile, ma con un cipiglio ancora presente sul viso. "Li chiamiamo KETH—K per il Trattamento Etico degli Umani."

"KETH, o Keith, per pronunciarlo più facilmente" chiarì John.

Mia li fissò con stupore. Aveva già accennato ai loro potenti alleati, ma questo andava ben oltre uno o due ribelli K.

"Quanta influenza hanno i Keith all'interno della loro società?" chiese, cercando di capire.

"Non molta" ammise John.

"Sono un gruppo estremista, da quello che abbiamo capito" aggiunse Leslie. "Ma hanno accesso alla tecnologia K, e ci forniscono ciò di cui abbiamo bisogno per andare avanti—gli strumenti di scansione che utilizziamo, la tecnologia di schermatura..."

"Ma a che pro?" chiese Mia, continuando a non capire. "Potervi permettere di operare senza essere visti —oppure no, come abbiamo scoperto oggi—ma in che modo un gruppo estremista può fare davvero la differenza? Non potete ancora combatterli, anche se avete qualche dispositivo di scansione di microspie. A meno che—"

Rimase a bocca aperta, capendo tutto.

"A meno che non ci forniscano molto più di qualche dispositivo di scansione" confermò John.

"Basta, John" disse Leslie con tono severo. "Ora ne sa quanto la maggior parte dei membri del nostro gruppo. Se le dici qualcos'altro e la catturano—"

John sospirò. "Leslie ha ragione. Il tuo amante sa già tutto quello che ti abbiamo detto finora. Non posso dirti altro senza metterti in pericolo. In un pericolo ancora maggiore, voglio dire..."

Mia annuì. Non c'era motivo che conoscesse i particolari dei piani della Resistenza. L'ultima cosa di cui aveva bisogno era essere torturata per le informazioni. Naturalmente, non sapeva se avrebbe potuto resistere alla minaccia della tortura. Il solo pensiero che Korum potesse essere arrabbiato con lei la terrorizzava.

"D'accordo, allora" disse lei. "Devo chiedervi una cosa... Visto che la vostra sicurezza non è buona come pensavate, è possibile che Korum possa sapere di me? Avete parlato di me in quell'edificio di Brooklyn? Perché se l'avete fatto—"

"No, Mia, sei al sicuro." John capì subito le preoccupazioni di Mia. "C'è sempre la possibilità che possa venirlo a sapere... ma ne dubito fortemente. Sei la nostra arma segreta. Non ho mai parlato di te con nessuno. Fatta eccezione per Jason—e Leslie, che era con me oggi, quando ho ricevuto la tua e-mail—nessuno sa che stai lavorando per noi."

Notando l'espressione sorpresa sul volto di Mia, spiegò: "Non volevo metterti ancora più in pericolo. Se fossimo stati catturati e interrogati, il tuo nome sarebbe venuto fuori."

Fece una pausa, riflettendo sulle parole successive. "E, francamente, non sapevo se avresti potuto trovare qualcosa di utile. Quello che ci hai detto oggi va oltre ogni mia aspettativa... non immagini quanto ti siamo grati. Vedi, stasera avremmo dovuto avere una sessione finale di discussione di gruppo—avrebbero partecipato più di trenta dei nostri combattenti migliori. Korum dovrebbe saperlo... Ne abbiamo parlato durante l'ultima riunione—quella a cui in parte hai assistito. Se ci avesse teso un'imboscata questa sera, sarebbe stato un duro colpo per il movimento. Probabilmente hai salvato molte vite oggi, Mia."

La ragazza lo guardò, con le guance in fiamme per un mix di emozioni contrastanti. Era felice di poter aiutare la Resistenza ed enormemente sollevata che il suo segreto fosse al sicuro per ora. Ma era anche un po' offesa per la bassa fiducia nelle sue capacità. Era stata davvero fortunata ad aver scoperto quelle informazioni oggi. Prima di quell'episodio, era stata davvero inutile al movimento, quindi non riusciva a biasimarlo per pensarla così.

"Va bene" disse lei. "Spero che possiate riprogrammare quello che avevate in mente per stasera. Korum ha detto che potrebbe non essere a casa in serata, quindi probabilmente sta facendo qualcosa di importante."

CAPITOLO UNDICI

"*E*hi straniera, bentornata!"

Jessie aveva ricevuto la sua e-mail ed era tornata a casa, tutta entusiasta.

Mia le sorrise e abbracciò forte la compagna di stanza, sinceramente felice di vederla allegra. Il suo incontro con i combattenti della Resistenza l'aveva sconvolta, e Jessie era proprio la distrazione di cui aveva bisogno.

"Allora, dimmi" scherzò Jessie: "Come mai il grosso e cattivo K ti ha permesso di uscire stasera? Ero certa che ti avrebbe chiusa in una stanza e avrebbe buttato via la chiave."

Mia arrossì. Era un po' troppo vicina alla verità. Alzando le spalle, disse: "Credo che debba lavorare stasera. Non sapeva quando sarebbe tornato a casa, quindi mi ha suggerito di uscire."

"Wow, molto gentile da parte sua" disse Jessie,

strabuzzando gli occhi in modo comico. "Sai che cosa significa questo?"

"No, cosa?" chiese Mia, ridendo per l'espressione drammatica sul volto di Jessie.

"Significa che usciremo! È sabato sera, e festeggeremo!"

Mia arricciò un po' il naso. "Davvero? Proprio prima degli esami?"

"Certo! Oh, non guardarmi così. So che stai studiando da settimane. Una serata fuori non ti farà bocciare. E visto che il tuo K ha deciso di lasciarti uscire solo stasera, ci divertiremo un mondo!"

Mia sorrise. L'entusiasmo di Jessie era contagioso, e all'improvviso l'idea di perdersi completamente ballando tutta la notte le sembrò quasi perfetta.

Due ore dopo, le ragazze cominciarono a prepararsi per la serata. Facendo la doccia e depilando ogni centimetro del corpo, Mia lavò i capelli e ci passò il balsamo. L'uso regolare dello shampoo di Korum li aveva resi morbidi e setosi, infinitamente più gestibili, e dopo averli asciugati il risultato era una morbida massa di ricci scuri ben definiti che le cadevano a cascata sulla schiena.

Poi passò al trucco, e Mia optò per lo smoky-eye, senza esagerare con il resto del viso. Il suo guardaroba, però, presentava un problema, per il quale aveva bisogno di consigli. "Jessie!" gridò all'esperta.

La coinquilina entrò, vestita in modo elegante. Con

l'abito rosso e i tacchi alti, era davvero splendida. "Fammi indovinare. Non hai ancora deciso che cosa indossare?" le chiese con un bel sorriso.

"Ho bisogno del tuo aiuto." Mia le rivolse un'occhiata disperata, indicando l'armadio.

"Ok, vediamo, cos'abbiamo qui... Prada, Gucci, Badgley Mischka—oh povera te, non hai davvero niente da indossare!" Jessie scosse la testa per un finto rimprovero. "È incredibile, Mia—ti vizia davvero. Non mi stupisce che non torni più a casa."

Scavando nell'armadio di Mia, Jessie tirò fuori un abito risqué di Dolce & Gabbana e lo porse a Mia. "Ecco, prova questo."

Mia lo guardò, dubbiosa. "Non avrò freddo?" Non sembrava coprire molto. Era composto da due pezzi di tessuto viola tenuti insieme da alcuni ganci e cerniere.

"Ballando in un locale caldo e affollato? Oh, per favore." Jessie sbuffò. "E se indosserai questo, ti assicuro che non faremo la fila fuori."

Mia decise di ascoltare l'esperta. Indossando l'abito, uscì dalla stanza per mostrarlo a Jessie.

"Wow." Jessie era quasi senza parole. "Non so cosa ti faccia mangiare quel K, ma sei meravigliosa. Voglio dire, sei sempre stata carina—ma ora sei a tutt'altro livello."

Mia arrossì un po'. L'abito era decisamente sexy, mostrando le gambe ed esponendole la schiena e le spalle. Era un po' troppo provocante per i gusti di Mia, con i fragili laccetti intorno al collo che erano l'unico supporto per il top. Non poteva indossare un reggiseno, visto il taglio basso nella parte posteriore, e si sentiva come se i capezzoli fossero visibili sotto il tessuto appiccicoso. Per completare il tutto, indossò un paio di scarpe col tacco sexy e afferrò una borsetta scintillante.

Era pronta per la festa.

~

COME LOCALE, scelsero il luogo più trendy di Meatpacking District. Era una destinazione popolare per celebrità, modelle, aspiranti modelle, e chiunque altro amasse festeggiare. La Mia pre-Korum non sarebbe mai andata in quel posto, certa che per entrare avrebbe dovuto aspettare due ore al freddo. Tuttavia, la nuova Mia sicura di sé e ben vestita non si faceva tutti quei problemi.

Avvicinandosi al buttafuori, Mia e Jessie gli rivolsero ampi sorrisi sexy. Le guardò con un apprezzamento puramente maschile e sollevò la corda, lasciandole entrare senza dire una parola.

"Ben fatto" sussurrò Jessie, mentre scendevano i gradini, dirigendosi verso la musica assordante.

Sebbene fossero le 23:00, il locale era gremito. La musica era eccellente, un mix di vecchio hip-hop e alcune delle ultime canzoni dance-hop. La pista da ballo non era particolarmente grande, e ogni centimetro era pieno di bellissime ragazze e dei pochi ragazzi fortunati che erano riusciti a entrare. A volte era davvero bello essere una ragazza, pensò Mia.

L'unico modo in cui la maggior parte degli uomini poteva entrare in un posto del genere era spendere un'assurda quantità di soldi, mentre le ragazze potevano entrare gratuitamente—come esca, ovviamente.

Andando al bar, le due ragazze trovarono rapidamente un paio di sgabelli e ordinarono quattro bicchieri di vodka. Due ragazzi si offrirono immediatamente di pagare i loro drink, e Jessie declinò con una risatina. "È troppo presto per questo" disse a Mia. "Vogliamo ballare, non passare il tempo con questi buffoni tutta la notte."

Mia ridacchiò, concordando, e bevvero il primo bicchiere, mordicchiando una fetta di limone subito dopo.

La serata si fece ancora più allegra, con quella speciale scintilla che solo il primo bicchiere di alcol e la promessa di una nottata divertente potevano portare. Mia si sentiva giovane e bella—e, per il momento, completamente spensierata. L'indomani avrebbe ripreso a preoccuparsi, ma quella sera—quella sera si sarebbe divertita.

"Salute!"

Il secondo bicchiere scese giù ancora più liscio, e le cose acquistarono un piacevole bagliore confuso nella mente di Mia. La pista da ballo la chiamava, con il ritmo pulsante della musica che le riverberava nelle ossa. Afferrando la mano di Jessie, la trascinò verso la folla danzante.

Durante l'ora successiva, ballarono senza sosta. Le

belle canzoni si susseguirono una dopo l'altra, mandando la pista da ballo in delirio. Mia ballò con Jessie, con altre due ragazze che si erano avvicinate a loro, con un gruppo di tipi di Wall Street che continuavano a cercare di toccarle la schiena nuda, e poi di nuovo con Jessie. Ballò fino a sentirsi calda, sudata e senza fiato, con i muscoli delle gambe tremanti per tutti i movimenti che la danza comportava. Ballò fin quando non dimenticò come mai si era sentita così di merda e cosa avrebbe potuto portare l'indomani.

"Ho bisogno di acqua!" gridò Jessie, cercando di farsi sentire sopra la musica. Ridendo, Mia la riaccompagnò al bar. Bevvero un bicchiere d'acqua del rubinetto e un altro di vodka ciascuna. Questa volta, Jessie fu troppo sbronza per rifiutare, quando un bel ragazzo dal volto vagamente familiare—forse una star della TV—si offrì di pagare le loro bevande.

Edgar—l'attore di una commedia drammatica recentemente cancellata—fece subito amicizia con Jessie. La sua compagna di stanza, lusingata dall'attenzione di una celebrità, flirtò e ridacchiò per tutto il tempo. Sentendosi leggermente fuori posto, Mia andò al bagno da sola.

Quando tornò, un paio di amici di Edgar si erano uniti al bar. Erano entrambi carini in quel modo leggermente infantile che era ormai popolare, e sembravano in gran forma. Si presentarono, e Mia scoprì che anche loro facevano parte della commedia. Peter era uno stuntman, mentre Sean era un membro del cast di supporto. "Che cos'è questo *Entourage?*" scherzò Mia, e loro risero, affermando che le loro vite avevano poco in comune con il vecchio spettacolo.

Rendendosi conto che stavano ficcando il naso in una serata per sole ragazze, i giovani ordinarono un altro round di drink per tutti. Tequila, questa volta, e Mia quasi si strozzò per il forte sapore che le rimase in bocca anche dopo aver morso il limone. Il suo naso, che fungeva da barometro alcolico, aveva superato da tempo il limite del prurito, e sapeva che il giorno dopo probabilmente si sarebbe pentita. Ma in quel momento, con la vodka e la tequila nelle vene, non le importava.

Mia non intendeva fare amicizia con nuovi ragazzi, ma Peter si rivelò essere uno straordinario oratore. La sua voce era abbastanza profonda da superare la musica forte, e scoprì che avevano l'origine polacca in comune. In realtà, i suoi genitori erano giunti in quel Paese abbastanza recentemente, anche se era un cittadino americano e non aveva alcun accento. Anche lui si era laureato presso la NYU—alla Tisch School of the Arts—e voleva diventare un produttore cinematografico. Dal momento che era sempre stato atletico, lavorare come stuntman era stato il miglior modo per entrare nell'ambiente e cominciare a conoscere gente, ed era stato fortunato a ottenere una parte nella commedia annullata recentemente.

Anche lui sembrava sinceramente interessato a Mia, con gli occhi azzurri che brillavano ogni volta che la guardava. Con i capelli biondi e mossi, sembrava un angelo malizioso, e Mia non poté fare a meno di ridere per alcuni complimenti che le rivolgeva. In circostanze normali, un ragazzo simpatico ed estroverso come quello non sarebbe mai stato interessato a una ragazza timida e studiosa come Mia—e non poteva che essere lusingata da tutte quelle attenzioni. Così, quando Peter le chiese il numero, glielo diede senza pensare, con l'alcol nelle vene che le rallentava il pensiero abbastanza da rimuovere ogni cautela.

Tornarono sulla pista da ballo—con Edgar e Peter che si unirono a lei e a Jessie. Sean, probabilmente sentendosi come una ruota di scorta, si unì a un altro gruppo di ragazze. Inizialmente ballarono come gruppo, e poi Peter cominciò a ballare più vicino a Mia, con movimenti atletici e pieni di grazia. Lei sorrise, chiudendo gli occhi e ondeggiando al ritmo della musica, e non le venne in mente di allontanarsi, quando le mise le mani sulla vita.

Era bello danzare con un ragazzo normale che le piaceva, le cui intenzioni erano chiare. Naturalmente, non sarebbe potuto venir fuori nulla di buono da quella serata, ma una parte sciocca e ubriaca di lei sperava che forse—se fosse sopravvissuta a tutto e fosse stata ancora a New York, quando Korum si fosse inevitabilmente stancato di lei—un giorno avrebbe rintracciato Peter su Facebook. Tra tutti i ragazzi che aveva conosciuto negli ultimi anni, lui gli piaceva più di tutti, e poteva facilmente immaginarsi come sua amica... e forse qualcosa di più.

Partì una nuova canzone, con testi ancora più espliciti. La folla andò in delirio, e il movimento sulla pista da ballo aumentò. Peter le si avvicinò, sfregando suggestivamente i fianchi sui suoi. Era di altezza media, e i tacchi alti di Mia la facevano arrivare quasi alle sue tempie. Le sorrise, con gli occhi scintillanti, e Mia ricambiò il sorriso, sperimentando una lieve attrazione —niente a che vedere con il folle e travolgente calore che le faceva provare Korum. E anche se il suo stupido corpo sperava che ci fosse Korum a stringerla in quel modo, le piaceva ballare con un ragazzo carino... che, in circostanze diverse, avrebbe potuto frequentare.

"Sei davvero carina" disse Peter, praticamente urlando sopra la musica.

Mia sorrise, muovendosi al ritmo. Era sempre bello ricevere complimenti. "Grazie" gridò lei: "Anche tu!"

Le girava la testa per tutti quei drink, e l'intera serata cominciò a sembrarle un po' surreale—a partire dal ragazzo bello come un angelo che stava ballando insieme a lei. Continuando a danzare, chiuse gli occhi per un attimo, tenendosi alla vita di Peter per combattere una leggera vertigine. Fraintendendo le sue azioni, si appoggiò a Mia, strofinando le labbra sulle sue per un breve secondo.

Stupita, Mia respinse Peter, facendo un passo indietro. Imbarazzata, si guardò intorno e improvvisamente si sentì bloccata, paralizzata dalla paura.

A guardarla dal bordo della pista da ballo c'erano due familiari occhi color ambra. E la gelida rabbia riflessa in essi era la cosa più terrificante che avesse mai visto in vita sua.

CAPITOLO DODICI

Lui sapeva.

Nel panico soffocante che la inghiottì, Mia aveva un solo pensiero: Korum sapeva. In qualche modo, aveva saputo di quel pomeriggio—di quello che aveva fatto per i combattenti della Resistenza—ed era venuto lì a cercarla.

Il suo istinto di sopravvivenza le urlò contro, e una scarica di adrenalina dissipò la nebbia indotta dall'alcol. Combatté la disperata voglia di fuggire, sapendo che l'avrebbe raggiunta nel giro di pochi secondi. Così, si limitò a restare lì, guardandolo farsi strada verso di lei tra la folla della pista da ballo, con gli occhi quasi gialli dalla furia.

Nonostante la musica pulsante e il battito terrorizzato del proprio cuore, sentì gridare il suo nome.

"Mia! Mia!" Era Peter, e stava parlando con lei. "Ehi Mia, ascolta, non volevo essere così insistente—"

Si fermò nel bel mezzo delle sue scuse e seguì il suo sguardo. "Che diavolo... È il tuo ragazzo o qualcosa del genere?"

"Qualcosa del genere" precisò Mia, guardando Korum sgomitare tra la folla normalmente impenetrabile. Lo stomaco le brontolava dalla nausea e la paura. L'avrebbe uccisa lì sul posto o prima l'avrebbe portata altrove per interrogarla?

Ed eccolo lì, davanti a lei.

"Ehi amico, ascolta, credo che ci sia stato un malinteso—" si intromise Peter con coraggio, senza rendersi conto di chi fosse l'uomo con cui aveva a che fare, a causa del buio. In un batter d'occhio, Korum avvolse la mano intorno alla gola di Peter.

"No!" urlò Mia, mentre Peter fu sollevato dal pavimento, scalciando in aria e graffiando con le mani sulla presa ferrea intorno alla gola. "No, ti prego, lascialo andare—"

"Vuoi che lo lasci andare?" chiese Korum con calma, come se non stesse uccidendo un uomo adulto con una mano in un club affollato.

"Ti prego! Non c'entra niente lui" lo supplicò Mia, con lacrime di terrore che le rigavano il volto.

"Oh, davvero?" disse Korum, con voce carica di sarcasmo. "I miei occhi mi hanno ingannato, allora. Non era lui quello avvinghiato a te... Era qualcun altro?"

Avvinghiato a lei? Korum era arrabbiato perché lei aveva ballato con Peter? Il suo cervello non riusciva a crederci.

"Korum, per favore" riprovò: "Sei arrabbiato con *me*. Lui non ha fatto niente—"

"Ha toccato ciò che mi appartiene." Quelle parole suonarono come un verdetto.

"Korum, ti prego, non lo sapeva! Sono stata io—"

I ballerini intorno si resero conto che stava accadendo qualcosa di insolito, e un cerchio di spettatori iniziò a formarsi intorno a loro.

"Per favore, non ucciderlo!" lo implorò, afferrando il braccio di Korum dalla disperazione. "Ti prego, farò qualsiasi cosa—"

"Oh, certo" disse sottovoce: "Farai tutto quello che voglio a prescindere."

Il volto di Peter stava diventando viola, e la frenetica presa sulle dita di Korum stava cedendo. Si levarono grida di panico tra la folla, ma nessuno osò intervenire.

"TI PREGO!" urlò Mia istericamente, tirandogli inutilmente il braccio. Non la degnò di uno sguardo.

E poi, improvvisamente lasciò andare Peter, facendo cadere il suo corpo a terra con un tonfo.

La folla ansimò, mentre Peter mandò giù aria per la prima volta, soffocando e tossendo.

Singhiozzando, Mia quasi crollò dal sollievo. Le sue mani stavano ancora stringendo l'avambraccio di Korum, e si allontanò, facendo un passo indietro.

Non le permise di andare lontano. Allungò la mano, avvolgendole dita di acciaio intorno al braccio.

"Andiamo" disse sottovoce, con un tono che non lasciava spazio a discussioni.

E Mia andò con lui, ignorando le espressioni scioccate dalle persone intorno a lei.

Era certa che non sarebbe sopravvissuta a quella notte.

Non c'era alcuna limousine ad aspettarli. Korum chiamò un taxi e diede l'indirizzo del suo edificio al tassista.

Il tragitto fu assolutamente breve. Non le parlò affatto, con il silenzio nella macchina interrotto solo dal suono del pianto dell'umana.

Aveva sempre saputo che i K potevano essere molto violenti, ma non ne era mai stata testimone. Korum era sempre stato così premuroso, così gentile con lei... Era stato difficile per Mia immaginarlo fare a pezzi un umano—come avevano fatto quei K con i Sauditi. Ma ora sapeva che non era un'eccezione, che poteva annientare una vita umana con la stessa indifferenza con cui si schiaccia una mosca.

Mia non voleva morire. Si sentiva come se avesse appena iniziato a vivere. Pensieri confusi le attraversarono la mente, alla frenetica ricerca di qualche via d'uscita, ma non ce n'erano. L'avrebbe prima interrogata? Non sapeva niente di significativo, ma forse non le avrebbe creduto. Rabbrividì al pensiero della tortura. Non aveva mai provato il dolore vero, e non sapeva se avrebbe resistito. L'ultima cosa che voleva era morire in quel modo, implorandolo di salvarle la vita. Se solo fosse stata più coraggiosa—

Arrivarono all'edificio, e la fece scendere dal taxi, continuando a tenerle il braccio. Le gambe della ragazza erano deboli per la paura, e inciampò sulle scale. La prese e la sollevò tra le braccia, portandola nella hall e nell'ascensore, fino all'attico. Il calore del corpo dell'alieno era ottimale per la sua pelle congelata, ricordandole l'altra notte in cui l'aveva portata in quel modo—in circostanze molto diverse.

Una volta dentro l'appartamento, la poggiò sul divano e si diresse verso l'armadio per appendere la giacca. Naturalmente, pensò Mia con risentimento, voleva stare il più comodo possibile per la tortura e la mutilazione imminenti.

Con sua totale mortificazione, sentì un forte bisogno di fare la pipì, con la vescica sul punto di esplodere, a causa dei drink che aveva bevuto. Voleva disperatamente aggrapparsi agli ultimi brandelli di dignità—farsela addosso mentre moriva sembrava l'umiliazione finale.

"Per favore" sussurrò, con voce tremante: "Posso andare al bagno?"

Lui annuì, con un sorrisetto beffardo sulle labbra.

Mia andò in fretta, per quanto le gambe traballanti glielo permettessero. Una volta dentro, si liberò rapidamente e lavò le mani. Le unghie avevano una tenue tonalità bluastra, notò, e l'acqua calda sembrava bollente sulle sue gelide mani.

Concludendo, guardò la porta chiusa e la debole serratura. Era inutile, lo sapeva. Ma non voleva uscire. Per qualche strano motivo, il pensiero del suo sangue sparso sui mobili color crema era troppo inquietante. Avrebbe aspettato lì, decise. Sicuramente, sarebbe venuto a prenderla tra pochi minuti. Ma visto che quelli avrebbero potuto essere gli ultimi momenti della sua vita, ogni secondo era importante.

Si sedette sul bordo della Jacuzzi e aspettò. Sembrava che fosse passata un'eternità. Il suo riflesso nello specchio non le somigliava affatto, dal provocante vestito viola ai cerchi intorno agli occhi causati dal mascara. Era inquietante che sarebbe morta in quel modo—non come la Mia Stalis della Florida che la sua famiglia conosceva e amava. Al pensiero della loro disperazione, un acuto dolore le perforò il petto, e Mia quasi cadde per la sua potenza. Non poteva pensarci in quel momento. Se l'avesse fatto, sarebbe scoppiata in lacrime e avrebbe implorato affinché la risparmiasse, ed era stranamente importante conservare almeno una sembianza di orgoglio—

Sentì bussare alla porta.

Mia soffocò una risata isterica. Sarebbe stato gentile prima di ucciderla.

"Mia? Che cosa stai facendo? Apri la porta ed esci fuori." Sembrava irritato.

La ragazza non rispose, con gli occhi fissi sulla porta.

"Mia. Apri questa fottuta porta."

Aspettò.

"Mia, se mi obbligherai ad aprire questa porta, te ne pentirai."

Gli credeva, ma rifiutò di comportarsi docilmente, come un agnellino pronto per andare al macello. Perlomeno, in quel modo Korum avrebbe dovuto affrontare alcune riparazioni in casa dopo averla uccisa.

La porta si staccò dai cardini, schiantandosi a terra. Pur aspettandoselo, Mia sobbalzò per quell'azione così violenta.

Korum stava sulla soglia, magnifico e arrabbiato. I suoi zigomi alti erano arrossati e gli occhi sembravano oro puro.

"Ti stai davvero nascondendo da me nel mio bagno?" chiese, con tono pericolosamente calmo.

Mia annuì, temendo che la voce potesse tremarle, se avesse parlato. Nonostante le sue migliori intenzioni, delle grosse lacrime cominciarono a rigarle le guance.

Le si avvicinò, e Mia chiuse gli occhi, sperando che sarebbe finita in fretta. Invece, le mise le mani sulle spalle nude, accarezzandole dolcemente la pelle.

Aprì gli occhi, e lo fissò.

"Entra nella doccia" le disse. "Hai il suo fetore su tutto il corpo."

Nella doccia? La voleva pulita. Lo stomaco di Mia si contorse dalla nausea davanti alla consapevolezza che intendeva fare sesso con lei—forse per l'ultima volta—prima di ucciderla.

Scosse la testa, rifiutando.

L'espressione di Korum si rabbuiò. Prima che Mia potesse continuare a riflettere sulla saggezza delle sue azioni, l'abitino finì a pezzi sul pavimento, e lui la portò—nuda e tutta presa a dimenarsi—nel box doccia. Con una scarica di adrenalina, si inarcò in preda al panico, scalciando e graffiando furiosamente tutto ciò che trovava. All'improvviso, si ritrovò in piedi all'interno della cabina, con lui che incombeva su di lei con un'espressione incredula sul volto.

"Sei pazza?" le chiese piano. "L'alcol ti ha fottuto il cervello?"

Ansimando per la stanchezza e la paura, lo guardò sfacciatamente attraverso le lacrime che le offuscavano la vista. "Se vuoi uccidermi, fallo e basta! Non voglio essere scopata!"

Sollevò le sopracciglia, sembrando sinceramente sorpreso. "Pensi che ti ucciderò?" le chiese lentamente, come se non credesse alle proprie orecchie.

"Non lo farai?" Ora era Mia ad essere sorpresa. Con il cuore che le batteva forte, come se avesse corso durante una maratona, riusciva a riflettere a stento.

L'alieno fece un passo indietro. Era ancora vestito. L'espressione sul suo viso era strana. Se non l'avesse conosciuto meglio, avrebbe pensato che l'aveva ferito in qualche modo.

"Mia" disse, stanco: "Solo perché sono arrabbiato con te, questo non significa che ti farò del male, figuriamoci se voglio ucciderti."

"Non vuoi?"

Trovava difficile credergli. Da quando l'aveva vista in quel locale, era stata certa che non sarebbe sopravvissuta a quella scoperta.

"Certo che no" disse, continuando a guardarla con quella strana espressione. "Hai tradito la mia fiducia stasera, ma eri ubriaca e stupida—"

Mia sbatté le palpebre. Qualcosa non tornava.

"—e credo che non avrei dovuto lasciarti uscire il sabato sera."

Lo fissò, confusa, osando a malapena sperare. "Sei arrabbiato perché sono andata in quel locale?"

"Arrabbiato è un termine molto riduttivo per quello che provo in questo momento" disse con calma. "Hai lasciato che quel verme ti mettesse le mani addosso, e lo hai baciato proprio davanti ai miei occhi. No, Mia, arrabbiato non è affatto la parola adatta."

Non sapeva.

Le ginocchia quasi le cedettero dal sollievo, e si appoggiò alla parete della doccia per sostenersi. Per quanto le sembrava incredibile, la rabbia di quella sera era dovuta puramente alla gelosia e non aveva nulla a che vedere con il movimento della Resistenza.

Era una sorprendente constatazione, e Mia desiderò disperatamente di poter vedere oltre la nebbia che sembrava permeare ogni suo pensiero. Scosse la testa nel tentativo di diradarla. "Mi dispiace" disse con cautela. "Non pensavo che ti importasse, se fossi uscita stasera. Volevo solo divertirmi con Jessie e... non credevo che ti importasse in ogni caso. Volevo solo ballare, te lo giuro..."

Continuò a guardarla, come se cercasse di decifrare i suoi pensieri.

"Va bene, Mia" disse lentamente: "Fa' la doccia, ok? Parleremo quando avrai finito."

Poi se ne andò, camminando intorno alla porta rotta sul pavimento.

CAPITOLO TREDICI

L'avrebbe lasciata vivere. Aveva detto che non le avrebbe fatto del male, nonostante la rabbia.

Korum non sapeva del suo vero tradimento. Era stata incredibilmente fortunata.

Le girava la testa, e tutti i muscoli del corpo le tremavano dall'adrenalina. Mentre era lì, sentì lo stomaco contorcersi per una nausea improvvisa. Raggiungendo la toilette, Mia fece appena in tempo, prima che i contenuti dello stomaco si riversassero all'esterno, con la miscela tossica dell'alcol e del terrore residuo che si dimostrarono eccessivi per il suo organismo.

Mortificata, si inginocchiò nuda davanti al gabinetto, tremando incontrollabilmente. Tirando lo scarico per sbarazzarsi di quel disgustoso disastro, utilizzò la forza residua per rientrare nella cabina della doccia e aprire l'acqua, rabbrividendo dal sollievo, mentre il flusso caldo le scorreva sul corpo congelato.

La doccia calda fece miracoli. Qualche minuto dopo, Mia si sentì abbastanza bene da alzarsi dal pavimento. Lavò e passò lo shampoo su ogni centimetro del corpo, spazzando via tutte le tracce dell'orribile notte. Dopo aver finito, si asciugò, indossò un grosso accappatoio morbido e spazzolò due volte i denti per rimuovere il sapore spiacevole in bocca. Ora era nuovamente pronta per affrontare Korum, sebbene tutto quello che avrebbe voluto fosse svenire e dormire per le dieci ore successive.

La stava aspettando nel salotto, guardando ancora qualcosa nel palmo. Al suo ingresso, alzò lo sguardo e le fece cenno di avvicinarsi. Mia lo raggiunse con cautela, ancora preoccupata.

"Ecco, bevi questo."

Prese un bicchiere pieno di un liquido rosa dal tavolo accanto a lui, e glielo porse.

"Che cos'è quello?" chiese Mia con visibile nervosismo.

"Non è veleno, puoi rilassarti." Notando la sua continua riluttanza, aggiunse: "Solo qualcosa per liberare il tuo fegato da tutte le schifezze che hai bevuto."

Mia arrossì dall'imbarazzo. Chiaramente l'aveva sentita vomitare. Senza ulteriori discussioni, prese il bicchiere e assaggiò il liquido. Sapeva di acqua dolce ed era meravigliosamente rinfrescante. Mandò giù il resto del contenuto.

"Bene" disse Korum. "Ora, siediti e parliamo delle

aspettative nella nostra relazione... nello specifico, delle mie aspettative sul tuo comportamento."

Mia deglutì nervosamente e si sedette accanto a lui. Il liquido le stava già attraversando l'organismo, e sentì le ragnatele staccarsi dalla mente.

Si girò verso di lei e le prese una mano nella sua, accarezzandole delicatamente il palmo. Gli occhi avevano quasi riassunto la loro tonalità ambra, con solo alcune tracce delle pericolose striature gialle.

"Sei mia" le disse, accarezzandole l'interno del polso con il pollice. "Sei stata mia fin dal primo momento in cui ti ho vista nel parco quel giorno. Non condivido ciò che mi appartiene. Mai. Se guarderai un altro maschio—umano o Krinar—te ne pentirai. E chiunque ti sfiori firmerà la propria condanna a morte. Sono stato chiaro?"

Mia annuì, incapace di parlare a causa del fragile mix di emozioni che le si agitavano nel petto.

"Bene. Il bel ragazzo che stava ballando con te stasera è stato molto fortunato ad andarsene con le sue gambe. Se mai ci sarà una prossima volta, non sarò così clemente."

Mia chiuse la mano libera a pugno sul divano.

"Ti sei comportata come una sciocca stasera. Due belle ragazze che vanno in giro vestite in quel modo—sarebbe potuta succedervi qualsiasi cosa. E bere fino a vomitare—tanto varrebbe pianificare un trapianto di fegato in futuro. Il corpo umano è già fragile, e non ti permetterò di abusarne così."

Le unghie di Mia scavarono nel proprio palmo dalla

rabbia e la frustrazione. Dover ascoltare quella ramanzina, come se fosse una stupida adolescente, era più che umiliante.

"Se vuoi andare a ballare, ti ci porterò. E niente più serate fuori con la tua coinquilina— ovviamente non ci si può fidare di voi."

Mia lo fissò con un sguardo di sfida sul viso.

"E adesso" disse piano: "Dovremmo discutere del tuo errato pregiudizio di prima... il fatto che pensavi che ti avrei uccisa per aver baciato un ragazzo in un locale."

"Hai quasi ucciso Peter" disse Mia, alla frenetica ricerca di una spiegazione per il panico di prima. "Perché il mio spavento ti sorprende tanto?"

"*Peter* ha meritato esattamente quello che ha ottenuto per aver toccato ciò che mi appartiene." Si chinò verso di lei. "*Tu*, invece, non hai nulla di cui temere. Ti ho mai fatto del male—perdita della verginità a parte?"

Era vero. Non le aveva mai provocato del dolore fisico—perlomeno non del tipo spiacevole. Era sempre molto attento a non farle del male con tutta la sua forza. Naturalmente, non sapeva che lei stava aiutando la Resistenza.

"Mia, so che proveniamo letteralmente da mondi diversi, ma alcune cose sono universali in entrambe le specie. Dormo con te ogni notte, ti bacio e ti accarezzo il corpo, provo molto piacere nel fare sesso con te—e pensi che potrei toglierti la vita così, senza rimorsi?"

Avrebbe potuto, se avesse scoperto il suo vero tradimento.

Interpretando il suo silenzio come una risposta affermativa, scosse la testa dalla delusione. "Mia, non sono il mostro che hai dipinto nella tua testa. Non ti farei mai del male—mai, in nessuna circostanza. Hai capito?"

"Sì" sussurrò lei, sopprimendo un leggero sbadiglio. Si sentiva completamente esausta, con la stanchezza che si insinuò nella loro conversazione. Anche dopo la pozione ricostituente che le aveva dato, era più che pronta per dormire. L'indomani avrebbe analizzato volentieri i significati nascosti dietro le parole di Korum, ma per quella notte—era assolutamente sfinita.

"Va bene" le disse: "Vedo che sei stanca. Andiamo a letto. Ti sentirai molto meglio dopo aver riposato."

Mia annuì con gratitudine, e la prese in braccio, portandola in camera da letto.

ENTRANDO NELLA STANZA, la pose delicatamente sul letto.

Troppo stanca per muoversi, Mia rimase lì, guardandolo togliersi i vestiti. Il suo corpo era davvero bellissimo—tutto muscoloso, ricoperto da quella pelle liscia e dorata. Tutti i suoi movimenti erano inumanamente graziosi e controllati. Per la prima volta, Mia si rese conto che probabilmente richiedeva immensi sforzi convivere con l'enorme forza che aveva visto oggi.

Venne verso di lei, con il cazzo già rigido, e le aprì l'accappatoio. "Sei così bella" mormorò, studiandole il corpo con evidente apprezzamento. Nonostante la stanchezza, sentì i muscoli interni contrarsi dall'attesa.

Salendo sopra di lei, si chinò e le baciò la zona sensibile del collo. Mia trattenne il fiato, aspettando la familiare estasi indotta dal morso, ma continuò a mordicchiarla lungo tutto il corpo, sfiorandola solo con le labbra e la lingua. Lei gemette dolcemente, desiderando di più, ma era spietatamente lento, contrassegnando ogni centimetro della sua pelle con la bocca.

Le raggiunse i piedi e Mia ridacchiò, sentendo le sue labbra chiudersi su una delle dita. E poi le sue mani calde le toccarono il piede, massaggiandolo con una pressione leggera ma solida, e Mia si inarcò per un piacere inaspettato, quando il suo pollice trovò un punto che inviò le sensazioni direttamente alle zone inferiori. All'improvviso, non ebbe più voglia di ridacchiare, mentre la tensione cominciò a crescere nel suo sesso. Riservò all'altro piede lo stesso trattamento, e lei gridò, sentendosi come se le stesse toccando il clitoride.

La girò e le tolse l'accappatoio. Afferrando un cuscino, glielo mise sotto i fianchi, sollevandole il sedere. Per qualche motivo, la ragazza si sentiva molto vulnerabile, sdraiata a faccia in giù, con la schiena esposta al predatore con cui stava dormendo.

Appoggiandosi a lei, Korum le sollevò la massa scura di capelli ricci dalle spalle, esponendo il tenero punto della nuca. Piegandosi, lo baciò delicatamente, con la bocca calda sulla sua pelle sensibile. Lei tremò dalla sensazione, e lui si spostò più in basso, facendosi strada vertebra dopo vertebra, fino a raggiungere l'osso sacro. Le toccò il sedere, stringendo leggermente i pallidi globi, e lei sentì la bocca dell'alieno farsi strada piacevolmente verso l'apertura del suo sesso, stuzzicando la fessura tra le natiche con la lingua. Saltò, sorpresa dalla sensazione sconosciuta, e lui ridacchiò, notando la sua reazione. "Non ti preoccupare" le sussurrò: "Lo lasceremo per un'altra volta."

E poi, il tempo dei preliminari finì.

Si sistemò sopra di lei, spingendo con le gambe tra le sue, aprendole di più. Mia ansimò, sentendo la forza del cazzo spingere dentro di lei. Nonostante l'umidità, lui sembrava incredibilmente grosso in quella posizione, e lei gemette, con i muscoli tremanti, cercando di abituarsi all'intrusione. Percependo la sua difficoltà, l'alieno si fermò un attimo e si allungò sotto i suoi fianchi, applicando una pressione costante al suo clitoride, mentre spostò il bacino in una serie di piccole e leggere spinte, scendendo più in profondità dentro di lei. Con il suo corpo molto più grosso sopra di lei, si sentiva completamente dominata, impossibilitata a muoversi di mezzo centimetro, e gemette dalla frustrazione, al limite dell'orgasmo, ma senza raggiungerlo. Si spinse più in profondità, toccandole la cervice, e lei si bloccò con ogni terminazione nervosa in fiamme, aspettando qualcosa—piacere, dolore, non le importava, purché avesse raggiunto quell'inafferrabile culmine.

A quel punto, si ritirò e lentamente tornò dentro. La tensione stava diventando insopportabile, e Mia ricominciò ad implorarlo, chiedendogli di fare qualcosa per farla venire. "Non ancora" le disse, muovendosi con quel ritmo follemente lento che la teneva ad un livello di intensità agonizzante. Ogni volta che sentiva l'orgasmo avvicinarsi, lui rallentava ulteriormente, per poi spingere più forte quando la sensazione si riduceva. Era una vera e propria tortura, e Mia si rese conto che quella sarebbe stata la sua punizione per quella notte.

"Korum, ti prego" lo implorò, ma non la ascoltò. Le lente spinte del suo cazzo la stavano facendo impazzire. In qualsiasi altra posizione, sarebbe riuscita a fare qualcosa, a muovere i fianchi in modo tale da poter raggiungere l'orgasmo più rapidamente. Ma sdraiata lì in quel modo, con il corpo pesante dell'alieno sul suo, poteva solo urlare dalla frustrazione.

"Sei mia, lo capisci ora?" disse con voce roca, continuando a mantenere quel ritmo senza pietà. "Solo a te posso dare questo—ciò che il tuo corpo desidera. A nessun'altra... capito?"

"SÌ! Ti prego, lasciami—"

"Lasciarti cosa?" ansimò, con la tortura che ebbe la meglio anche su di lui.

"Lasciami venire! Per favore!"

E lo fece. Accelerò gradualmente la velocità dei

colpi, spingendo ancora più in profondità, e lei gridò ancora più forte... e poi arrivò al limite, con tutto il corpo pulsante e fremente per un rilascio così potente da farle tremare ogni muscolo del corpo. Il suo orgasmo portò al limite anche lui, e venne in profondità dentro di lei con un gemito rauco, e il seme si disperse in calde fuoruscite nel ventre della ragazza.

Mia rimase sdraiata lì, sentendosi inchiodata dal peso di Korum. Non riusciva a respirare facilmente, ma non le importava. Si sentiva completamente senza ossa, incapace di muoversi. Poi, Korum rotolò giù, liberandola. L'umana rabbrividì leggermente per la sensazione di aria fredda sulla schiena nuda e sudata. La prese e la riportò nella doccia, stavolta per un rapido risciacquo. E poi finalmente dormirono, con lui che la cullò con fare possessivo anche nel sonno.

CAPITOLO QUATTORDICI

Mia si svegliò la mattina successiva, sentendosi sorprendentemente bene. La bocca asciutta, la cefalea, e lo stato generale complessivamente pessimo in cui di solito di sentiva dopo aver passato la serata in un locale—nulla di tutto quello era presente oggi, probabilmente grazie alla pozione magica di Korum.

Come al solito, era sola in camera da letto. Aveva imparato che i K avevano bisogno di molte meno ore di sonno rispetto agli umani—circa un paio d'ore a notte—quindi, Korum era un mattiniero. Ed era meglio così. Non era sicura di volerlo affrontare quella mattina.

Per qualche ragione, non si aspettava che fosse geloso. Con quell'aspetto e quelle abilità a letto, non riusciva a immaginare che una donna potesse preferire un altro uomo a lui. Il suo piccolo flirt con Peter la serata scorsa era stato solo un divertimento innocuo, che non avrebbe portato da nessuna parte.

Spesso aveva difficoltà a decifrare le emozioni dell'extraterrestre. Di solito sembrava calmo e controllato, con quell'espressione leggermente derisoria sul bellissimo volto. Sapeva che spesso lo divertiva, e a volte gli piaceva stuzzicarla solo per farla arrabbiare. Si sentiva come se fosse qualcosa di simile a una gattina per lui, una piccola creatura con cui amava giocare. La reazione della scorsa notte, tuttavia, non era stata in linea con quell'atteggiamento indifferente. La possessività estrema che aveva mostrato non aveva senso alla luce della natura della loro relazione. Sicuramente gli piaceva fare sesso con lei, ma la ragazza non riusciva a immaginare di significare qualcosa in più di quello.

Però—anche se probabilmente aveva frainteso la sua espressione la notte scorsa—era sembrato davvero ferito al pensiero che lei l'avesse ritenuto capace di ucciderla. Forse le cose stavano così? Gli importava davvero di lei come persona—come qualcosa di più di un giocattolo umano? A quel pensiero, un dolore acuto cominciò a prendere vita nel suo petto. Non poteva essere così, naturalmente, ma se gli fosse davvero importato di lei...

Poi, ricordò un piccolo aneddoto della vita su Krina. Erano territoriali, aveva detto, e non amavano vivere l'uno sull'altro.

E voleva piangere.

Ora era tutto chiaro. Certo che si era arrabbiato con Peter la notte scorsa: il povero ragazzo aveva inavvertitamente violato il territorio di Korum. Per l'alieno, lei gli apparteneva, finché avesse voluto tenerla.

Era una sua proprietà. E non gli piaceva condividerla.

PER QUANTO AVREBBE VOLUTO RIMANERE a letto tutto il giorno, aveva delle cose da fare. Il suo esame era domani, e ancora non si sentiva pronta. L'ultima cosa di cui aveva bisogno era la distrazione della sua incasinata vita amorosa.

Alzandosi, Mia si lavò i denti e fece colazione. Korum non era in casa, e si chiese dove fosse andato.

Prima di mettersi a studiare, decise di controllare il telefono per assicurarsi che Jessie fosse tornata a casa sana e salva la scorsa notte. C'erano circa una dozzina di chiamate perse della sua compagna di stanza e un numero altrettanto significativo di messaggi ed e-mail—l'uno più preoccupato dell'altro. Mia gemette. Non avrebbe dovuto scrivere a Jessie la scorsa notte prima di addormentarsi, ma era stata l'ultima cosa che le era venuta in mente.

Non poteva farci niente. Lo studio avrebbe dovuto aspettare. Chiamò Jessie, invece.

La sua coinquilina rispose dopo il primo squillo. "Oh mio Dio, Mia, stai bene?!? Che cazzo è successo ieri sera? Se quel bastardo di un alieno ti ha fatto del male—"

"No, Jessie, non l'ha fatto! Ascolta, sto benissimo—"

"Benissimo? Ne stavano parlando tutti ieri sera—di

come ti ha trascinata dopo aver quasi ucciso Peter! Sono tornata dal bagno e tu eri scomparsa, e quel povero ragazzo stava ancora soffocando sul pavimento—"

"Sta bene ora?" la interruppe Mia, improvvisamente sopraffatta dal senso di colpa.

"È stato portato in ospedale, ma aveva solo qualche graffio e qualche gonfiore, hanno detto. Probabilmente avrà difficoltà a parlare per qualche giorno, e sono certa che si sia spaventato a morte..."

"Oh mio Dio, mi dispiace tanto" gemette Mia. "Non avrei mai dovuto metterlo in pericolo—"

"Non avresti dovuto mettere in pericolo lui? E tu? Mia, questo tuo K è pazzo! Stava per uccidere una persona solo perché aveva ballato con te—"

"Per avermi baciata in realtà..."

"È la stessa cosa! Non è che sei andata a letto con quel povero ragazzo, ma anche se l'avessi fatto... è assurdo!"

Mia sospirò. "Lo so. Ho scoperto troppo tardi che a quanto pare sono molto territoriali e possessivi. Se l'avessi saputo prima, ovviamente non sarei mai andata in un locale—"

"Territoriali e possessivi? Più che altro quasi omicidi! Mia... devi assolutamente lasciarlo. Sono preoccupata per te..."

"Jessie" disse Mia lentamente, chiedendosi come poterlo spiegare al meglio: "Non credo di poterlo lasciare ancora."

"Che cosa vuoi dire? Ti obbligherebbe a rimanere con lui?"

"Non lo so, ma non credo che sia l'idea migliore rompere con lui ora—"

"Oh mio Dio, lo sapevo! Hai *paura* di lui! Ti ha minacciata in qualche modo?"

"No, Jessie, non è così... Ha detto che non mi avrebbe mai fatto del male. Penso che sia meglio lasciare che la relazione finisca in modo naturale. Sono certa che presto si stancherà di me e volterà pagina—"

"E ti va bene così? Aspettare che si stanchi di te? E cosa mi dici dell'estate, quando tornerai in Florida?"

"Uhm, non lo so ancora... non gliel'ho ancora detto—"

"Beh, faresti meglio a farlo, perché è imminente! Gli esami ci saranno la prossima settimana, e poi te ne andrai. Che cosa farà a quel punto? Ti impedirà di tornare a casa?"

Jessie aveva ragione. Mia non aveva idea di cosa sarebbe successo alla fine della prossima settimana. Per qualche motivo, aveva pensato che Korum si sarebbe stancato di lei prima che la Florida diventasse un problema. Le sue azioni della scorsa notte, tuttavia, non erano quelle di qualcuno stanco del nuovo giocattolo; anzi, era sembrato molto determinato a tenere quel giocattolo. Mia stava cominciando a preoccuparsi, ma Jessie non doveva saperlo.

"No, sono sicura che troveremo una soluzione. Ascolta, Jessie, so che può sembrarti strano, ma non mi maltratta. Se agisco con attenzione, andrà tutto bene.

Tornerà presto al suo Centro K e avrò molte storie interessanti da raccontare ai miei nipoti..."

"Non lo so, Mia. Ho l'impressione che ti stia quasi tenendo prigioniera—"

"Non essere sciocca! Non è così!"

"Uh-uh" disse Jessie, scettica: "Certo, come no. Puoi andare dove vuoi, fare tutto quello che vuoi—"

"Beh, no" ammise Mia: "Non esattamente—"

"Nient'affatto! Ti tiene prigioniera lì—"

"No, no" protestò Mia. Facendo un respiro profondo, aggiunse: "Ma anche se lo facesse, nessuno potrebbe farci niente. L'hai visto ieri sera—possono uccidere una persona davanti a tutti e nessuno alzerebbe un dito. Che ci piaccia o meno, non sono soggetti alle nostre leggi. Jessie—per favore, non preoccuparti... so come gestire la mia relazione con lui. Ovviamente, non è come frequentare un altro studente della NYU, ma non è così male—"

"Non è così male? Vuoi dire che il sesso è buono?"

Mia arrossì, felice che Jessie non potesse vederla. "Beh, sicuramente quello—è davvero incredibile... ma anche solo passare il tempo con lui. Può essere davvero divertente... e romantico, ed è un ottimo cuoco—"

"Oh, non dirmi che... ti stai innamorando di lui?"

"No! Certo che no!" Mia sperava sinceramente di non mentire. "Non è nemmeno umano—"

"Esatto! Non è umano! Mia, è pericoloso. Stai attenta, ok? Se senti di non poter ancora rompere con lui, allora non farlo... ma non innamorarti, ok? Non voglio vederti soffrire..."

"Certo, Jessie. Non ti preoccupare—sto benissimo. Ma basta parlare di me" disse Mia con falsa allegria. "Che cosa c'è tra te e quell'attore sexy con cui hai flirtato tutta la notte?"

"Oh, è stato un vero tesoro. Gli ho dato il mio numero, e ha detto che mi avrebbe chiamata oggi—"

E Jessie le raccontò di quel ragazzo carino e del fatto che sarebbe rimasto in città per almeno qualche mese, e di come entrambi avevano apprezzato il cibo cinese e amavano la musica degli anni Novanta... Era tutto così semplice, e Mia invidiò la compagna di stanza, che si agitava per una cosa così ordinaria come il dubbio che Edgar non l'avrebbe chiamata come promesso.

La conversazione continuò, e Mia promise a Jessie che sarebbe andata a trovarla la mattina dopo l'esame. E poi si mise a studiare per il resto della giornata.

unedì mattina, Mia uscì dall'esame come se avesse conquistato il mondo. Sapeva la risposta di ogni domanda e aveva terminato la prova in metà del tempo. Ora doveva solo consegnare tre saggi, e l'anno scolastico si sarebbe ufficialmente concluso.

Felice, mandò un messaggio a Jessie per comunicarle che aveva finito. La sua coinquilina probabilmente stava ancora facendo il suo esame di Biochimica, così Mia decise di rilassarsi nel parco per un po', aspettando che Jessie terminasse.

Sedendosi su una panchina, tirò fuori il telefono per chiamare i genitori e far sapere loro che la prova era andata bene. Ma prima che potesse premere un pulsante, un uomo si sedette accanto a lei, e Mia si ritrovò a fissare un paio di familiari occhi azzurri.

"John! Che cosa ci fai qui?" chiese Mia, sorpresa. L'aveva sempre visto all'interno del suo appartamento, ed era un po' sconvolgente vederlo all'aperto in quel modo.

"Volevo parlarti di una cosa importante, e non sapevo quando ti avrei trovata a casa" disse. "Ma, innanzitutto, volevo chiederti... stai bene?"

"Uh, sì." Mia arrossì un po'. "Perché? Jessie ha parlato di nuovo con Jason?"

"No, ma abbiamo saputo cos'è successo. La tua avventura del sabato sera è finita su tutti i giornali locali."

Mia rabbrividì. Era imbarazzante. Un terribile pensiero la spaventò. "C'era il mio nome su quei giornali? Se i miei genitori scoprissero—"

"No, c'era solo una descrizione. Dubito che la tua famiglia la collegherebbe a te."

Mia tirò un sospiro di sollievo. "Sì, beh, come puoi vedere—sto benissimo."

"Perché ha attaccato quel ragazzo in quel modo?"

Mia si strinse nelle spalle. "È solo possessivo, credo. Mi sono davvero spaventata, in realtà, perché pensavo che avesse scoperto che vi sto aiutando. A quanto pare, mi sono sbagliata, ma ho passato un'ora molto sgradevole, certa che mi avrebbe uccisa."

John la studiò con calma. "È un rischio che corriamo tutti, purtroppo" disse.

Mia tremò leggermente. Non voleva ripensare al terrore quasi paralizzante che l'aveva attanagliata quella notte. Così, gli chiese allegramente: "Allora, come sono andate le cose per voi durante questo fine settimana? Avete spostato la riunione, vero?"

"Sì. Ecco perché sono qui a parlare con te oggi. C'è stato un cambio di programma."

"Di che genere? Ma, aspetta, innanzitutto—avete capito che vi stava riprendendo con le telecamere?"

"Ti ricordi i Keith che abbiamo menzionato l'ultima volta?"

Mia annuì.

"Sono riusciti a trovare i dispositivi. Erano avvolti tra le tende e il tessuto del divano—addirittura tra i rami degli alberi fuori. Si tratta di una tecnologia nuova e diversa—qualcosa che devono aver sviluppato di recente. Siamo stati fortunati, perché uno dei Keith che ha studiato progettazione è riuscito a capire di cosa si trattasse in base alla loro nuova nano-firma."

Mia ascoltava affascinata. "E ora?"

"Siamo stati molto fortunati che tu abbia trovato quelle informazioni. Anche i Keith la pensano così—"

"Sanno di me ora?" La ragazza non sapeva se avrebbe dovuto preoccuparsi.

"Sì. Abbiamo dovuto spiegare come abbiamo scoperto di essere ripresi."

L'espressione sul suo viso doveva essergli sembrata corrucciata, perché aggiunse: "Ascolta, ti giuro che non sono tutti uguali. I Keith credono davvero nella nostra causa—non faranno nulla per metterti in pericolo."

"Non capisco una cosa" disse Mia. "Questi Keith vanno in giro apertamente nelle loro comunità parlando delle loro opinioni e del fatto che vi stanno aiutando?"

"No, certo che no! Se Korum sapesse chi sono, li

neutralizzerebbe in fretta. Avrebbero molto da perdere, se le loro identità venissero scoperte prima che mettiamo in azione il nostro piano."

"Ok" disse Mia: "Quindi, qual è il piano? E dovrei davvero saperlo, data la vicinanza a tu-sai-chi?"

"Purtroppo, devi saperlo... perché ora fai parte di questo piano."

Mia sentì il cuore saltare un battito. "D'accordo" disse lentamente: "Sono tutta orecchi."

"Ricordi quando ti ho detto che Korum è uno dei motivi principali per cui sono venuti qui? Che la sua azienda essenzialmente gestisce i Centri K?"

Mia annuì.

"Beh, il motivo per cui ha tutto questo potere è che la sua azienda ha sviluppato diversi brevetti con una tecnologia segreta che non è disponibile per la popolazione Krinar. Non sappiamo molto sulla loro scienza, ma pensiamo che probabilmente dispongano di nanotecnologia matura—"

"Nanotecnologia matura?" chiese Mia.

"Fondamentalmente, riteniamo che possano manipolare la materia a livello atomico. Come ci hanno spiegato i Keith, possono creare quasi tutto utilizzando la tecnologia a loro disposizione—purché abbiano semplici input di materiali e il design per farlo. I loro progettisti—che sono un po' come i nostri ingegneri di software—creano nano-modelli per tutte le cose che utilizzano nella vita quotidiana, così come per le armi, le astronavi, le case, eccetera... Capisci cosa sto dicendo?"

Mia non capiva completamente, ma annuì lo stesso.

"Korum è uno dei loro progettisti più brillanti. Molti dei progetti che lui e la sua azienda hanno creato non sono disponibili al grande pubblico. Ciò include la progettazione delle loro astronavi—queste sono informazioni altamente segrete—e molti dei loro dettagli sulla sicurezza, tra cui scudi e armi per i Centri K. Se sei un comune costruttore K, puoi facilmente entrare nella versione Krinar di Internet e farti un progetto per le armi e le tecnologie standard. Ecco come hanno fatto ad aiutarci i Keith finora—fornendoci gli strumenti di base necessari ad evitare la cattura e alcune armi semplici. In definitiva, l'obiettivo era quello di utilizzare le loro armi per attaccare i loro Centri e buttarli fuori dal nostro pianeta.

"Ma, come ho detto, i Centri K sono protetti da una tecnologia a cui solo Korum e i suoi fidati collaboratori hanno accesso. Uno dei Keith ha passato mesi cercando di infiltrarsi nei loro file... ma senza successo. Pensavamo di essere vicini a penetrare le loro difese, ma abbiamo scoperto questo fine settimana che siamo lontanissimi da tutto questo. Korum continua a sviluppare progetti sempre più nuovi e complicati—i dispositivi che ha usato per spiarci sono particolarmente ingegnosi—"

"I Keith non riescono a modificare questi progetti?" lo interruppe Mia. Non che sapesse qualcosa di tecnologia, ma le sembrava logico.

"La maggior parte dei progetti di Korum è dotata di una funzionalità auto-distruttiva che viene attivata quando si tenta di separare il dispositivo a livello molecolare—che è quello che si dovrebbe fare per capirne la struttura. È così che detiene il monopolio su questa roba—la protezione del brevetto o del copyright è incorporata nel progetto stesso."

"Ok, vediamo se ho capito... I Keith sono disposti ad aiutarvi ad attaccare i loro Centri, ma non riescono a infrangere il codice della tecnologia che protegge gli insediamenti? Ho capito bene?"

"Esattamente. Ci sono cinquantamila K e miliardi di noi. Saranno più forti e più veloci, ma potremmo facilmente sopraffarli, se non avessero la loro tecnologia. Se potessimo in qualche modo disattivare i loro scudi e mettere le mani su alcune delle loro armi, potremmo riprenderci il pianeta."

Mia si strofinò le tempie. "Ma perché i Keith dovrebbero aiutarvi tanto contro la loro specie? Voglio dire, capisco che pensano che sia sbagliato il modo in cui sono stati trattati gli umani... Ma mettere in pericolo la vita di cinquantamila K per aiutarci? Questo non ha molto senso per me—"

"Abbiamo promesso di ridurre al minimo il numero delle vittime Krinar e di concedere loro un ritorno sicuro su Krina. Inoltre, abbiamo promesso che i Keith —e chiunque altro abbia la loro fiducia—possono rimanere qui sulla Terra e vivere tra gli umani, purché obbediscano alle nostre leggi.

"Vedi, Mia, sarebbero i nostri maestri, le nostre guide... portandoci nella nuova era tecnologica e accelerando notevolmente il nostro naturale progresso.

Sarebbero considerati degli eroi da tutta l'umanità, e i loro nomi sarebbero venerati per secoli. Ci aiuterebbero a curare il cancro e altre malattie, e ci aiuterebbero a estendere la nostra durata di vita." Il suo viso si illuminò dal fervore. "Mia... sarebbero come degli dei qui sulla Terra, dopo che tutti gli altri K se ne saranno andati. Perché non dovrebbero volere questo, continuando con le loro normali vite che hanno già condotto per migliaia di anni?"

Mia stava giungendo alla sua conclusione. "E così, sono annoiati e in cerca di qualcosa di epico?"

"Se vuoi vederla in questo modo... Credo che il loro desiderio di aiutare la nostra specie ad evolvere sia sincero."

"D'accordo, facciamo un passo indietro. Se non riescono ad accedere a quei file, allora cosa farete? Ho l'impressione che Korum stia vincendo la guerra, prima che voi abbiate anche solo la possibilità di vincere una singola battaglia."

"Non esattamente" disse John, con gli occhi brillanti dall'emozione. "Non possiamo accedere ai file—ma possiamo comunque rubare le informazioni."

A Mia non piaceva la piega che stava prendendo quella conversazione. "Rubarle in che modo?" chiese lentamente.

"Beh, secondo le voci Korum tiene sempre con sé molti dei suoi progetti particolarmente sensibili. Per esempio, l'hai mai visto fare qualcosa come guardare nel palmo o nell'avambraccio?"

"L'ho visto guardare nel palmo" disse Mia con

riluttanza, cominciando ad avere un brutto presentimento.

"Ecco, quindi è lì che tiene uno dei loro computer incorporati. Ovviamente, utilizzo il termine computer liberamente. Ha in comune con i computer umani quello che i nostri computer hanno con l'abaco originale. Tuttavia, ha delle informazioni memorizzate —letteralmente nel palmo della mano. Non potremmo mai sperare di ottenerle, perché anche se lo catturassimo e lo immobilizzassimo—che è un compito quasi impossibile—probabilmente riuscirebbe a cancellare i dati nel giro di pochi secondi."

"Allora, che cosa potete fare?" chiese Mia, confusa.

"*Noi* non possiamo fare niente... ma *tu* sì. Sei l'unica in grado di avvicinarlo abbastanza da poter accedere a quelle informazioni—"

"Che cosa? Sei impazzito? Sono nel suo palmo— come potrei accedervi? Non me le consegnerebbe mai!"

"No, certo che no" sospirò John. "Ma abbiamo questo..."

Teneva in mano un piccolo anello argentato.

"Che cos'è?" chiese Mia con cautela.

"È un dispositivo che esegue la scansione dei dati. I Keith l'hanno reso volontariamente simile a un gioiello, in modo che tu potessi indossarlo senza sollevare sospetti. Se in qualche modo potessi tenerlo sul palmo di Korum per un minuto, dovrebbe riuscire ad accedere ai suoi file e potremmo ottenere i progetti."

"Dovrei tenerlo sul suo palmo per un minuto? E secondo te, non sospetterebbe nulla?"

"Non se è distratto..." Affievolì la voce con fare teatrale.

"Oh mio Dio, dici sul serio? Vuoi che gli rubi i dati durante il sesso?" Lo stomaco di Mia si contorse a quel pensiero.

"Ascolta, il momento puoi deciderlo tu. Potresti farlo mentre dorme—"

"Dorme solo poche ore, e di solito sono svenuta quando succede."

"Ok, allora, riesci mai ad avvicinarti a lui, quando ti tiene la mano?"

Mia rifletté. Quando passeggiavano insieme, solitamente gli metteva il braccio intorno al gomito. Altre volte, le metteva la mano sulla vita. Quando le teneva la mano, solitamente era per un breve periodo di tempo. "Non direi."

"Beh, allora, dovresti farlo quando non sarebbe strano che lo tocchi..."

"Quindi, durante il sesso?"

"Se quella è l'unica volta, allora sì."

Mia fissò John in stato di shock, incapace di credere che le stesse chiedendo di fare quello. "John" disse lentamente: "Non sono una femme fatale in grado di fare cose del genere. L'ultima volta, quando ho pensato che Korum mi avesse scoperta, sono praticamente uscita di testa. Non sono tagliata per fare la spia, nemmeno un po'. E Korum mi conosce ormai—se improvvisamente cominciassi a comportarmi in modo strano, se ne accorgerebbe subito—"

"Ascolta, capisco che non sarà facile. Hai ragione—

non sei un agente esperto. Ma sei letteralmente la nostra unica speranza. I Keith ritengono che Korum abbia quasi capito chi sono. Sa che stiamo ricevendo aiuto dall'interno, e i Keith pensano che il loro consiglio direttivo non sarà gentile con coloro che costituiscono una minaccia per i Centri qui sulla Terra. Nella migliore delle ipotesi, procederanno con una deportazione forzata su Krina e con qualche grave punizione. Nella peggiore, beh..."

"John" disse Mia, stanca, iniziando ad avere il mal di testa: "Non posso—"

"Mia, ti prego, indossa quell'anello. È tutto quello che ti chiedo di fare. Se ne avrai l'opportunità, fantastico. Altrimenti, beh, almeno avremo provato."

"E se mi sorprende a indossare questo dispositivo? Se Korum è brillante come dici, non riconoscerebbe la loro tecnologia da un miglio di distanza?"

"Non ha motivo di sospettare di te. Sei solo la sua charl. Non ti considera una minaccia. E come vedi, l'anello è davvero bello. Potresti dirgli che è un regalo di tua sorella, se te lo chiede."

Mia fissò il dispositivo. Il piccolo cerchio argentato era sottile ed elegante, e probabilmente non sarebbe sembrato fuori luogo sul suo dito. Per confermare quella teoria, allungò la mano. "Bene, lascia che lo provi —vediamo se la taglia è quella giusta."

John le porse l'anello con un sorriso sollevato. La ragazza lo fece scivolare sul dito medio della mano destra. Le stava perfettamente. Se non avesse saputo quale fosse il suo vero scopo, non avrebbe mai pensato che fosse qualcosa in più di un semplice gioiello. Sperava che Korum potesse essere ingannato altrettanto facilmente.

Avendo portato a termine la propria missione, John si alzò in piedi. "Mia" disse: "Spero che ti renda conto che se questo funziona, se riuscirai a farlo, la nostra specie entrerà in un'era completamente nuova. Ci riprenderemo il pianeta e la libertà. E avremo una maggiore conoscenza—scienza e tecnologia che non avremmo avuto per centinaia o forse migliaia di anni. Sarai un'eroina, il tuo nome verrà scritto nei libri di storia per le generazioni future—"

Mia sentì un brivido attraversarle la spina dorsale.

"—e non avrai più niente da temere da lui, mai più. E le ragazze come mia sorella potranno finalmente ricongiungersi alle loro famiglie, e potrebbero tornare a condurre una vita normale—come te."

Dipinse un quadro convincente, ma Mia non riusciva a immaginare come avrebbe potuto farcela. "John" disse: "Ci proverò. Questo è tutto ciò che posso prometterti."

"È tutto ciò che voglio." Le mise una mano sulla spalla e le diede una stretta rassicurante. "Buona fortuna."

Poi si allontanò, lasciando Mia con il dispositivo alieno che avrebbe determinato il futuro dell'umanità, pur sembrando tanto innocuo sul suo dito.

CAPITOLO SEDICI

Jessie si unì a Mia nel parco pochi minuti dopo. "Uh" disse: "Detesto Biochimica. Sono contenta che la tortura sia finita."

Mia le sorrise. "Nessuno ha mai detto che sarebbe stato facile essere una laureanda di medicina."

"Sì, beh, non tutti scelgono la strada più facile con una specializzazione in psicologia—"

"Facile, per favore! Devo scrivere tre saggi entro giovedì, e ne ho scritto uno solo finora!"

"Il mio cuore sanguina per te... davvero—"

"Oh, chiudi il becco" disse Mia, e risero entrambe.

"Allora, che cosa farai adesso? Andrai in biblioteca?" chiese Jessie, arricciando il naso.

"No, credo che tornerò da Korum. Tutti i libri e le mie cose sono lì ora—"

L'espressione di Jessie si rabbuiò immediatamente. "Certo. Avrei dovuto immaginarlo."

"Jessie" disse Mia, stanca: "Non preoccuparti, ti

prego. In un modo o nell'altro, sono sicura che questa relazione finirà presto—"

"Mia, c'è qualcos'altro che non mi stai dicendo?" Jessie la guardava con sospetto.

"No! Volevo solo dire che tornerò in Florida—e probabilmente non vorrà continuare a vedermi quando tornerò, ecco tutto."

"Gli hai già parlato di questo?"

Mia scosse la testa. "Lo farò stasera."

"Ok, in bocca al lupo allora. Fammi sapere come va." Fece una pausa e poi aggiunse: "Oh, a proposito, Edgar mi ha detto che Peter ha chiesto di te."

"Che cosa? Perché?"

Jessie si strinse nelle spalle. "Credo che sia un aspirante suicida. O questo, oppure gli piaci per davvero. È difficile da dire, sai?"

"Sta meglio ora?"

Jessie annuì. "Sembrerebbe di sì, a parte qualche livido residuo."

"Beh, mi fa piacere. Ascolta, di' a Edgar che Peter dovrebbe dimenticarmi. Se starà bene, quando questa cosa con Korum sarà finita, lo contatterò io stessa."

Jessie promise di farlo, e parlarono un altro po' di Edgar. Jessie l'avrebbe rivisto quella sera, e Mia invidiò nuovamente la facilità e la semplicità della vita della compagna di stanza.

Mia aveva letteralmente il destino della sua specie sul dito, e l'onere era molto più pesante del leggero anello argentato.

~

QUELLA SERA, Korum preparò di nuovo la cena. Dopo aver riflettuto sul miglior modo per avvicinarsi ai piani estivi, Mia decise di sputare subito il rospo. Per prima cosa, però, volle assicurarsi che fosse di buon umore e ricettivo all'idea.

La cena era deliziosa, come al solito. L'umana consumò con piacere un'altra insalata preparata in modo creativo—ormai le piacevano tutte—e una crepe di fagioli avvolta nelle alghe con una piccante salsa ai funghi.

Se fosse riuscita nella sua missione, non ci sarebbero più state cene come quella. Korum sarebbe stato costretto a tornare su Krina—ammesso che fosse sopravvissuto all'attacco dei loro insediamenti.

A quel pensiero, Mia provò una strana sensazione di stretta nel petto. Non voleva che fosse ucciso. Sarà anche stato il nemico, ma non voleva vederlo ferito in alcun modo.

Riflettendo furiosamente, decise di chiedere a John di concedere a Korum un ritorno sicuro— se fosse riuscita a mettere le mani su quei dati. Naturalmente, anche il pensiero che lui avrebbe semplicemente lasciato il pianeta era stranamente straziante. *Idiota, è riuscito a farti innamorare.*

"Un centesimo per i tuoi pensieri" la stuzzicò Korum, notando lo sguardo introspettivo sul volto di Mia.

"Uhm, sto solo pensando a tutte le cose che devo

ancora fare prima della fine della settimana—consegnare tutti quei saggi e poi cominciare a fare le valigie..." Mia lasciò affievolire la voce. Sembrava una buona introduzione per quello di cui avrebbe voluto discutere.

"Fare le valigie?" Un leggero cipiglio apparve sulla fronte liscia dell'extraterrestre.

"Sì, beh, sai, il semestre finirà presto" disse Mia con attenzione, con la frequenza cardiaca che cominciava ad aumentare. "Dopo gli esami, devo tornare a casa, in Florida, per andare a trovare i miei genitori, e poi inizierò un tirocinio a Orlando—"

L'espressione dell'alieno si rabbuiò visibilmente. "E quando avevi intenzione di dirmelo?" La sua voce era ingannevolmente calma.

Mia masticò lentamente l'ultimo boccone di cibo e inghiottì. "Pensavo che sapessi già tutto di me, compresi i miei piani estivi." Il suo tono era altrettanto piatto, nonostante il battito del cuore.

"La ricerca che ho eseguito su di te un mese fa non includeva tutto, credo" disse, con tono ancora inquietantemente calmo.

Mia si strinse nelle spalle. "Credo di no." Era orgogliosa del coraggio con cui stava gestendo quella discussione. Forse sarebbe stata una spia dignitosa.

"Non voglio che te ne vada" le disse piano. I suoi occhi stavano assumendo quella sfumatura dorata che ormai la ragazza associava alle emozioni forti.

"Korum, devo andare." Mia cercò di pensare ai modi per convincerlo. "Devo andare a trovare i miei genitori e mia sorella—è incinta, in realtà—e poi, inizierò un tirocinio molto buono presso un campo locale, dove potrò lavorare come consulente per i bambini che stanno attraversando un momento difficile..."

La guardò, con un'inespressività che la spaventò più di qualsiasi esplosione di rabbia.

"Va bene" disse. "Ti porterò a trovare la tua famiglia quest'estate... ma non la prossima settimana. Non posso ancora lasciare New York. E se vuoi, ti troverò anche un tirocinio qui, qualcosa nel tuo campo che ti piaccia."

Mia sentì una fredda sensazione irradiarsi dall'intimo fino alle dita dei piedi. Finora, anche se sapeva che la considerava come il suo giocattolo, il loro rapporto aveva assunto una parvenza di normalità. Forse la considerava come un animaletto domestico umano, ma lei poteva ancora fingere che fosse il suo ragazzo—un ragazzo arrogante e dominante, certo... ma comunque un ragazzo. Ora quell'illusione si era infranta. Se davvero si fosse spinto fino al punto di ignorare i suoi piani per i mesi estivi, allora non aveva assolutamente alcun rispetto per i suoi diritti come persona—e probabilmente non si sarebbe fatto alcuno scrupolo a tenerla come charl a tempo indeterminato, finché non si fosse stancato.

Si accorse di avere i pugni stretti sul tavolo, e si sforzò di rilassare le dita prima di procedere. "E quando avrai finito con la tua attività a New York" gli chiese con calma: "Che cosa succederà a quel punto?"

La fissò. "Perché non ne riparliamo quando sarà il

momento?" suggerì gentilmente. "Potrebbe trattarsi di un futuro non troppo imminente."

"No" disse Mia, superando la fase della preoccupazione. "Voglio parlarne ora. Se finirai con la tua attività la settimana prossima, che cosa succederà dopo?"

Non rispose.

Mia si sentiva sempre più fredda dentro. Alzandosi lentamente dal tavolo, cercò qualcosa da dire. Non c'era veramente niente. Voleva urlare, gridare e lanciargli contro qualcosa, ma quello non avrebbe portato a niente. La sprovveduta Mia che doveva essere non avrebbe letto nulla di particolarmente sinistro nel suo silenzio. Ma la Mia spia sapeva che cosa poteva succedere a una ragazza che un K considerava la sua charl.

Così, reagì come lui si sarebbe aspettato che avrebbe reagito una normale ragazza davanti a un ragazzo irragionevole. "Korum" gli disse con un'espressione ostinata sul volto: "Andrò in Florida quest'estate—punto. Ho una vita che non ruota intorno a te. Ho organizzato tutto mesi prima di conoscerti, e non posso cambiare i miei programmi solo perché tu vuoi che io—"

"Mia" disse dolcemente: "*Puoi* cambiarli, e lo farai. Se cercherai di andartene alla fine della settimana, te lo impedirò. Hai capito?"

Capiva benissimo. Capiva perfettamente. Ma la Mia che stava fingendo di essere non avrebbe capito.

"Mi impedirai di salire sull'aereo? È ridicolo" disse, anche se lo stomaco si contorceva dalla paura.

"Certo" disse. "Tutto quello che devo fare è effettuare una telefonata, e il tuo nome finirà su una lista di divieto di volo in tutti gli aeroporti umani."

Lo guardò scioccata. In qualche modo, non si aspettava che si sarebbe spinto fino a tanto per trattenerla. Pensava che l'avrebbe bloccata nell'appartamento o qualcosa del genere. Ma aveva perfettamente senso... Perché fare qualcosa di tanto rozzo come limitarla fisicamente, quando poteva semplicemente esercitare il proprio potere con il governo americano?

Sentì le lacrime bruciarle gli occhi, e le trattenne con un grande sforzo. "Ti odio" gli disse, a malapena in grado di parlare con quell'oppressione nel petto. E lo odiava davvero in quel momento. Se aveva ancora dei dubbi sul voler aiutare la Resistenza, si dissolsero, mentre fissava la sua espressione senza compromessi. Non aveva alcun diritto di farle quello, di assumere il controllo della sua vita in quel modo—e la sua specie meritava esattamente quella fine. Se Mia avesse potuto davvero fare la differenza nella lotta contro i K, allora aveva l'obbligo di farlo—anche se quello avesse significato perdere la vita.

Si alzò e le si avvicinò. "Non mi odi" disse con voce morbida. "Forse vorresti, ma non ci riesci..." Le afferrò il mento, costringendola a guardarlo. I suoi occhi erano quasi gialli a quel punto. "Sei mia" disse piano: "E non andrai da nessuna parte senza di me. Prima lo accetterai, tesoro, più sarà facile per te."

E così, la maschera era caduta. Non stava più nascondendo la sua vera natura.

Mia strinse i pugni dalla rabbia.

"Non accetterò un bel niente" gli sussurrò. "Sono un essere umano. Ho dei diritti. Non puoi darmi ordini in questo modo—"

"Hai ragione, Mia" disse con lo stesso tono. "Sei un essere umano—una creazione della mia specie. Vi abbiamo creati noi. Se non fosse stato per i Krinar, la vostra specie non esisterebbe nemmeno. La vostra razza ha inventato tante divinità immaginarie da adorare, per spiegare la vostra esistenza su questa Terra. Le cose che avete fatto in nome dei vostri cosiddetti dei sono semplicemente sconcertanti. Ma siamo *noi* i vostri veri creatori—siamo stati *noi* a crearvi a nostra immagine. L'unica ragione per cui avete i diritti che pensate di avere è che noi abbiamo deciso di concederveli. E siamo stati estremamente tolleranti con la vostra specie, interferendo il meno possibile fin da quando siamo venuti sul vostro pianeta." Le si avvicinò. "Quindi, se voglio tenere una piccola ragazza umana con me, e devo ordinarglielo perché è troppo inesperta per rendersi conto che quello che abbiamo è molto speciale—beh, allora, farò esattamente così."

Mia riusciva a malapena a riflettere a causa della furia che le annebbiava il cervello. Guardando il suo bel viso, provò un odio così forte che l'avrebbe pugnalato volentieri, se avesse avuto un coltello in quel momento. "Che tu sia maledetto" gli disse amaramente, facendo un passo indietro per evitare il suo tocco. "Tu e la tua specie dovreste tornare all'inferno da cui provenite e lasciarci in pace."

Sorrise sardonicamente in risposta, lasciandola andare. "Non accadrà, Mia. Siamo qui e ci resteremo—faresti meglio ad abituartici."

No, le cose non sarebbero andate in quel modo. Mia non lo avrebbe permesso.

Ma lui ancora non lo sapeva, così non disse niente, guardandolo semplicemente con aria di sfida.

"E Mia" aggiunse dolcemente: "Posso essere molto gentile... o meno—dipende da te."

"Fottiti" gli disse furiosamente, e vide i suoi occhi brillare ancora di più.

"Oh, sarò io a fottere te—e con molto piacere." Sorrise, immaginando la scena.

Mia avrebbe voluto colpirlo. Se pensava che si sarebbe sciolta al suo tocco, si sbagliava di grosso. A meno che...

"Bene" gli disse lentamente: "Ma sarò io a condurre le danze stasera." E ricambiò il sorriso, ignorando il rapido battito del cuore.

Gli brillarono gli occhi per un improvviso interesse. "Oh, davvero? E perché?"

"Perché questo è l'unico modo in cui farò sesso con te stasera... volontariamente, voglio dire." Il suo sorriso assunse una forma canzonatoria. "Puoi sempre costringermi, naturalmente—forse puoi addirittura farmelo piacere. Ma ti odierò per sempre... e alla fine te ne pentirai."

"Ok" disse piano, con il rigonfiamento nei pantaloni che cresceva davanti ai suoi occhi: "Facciamo finta che sia tu ad avere il controllo della situazione... Che cosa vorresti fare?"

Mia inumidì le labbra improvvisamente asciutte con la punta della lingua e guardò gli occhi dell'alieno seguire il movimento con uno sguardo famelico. "Andiamo in camera da letto" disse con voce roca, passandogli davanti, certa che l'avrebbe seguita.

CAPITOLO DICIASSETTE

Entrarono nella stanza.

Mia si avvicinò al letto e si sedette, completamente vestita. Lui stava per fare lo stesso, ma lei lo fermò, scuotendo la testa. "Non ancora" mormorò, guardandolo fermarsi.

"Voglio che ti spogli" disse, aspettando di vedere cosa sarebbe successo.

Con sua grande sorpresa e crescente eccitazione, fece come le aveva detto, togliendo la maglietta con un movimento fluido e controllato. La ragazza respirò profondamente, con la vista di quel corpo muscoloso mezzo-nudo che le fece contrarre i muscoli interni dal desiderio. Guardandola con un sorrisetto divertito, sbottonò i jeans e li posò sul pavimento, uscendo da essi con fare elegante. La sua erezione ora era coperta solo da un paio di mutande, e Mia si sentiva sempre più bagnata dentro.

"Ok" disse lui piano: "E ora?"

Il cuore di Mia le galoppava nel petto. "Sdraiati sul letto" disse, sperando di non sembrare troppo nervosa.

Lui sorrise e obbedì, distendendosi sulla schiena, con le mani dietro la testa.

La ragazza si alzò e cominciò a spogliarsi, guardando il rigonfiamento nelle mutande di Korum crescere ancora di più, mentre si toglieva i jeans e sbottonava la camicetta. Indossando ancora il reggiseno e la biancheria intima, salì sopra di lui, cavalcandogli i fianchi. All'improvviso, non sembrava più divertito, con tutto il corpo teso, quando il sesso di Mia premette sulla sua erezione, con solo i due strati di biancheria intima che la separavano dal suo cazzo.

Mia sorrise trionfante e gli mise le mani sul petto, sentendo i muscoli potenti sotto le dita. Il gioco a cui stava giocando era incredibilmente pericoloso, eppure non poteva fare a meno di sentirsi eccitata per il controllo che stava esercitando sul suo amante normalmente dominante. Passandogli le mani sul petto, si chinò in avanti e gli toccò il capezzolo piatto e mascolino con la lingua, adorando il modo in cui il suo cazzo saltò sotto di lei per quella semplice azione.

"Dammi le mani" sussurrò, facendogli il solletico con i capelli sul petto nudo. Si allungò verso di lei, ma lo intercettò, afferrandogli i polsi. L'alieno sollevò le sopracciglia dalla sorpresa, ma le permise di farlo, osservando le sue azioni con le palpebre pesanti che nascondevano lo sguardo ambrato.

Infilò le dita tra le sue e gli premette le mani sul cuscino sopra la testa, come se le sue piccole mani umane avessero potuto contenere la forza del Krinar per un secondo. Gli occhi gli bruciavano dalla lussuria, ma non si oppose, permettendole di tenerlo prigioniero per il momento. Si avvicinò e gli baciò il collo, e si inarcò sotto di lei con un tagliente sibilo. Davanti alla sua reazione, graffiò leggermente quella zona con i denti e fu ricompensata da un basso ringhio. Sollevandosi un po', ripeté l'azione sull'altra parte del collo. Ormai il corpo dell'extraterrestre stava quasi vibrando dalla tensione, e la ragazza si chiese vagamente per quanto ancora le avrebbe permesso di stuzzicarlo così. Continuando a tenergli le mani, lo baciò sulle labbra, infilandogli la lingua in bocca. Ricambiò il bacio con un'aggressione controllata a stento, e gli succhiò leggermente la lingua, facendolo sussultare sotto di lei. Lasciando stare la bocca, ricominciò a mordicchiargli il collo, concentrandosi sul muscolo che lo collegava alla spalla, e lui gemette come se stese soffrendo.

Adorando il suo nuovo potere, Mia gli leccò il lato del collo e l'orecchio, mordendo dolcemente il lobo. I fianchi di Korum spinsero dentro di lei in risposta, ma la biancheria intima ne impedì la penetrazione. Lei gemette, con le mutandine zuppe per i suoi liquidi, mentre l'erezione le strofinava il clitoride.

"Tieni le braccia sollevate" sussurrò, lasciandogli andare i palmi.

Lui lo fece, e Mia poté vedere lo sforzo che stava

facendo per non toccarla dal sudore sulla fronte. Poi, si abbassò lungo il suo corpo, leccando e baciandogli ogni centimetro di pelle fino allo stomaco piatto. I muscoli dell'addome gli tremarono dall'attesa, e lei sorrise dall'emozione, stringendogli dolcemente le palle nelle mutande, mentre le labbra seguivano il tracciato scuro dei peli dal suo ombelico fin dove scomparivano nella biancheria intima. Korum gemette il suo nome, e lei gli infilò le dita negli slip, tirandoli lentamente giù. Sollevando i fianchi per aiutarla, il cazzo schizzò fuori, con l'asta rigida e la punta brillante di liquido pre-eiaculatorio.

Mia deglutì dal nervosismo e dall'eccitazione, chiedendosi cosa sarebbe successo, se avesse perso il controllo—se lo avesse fatto impazzire come lui faceva impazzire lei.

Afferrandogli l'asta con una mano, abbassò la testa e gli leccò lentamente la parte inferiore delle palle, che erano strettamente attaccate al suo corpo per un'estrema eccitazione. Sussurrò, davanti a quell'azione, inarcando il busto con il cazzo che le saltò nella mano, e Mia lo lasciò andare, usando le mani per afferrargli le palle. Al tempo stesso, chiuse le labbra intorno alla punta del suo cazzo e si spostò per prenderlo più in profondità nella bocca, fermandosi solo quando raggiunse la parte posteriore della gola. Poteva gustare il sapore salato del liquido pre-eiaculatorio, e il suo sesso si contrasse dall'eccitazione. Con il corpo che vibrava dalla tensione, Korum ringhiò con la gola, spingendo i fianchi dentro di lei in una richiesta senza parole di prenderlo più in profondità, ma Mia si oppose, muovendo le labbra su e giù lungo l'asta con un ritmo dolorosamente lento e poco profondo.

E a quel punto, lui scattò.

Prima di capire che cosa stesse succedendo, la fece sdraiare sulla schiena, strappandole le mutandine, e spinse il cazzo dentro di lei con un solo colpo. Lei gridò dallo shock, scavando con le unghie nelle sue braccia, mentre la penetrava senza concederle il tempo di abituarsi alla pienezza. Era bagnata fradicia, ma non importava, e i suoi muscoli interni tremarono nel disperato tentativo di accogliere l'invasione. Provò dolore, ma anche piacere, mentre sbatteva i fianchi contro di lei con un ritmo spietato e martellante. Lei gridò—dall'agonia, dall'estasi, non sapeva da cosa—e lo sentì gonfiarsi ancora di più, diventando incredibilmente duro e spesso, e poi lui venne, piegando la testa all'indietro con un ruggito e sfregandole il bacino sul sesso. Mia gridò dalla frustrazione, con il proprio rilascio distante pochi sfuggenti secondi, e poi Korum affondò i denti nella sua spalla, e tutto il mondo della ragazza esplose per l'improvvisa ondata di estasi nelle vene.

Non era abbastanza per lui, naturalmente, con il sapore del sangue che lo rese frenetico, e il suo cazzo si irrigidì nuovamente dentro di lei, prima che le pulsazioni si attenuassero. E Mia non riuscì più a pensare a niente, con quella saliva simile a una droga che le trasformò il corpo in un puro strumento di piacere, rendendo la pelle incredibilmente sensibile al suo tocco e facendole bruciare l'intimo dal desiderio liquido. Spinse dentro di lei inesorabilmente, e l'umana gridò dalla tensione fin quando non raggiunse l'orgasmo, più volte, in una cascata senza fine di vallate e picchi orgasmici, che trasformarono la notte in una maratona senza sosta di sesso e sangue.

Infine, svenendo verso la mattina, Mia dormì, con il corpo ancora unito a quello di Korum e la mente priva di ogni pensiero.

~

MIA SI SVEGLIÒ il giorno successivo con la sensazione della mano di qualcuno che giocava delicatamente con i suoi capelli.

Sorpresa, aprì un po' gli occhi e vide Korum seduto sul bordo del letto, che sembrava stranamente preoccupato.

"Che-Che cosa ci fai qui?" mormorò assonnata, sbattendo le palpebre nel tentativo di concentrarsi.

"Come ti senti?" le chiese gentilmente, spazzolando un ricciolo che le era caduto sull'occhio.

"Uhm..." L'umana cercò di riflettere. Muovendosi un po', si rese conto di diversi dolori, così come dell'estremo indolenzimento tra le cosce.

Ovviamente non soddisfatto della sua risposta, Korum tirò via la coperta, esponendole il corpo nudo. Con la mente ancora confusa, Mia seguì il suo sguardo concentrato sui lievi lividi che le coprivano i seni e il busto, molti simili a impronte di dita.

Il volto dell'alieno si rabbuiò per il senso di colpa, e gemette. "Mia, mi dispiace tanto... Non avrei mai dovuto lasciarti giocare con me la scorsa notte. Di solito riesco a controllarmi con te, perché so quanto sei piccola e fragile, ma ho perso completamente la testa ieri... Non avrei mai voluto farti del male in quel modo —ti prego, credimi..."

Mia annuì, cercando ancora di capire che cosa fosse successo. Tutto quello che riusciva a ricordare era il sesso straordinario, unito alla scarica di adrenalina dovuta al morso.

Le accarezzò dolcemente la spalla, sfregando la pelle morbida. "Mi dispiace davvero" mormorò. "Sei così delicata... Non avrei mai dovuto perdere il controllo in quel modo. Ti farò sentire meglio, promesso—"

Gli eventi della notte scorsa stavano lentamente tornando in mente a Mia. Strinse la mano in un pugno, ricordando che cosa l'avesse portata a stuzzicarlo in quel modo, e la sensazione dell'anello sul dito era assolutamente rassicurante.

Sarà anche stata dolorante quella mattina, ma sperava che il piccolo dispositivo avesse funzionato come promesso. Naturalmente non c'era alcuna garanzia, ma la vicinanza del suo dito al palmo di Korum la scorsa notte avrebbe dovuto essere sufficiente per avere accesso ai progetti necessari. Ora doveva solo consegnare l'anello a John e, per farlo, aveva bisogno che Korum la lasciasse sola.

"Va tutto bene" mormorò lei, cercando di pensare a qualcosa di appropriato da dire. Chiaramente si sentiva in colpa per averle lasciato qualche livido sul corpo. La ritenne ipocrita, quell'estrema preoccupazione per il suo benessere fisico, dato che ovviamente non si faceva problemi a provocarle dolore emotivo sconvolgendole tutta la vita. I suoi dolori avrebbero potuto interferire con la loro vita sessuale, e probabilmente non lo voleva.

"Ti porto qualcosa, va bene?" le disse, e scomparve dalla stanza con una velocità inumana.

Mia seppellì la testa nel cuscino, aspettando il suo ritorno, pensando disperatamente ai modi per poter consegnare rapidamente le informazioni a John. Doveva ancora scrivere i suoi saggi, quindi forse avrebbe potuto dire a Korum che doveva prendere dei libri in biblioteca.

Tornò un minuto dopo, con il familiare dispositivo che l'aveva "irradiata" e qualcos'altro che non aveva mai visto prima. Il secondo oggetto somigliava al tubetto di un rossetto, ma era composto da qualche strano materiale.

"Uhm, sto bene—davvero, non ce n'è bisogno" disse Mia in fretta, non volendo che le impiantasse ulteriori dispositivi di monitoraggio. Per quanto ne sapeva, il prossimo set di nanotecnologie nel suo corpo avrebbe potuto trasmettergli ogni pensiero, e quella era l'ultima cosa che voleva.

"Ce n'è davvero bisogno, invece" disse, ovviamente sorpreso dalla sua riluttanza. "Sei ferita, e posso sistemare le cose. Perché no?"

Già, perché no. Non aveva una buona risposta per quello, e protestare ulteriormente lo avrebbe reso sospettoso. Venire scoperta alla fine della missione sarebbe stato stupido, e non è che non avesse già i dispositivi di monitoraggio incorporati nei palmi. Che cosa avrebbe cambiato averne uno in più?

Così, scrollò le spalle in risposta, lasciandogli fare come voleva.

Attivò il dispositivo di "irradiazione" e le passò la luce calda e rossa sui lividi. Vederlo funzionare per la seconda volta era ancora incredibile, con tutti i segni sulla pelle che scomparvero come se non fossero mai esistiti. Era molto preciso, ispezionando ogni centimetro della sua pelle, e Mia arrossì leggermente, avendo il corpo così esposto alla piena luce del giorno. Dopo aver finito, l'alieno prese il dispositivo a forma di tubetto nella mano e glielo passò sulle cosce.

"Che cosa mi farai?" gli chiese con sospetto, guardandolo con diffidenza. C'era solo una zona del corpo che non era stata ancora guarita, e la luce rossa del dispositivo non poteva arrivare lì. Sperava che il tubetto non sarebbe andato davvero dove sembrava diretto.

Korum sospirò e disse: "È qualcosa che utilizziamo per i danni interni profondi, quando si devono guarire diversi organi prima di poter riparare lo strato esterno della pelle. So che è un'esagerazione per quello che hai, ma è l'unica cosa che ho in questo appartamento che possa entrare dentro di te e attenuare l'indolenzimento."

Quindi, stava andando lì. Il rossore di Mia peggiorò. L'oggetto aveva più o meno la stessa grandezza di un tampone, e il pensiero di avere qualcosa di medico come quello inserito alla piena luce del giorno era imbarazzante.

"Davvero?" le chiese con incredulità. "Dopo ieri notte, arrossisci per questo?"

Mia si rifiutò di guardarlo. "Fa' quello che devi fare" mormorò, sdraiandosi e nascondendo il viso nel cuscino.

Ridacchiò e fece come gli aveva chiesto, lasciando scivolare il piccolo dispositivo all'interno della sua apertura infiammata e gonfia. Entrò facilmente, e Mia non provò niente per alcuni secondi, finché il formicolio non cominciò.

"È buffo" si lamentò, ancora protetta dal cuscino.

"Dovrebbe esserlo—significa che sta funzionando."

Il formicolio continuò per un paio di minuti e poi si fermò. Non si sentiva più dolorante, il che era positivo, anche se la sensazione dell'oggetto estraneo dentro di lei era inquietante.

"Dovrebbe aver finito" disse Korum, inserendo le unghie delle dita dentro di lei e tirando fuori il tubetto. "Ecco fatto—finito. Ora puoi smettere di nasconderti."

"Va bene, grazie" mormorò Mia, continuando a rifiutarsi di guardarlo in faccia. "Credo che farò una doccia."

Rise e le baciò la spalla esposta. "Vai. Ho alcune cose di cui occuparmi, quindi sarò fuori per il resto della giornata. Probabilmente ceneremo tardi, quindi assicurati di mangiare bene a pranzo."

Poi, uscì dalla stanza, lasciando Mia da sola a riflettere sul resto del piano.

CAPITOLO DICIOTTO

Non appena Korum se ne andò, Mia passò all'azione, con il cuore che le batteva forte per la grandezza di quello che stava per fare.

Prima di saltare nella doccia, mandò una rapida e-mail a Jessie con 'Ciao' come oggetto, comunicandole che sarebbe passata da lei in giornata e chiedendole com'era andato l'ultimo esame di Anatomia. Sperava che John avrebbe visto l'e-mail e si sarebbe messo in contatto con Mia al più presto. Erano già le prime ore del pomeriggio; a causa della stanchezza più totale, Mia aveva dormito molto più del previsto, e c'era molto da fare prima di sera.

Korum le aveva premurosamente lasciato un panino per pranzo, e Mia lo consumò con gratitudine prima di uscire dalla porta. Quando lui faceva cose come quella—piccoli gesti affettuosi—credeva quasi che fosse sinceramente interessato a lei, e sentiva uno spiacevole senso di colpa tradendo la sua fiducia.

Anche oggi, dopo tutto quello che era successo la notte scorsa, il pensiero che potessero fargli del male l'aveva turbata. Naturalmente, era ridicolo; probabilmente sarebbe andato tutto bene—e anche in caso contrario, era stata colpa sua aver invaso la Terra e aver cercato di schiavizzare la sua specie. Tuttavia, avrebbe preferito che fosse riportato in modo sicuro su Krina, in modo che lei potesse riprendere la sua vita normale con la consapevolezza che era migliaia di anni luce lontano e non l'avrebbe più infastidita.

Perlomeno, questo era ciò che diceva a se stessa.

In profondità, una sciocca parte romantica di lei voleva piangere al pensiero che non avrebbe mai più rivisto Korum—che non avrebbe mai più sentito il suo tocco, che non avrebbe mai più sentito la sua risata, né avrebbe mai più rivisto la fossetta così illogica sulla sua guancia sinistra. Era il suo nemico, ma era anche il suo amante, e si era affezionata a lui, nonostante tutto. Il piacere che le dava era più che sessuale; il solo fatto di stare con lui la faceva sentire emozionata e viva, e—se evitava di pensare alla vera natura della loro relazione —stranamente felice.

Non poteva immaginare di avere rapporti sessuali con qualcun altro dopo aver fatto l'amore con Korum. Sarebbe stato come mangiare la segatura per il resto della vita dopo aver degustato l'ambrosia. Aveva perfettamente senso che fosse un buon amante, naturalmente; a parte la speciale chimica che avevano insieme, Korum era anche più anziano di migliaia di anni—e aveva avuto abbastanza tempo per imparare esattamente come soddisfare una donna. Come avrebbe potuto eguagliarlo un maschio umano? E non voleva nemmeno pensare a come la faceva sentire, quando le prendeva il sangue. Non sapeva se fosse sano, provare un piacere così intenso, ma il pensiero di non provarlo mai più era davvero insopportabile.

Per la prima volta, rifletté sugli xenos di cui aveva sentito parlare. Le motivazioni di quelle persone—che a quanto pareva si erano fatte pubblicità online con l'intento di avere rapporti sessuali con i Krinar—erano sempre state un mistero per lei. Ma ora si chiese se fossero veramente dipendenti... se avessero avuto un assaggio del paradiso e sapevano che tutto il resto sarebbe stato solo un pallido confronto. Korum l'aveva avvertita del fatto che la dipendenza era una possibilità per entrambi, se le avesse prelevato il sangue troppo spesso. Mia rabbrividì a quel pensiero. Quella era l'ultima cosa di cui aveva bisogno—sviluppare una dipendenza fisica per lui. Era sufficiente che probabilmente gli sarebbe mancato con ogni fibra del proprio essere, una volta sparito definitivamente dalla sua vita; l'ultima cosa di cui aveva bisogno era desiderare un'estasi sfrenata che poteva raggiungere solo con lui.

Non c'erano alternative per lei; doveva completare la missione. La loro relazione era destinata a finire— era solo una questione di tempo. Anche se fosse stata disposta a sopportare la sua natura autocratica—o se avesse accettato di essere la sua charl—si sarebbe stancato di lei nel giro di pochi anni e poi sarebbe rimasta sola lo stesso, completamente a pezzi e devastata.

No, doveva farlo. Era l'unica soluzione. Non avrebbe potuto vivere con se stessa, sapendo che avrebbe potuto fare una vera e propria differenza nel corso della storia umana e che non era riuscita a farlo a causa del debole per un particolare K—per qualcuno che la considerava come un giocattolo.

Arrivando al suo appartamento, Mia fu sorpresa di vedere che John era già lì. C'erano anche Jessie ed Edgar, l'attore che a quanto pareva la sua coinquilina aveva cominciato a frequentare.

Non appena oltrepassò la porta, John chiese se potevano parlare in privato. Mia annuì e lo condusse in camera sua, chiudendo la porta alle spalle. Prima che la porta fosse completamente chiusa, Mia sentì Edgar chiedere a Jessie se la sua compagna di stanza stesse frequentando John, ma la risposta di Jessie fu impercettibile.

"Penso di avere le informazioni" disse Mia senza alcun preambolo.

Il viso di John si illuminò. "Davvero? È fantastico! Come hai fatto a farlo così velocemente?" Vedendo il rossore inondarle il viso, aggiunse in fretta: "Non importa, non ha importanza."

Mia si strinse nelle spalle e tirò fuori l'anello. Le aveva lasciato un leggero solco sulla pelle. Sperava sinceramente che Korum non fosse particolarmente attento in fatto di gioielli femminili; altrimenti, avrebbe potuto chiedersi perché lei avesse indossato quell'anello una volta e mai più.

"Ho bisogno che tu mi prometta una cosa" disse Mia lentamente, continuando a tenere l'anello.

"Che cosa?"

"Promettimi che Korum non rimarrà ferito in qualunque cosa intendiate fare."

John esitò, e Mia socchiuse gli occhi. "Promettimelo, John. Me lo devi."

"Perché? Non lo merita—"

"Non importa se lo merita o meno. Questa è la mia condizione per aiutarti. Korum dovrà tornare a casa sano e salvo."

John la guardò e poi sospirò pesantemente. "Va bene, Mia, se è quello che vuoi davvero. Ci assicureremo che venga riportato sul suo pianeta in sicurezza."

Mia annuì e gli consegnò l'anello. "E ora?" chiese. "Quanto tempo pensi che impiegheranno i tuoi Keith a fare qualcosa con queste informazioni?"

Le sorrise, somigliando a un bambino il giorno di Natale. "Daranno un'occhiata e si assicureranno che non sia più complicato di quanto pensino, ma se hanno ragione... possiamo attaccare nel giro di pochi giorni."

Giorni? I tempi erano molto più brevi di quanto Mia avesse mai ritenuto possibile.

"Non ci vorrà tempo per fare... beh, qualunque cosa per cui servano quei modelli?" chiese con fare esitante.

Scosse la testa. "No, non serve tutto quel tempo. Ricordi cosa ti ho detto su come producono tutto utilizzando la nanotecnologia—e su come possono creare le cose quasi istantaneamente, se hanno il progetto per farlo?"

Mia ricordò vagamente qualcosa del genere, così annuì.

"Beh, ora avranno i modelli, e hanno già la tecnologia per creare quei progetti. Hanno solo bisogno di portare quella tecnologia in una posizione sicura al di fuori dei loro insediamenti, e quindi potranno produrre le armi necessarie per penetrare le protezioni dei Centri K. Una volta che gli scudi saranno spariti, le forze umane saranno pronte."

Le *forze*?

"Il governo è coinvolto in questo?" chiese Mia, sorpresa.

John esitò. "Non esattamente. Ma ci sono alcuni all'interno del governo che credono che sia stato un errore firmare il Trattato di Coesistenza, consentire loro di costruire gli insediamenti. Questi individui hanno a cuore la nostra causa e possono portarci i rinforzi. Alcuni di loro sono persone dell'Esercito e della Marina, altri della CIA e delle altre agenzie equivalenti in tutto il mondo."

Mia lo guardò, scioccata. Non si era resa conto dell'intera portata del movimento anti-K. Per qualche ragione, aveva immaginato qualche centinaio di individui suicidi all'interno della Resistenza—o quelli come John, che volevano una vendetta personale contro i K—aiutati da alcuni alieni che simpatizzavano per gli umani. Ma, naturalmente, aveva senso che i combattenti per la libertà non sarebbero potuti arrivare così lontano—nonostante avessero ottenuto l'assistenza dei Keith—se non avessero avuto almeno una discreta probabilità di successo.

"Wow" disse piano: "E così, sta succedendo per davvero? Li stiamo cacciando dal nostro pianeta?"

John annuì con gioia appena trattenuta. "Sì, Mia. Se le informazioni su quest'anello sono buone come speriamo, la Terra sarà liberata entro una settimana— un paio di settimane al massimo."

Era assurdo. La ragazza cercò di immaginare che cosa sarebbe successo, quando i K avrebbero appreso che li stavano attaccando. Ricordò i giorni del Grande Panico e rabbrividì.

"John" disse lentamente: "Se ne andrebbero davvero senza una grande lotta? Sai cos'è successo... quanti danni potrebbero causare a mani nude—"

"È vero" concordò John: "Potrebbero combatterci— e potrebbero esserci spargimenti di sangue da entrambe le parti. Ecco perché le informazioni che hai ottenuto per noi sono così importanti. Vedi, se i Keith hanno ragione, questi modelli contengono anche il progetto di una delle loro armi più avanzate. Non appena gli scudi saranno eliminati e i K sapranno che abbiamo quest'arma, sarebbero suicidi a non arrendersi. Perché se ci combattono, la *useremo*—e ogni K nelle loro colonie sarà polverizzato."

"Polverizzato? Quale tipo di arma può farlo?" domandò Mia con grande shock.

"Si tratta di una nanotecnologia trasformata in arma

su larga scala. Può essere programmata con vincoli molto specifici, quindi possiamo impostarla solo per distruggere i K entro un certo raggio e per risparmiare gli umani nella zona."

Mia sgranò gli occhi, e John continuò: "Naturalmente, ci aspettiamo ancora che alcuni K cerchino di fuggire dai Centri, quando sapranno dell'attacco, quindi avremo i nostri combattenti schierati tutto intorno per catturarli e contenerli—e questo potrebbe rivelarsi sanguinoso. Potremmo ancora subire pesanti perdite, ma abbiamo un'ottima possibilità di vittoria."

Mia deglutì, sentendosi nauseata al pensiero di uno spargimento di sangue. Sapere che qualcosa che aveva fatto avrebbe portato a "pesanti perdite" o allo sterminio di migliaia di esseri intelligenti—non sapeva come avrebbe gestito quella responsabilità.

Ma ormai non aveva altra scelta, non che l'avesse mai avuta. Da quando aveva messo gli occhi su Korum al parco, il suo destino era stato deciso. La sua unica scelta era stata quella di accettare docilmente di essere la sua charl oppure combattere—e aveva deciso di combattere. E ora quella decisione avrebbe potuto comportare la perdita di molte vite umane e Krinar.

Mia desiderò amaramente che non fosse mai andata al parco quel giorno, ma non sapeva dei Centri K. Se avesse potuto riportare indietro le lancette dell'orologio e tornare alla sua vita ordinaria, senza sapere pressoché nulla sui K, sarebbe stata felice di farlo—lasciando la liberazione della Terra a qualcuno più preparato per affrontarla. Ma lei sapeva, e quel peso era insopportabilmente pesante, mentre guardava il viso raggiante di John, immaginando l'imminente, sanguinosa battaglia.

"Mia" disse John, percependo la sua sofferenza: "Non dimenticare: *loro* sono venuti sul nostro pianeta, *loro* ci hanno imposto le regole—uccidendo migliaia di persone, finché non abbiamo avuto altra scelta che arrenderci. Ti ricordi com'era durante il Grande Panico?"

Mia annuì, ripensando al terrificante caos e alle sanguinose battaglie di quei tristi mesi.

Soddisfatto, John continuò: "So che la tua unica esposizione nei loro confronti è passata attraverso Korum, e probabilmente ti ha trattata bene finora... perché ti ritiene il suo animaletto preferito. Ma non sono affatto gentili. Sono dei predatori. Si sono evoluti come parassiti, come vampiri, sostenendosi consumando il sangue di altre specie. Infatti, hanno sviluppato gli umani per questo fine—per soddisfare a nostre spese i loro istinti perversi—"

Quello non era esattamente ciò che Korum le aveva detto, ma non aveva intenzione di discutere in quel momento.

"—e non hanno alcun riguardo per i nostri diritti. Molti di loro ci considerano inferiori, e non esiterebbero a schiavizzarci completamente pur di soddisfare i loro desideri."

"Lo so" disse Mia, strofinandosi le tempie per sbarazzarsi della tensione. "So tutto—ecco perché ti sto aiutando, John. Vorrei solo che ci fosse un altro modo... un modo per sbarazzarcene senza spargimenti di sangue."

"Lo vorrei anch'io" disse John, sospirando pesantemente. "Ma non c'è. Hanno invaso il nostro pianeta con la forza—e ora ce lo riprenderemo nello stesso modo. E se alcune vite dovranno essere spezzate nel farlo—beh, dobbiamo solo sperare che non molte siano dalla nostra parte. È la guerra, Mia—la vera *Guerra dei Mondi*."

JOHN SE NE ANDÒ, e Mia si sedette sul letto per metabolizzare tutto.

Come aveva fatto lei—una normale studentessa universitaria—ad essere coinvolta in una guerra? Lo spionaggio era qualcosa che aveva sempre associato agli agenti segreti, agli uomini e alle donne che avevano una formazione approfondita in tutto, dalle arti marziali al disinnesco di una bomba. Una studentessa di psicologia della NYU non era la persona adatta. Eppure eccola lì, ad aiutare la Resistenza nella loro lotta più importante contro i K.

Un terrificante pensiero l'attraversò. Non appena Korum avesse saputo che cosa stava succedendo—che i loro insediamenti erano stati attaccati—avrebbe capito che era lei la responsabile? Sarebbe risalito al legame tra i suoi progetti sorvegliati con tanta attenzione che erano stati rubati e la ragazza umana con cui dormiva ogni notte? Perché se lo avesse fatto—e fosse stato ancora a New York—allora anche i giorni di Mia probabilmente sarebbero stati contati.

Qualcuno che bussò alla porta interruppe le sue tetre riflessioni.

"Sì, avanti!" esclamò, sollevata di essere stata distratta da quei pensieri.

Con sua sorpresa e sgomento, non era Jessie. C'era Peter sulla porta della sua camera da letto, con i capelli biondi e mossi e gli occhi azzurri che sembravano ancora più angelici alla luminosa luce del giorno. Aveva ancora dei segni neri e blu sulla gola.

"Peter!" esclamò. "Che cosa ci fai qui?"

"Sono venuto a trovarti" disse. "La tua coinquilina ha detto a Edgar che saresti stata a casa oggi, e volevo solo assicurarmi che stessi bene dopo quello che è successo quella notte—"

"Oh, Peter, è davvero gentile da parte tua" disse Mia, cercando disperatamente di pensare al modo più rapido per sbarazzarsene. Korum non sarebbe stato contento di sapere che Peter era vicino a lei in quel momento, soprattutto non se stava nella sua camera da letto. Probabilmente non l'avrebbe scoperto, ma Mia non voleva rischiare. Le era bastato che l'aveva quasi ucciso in quel locale.

Peter la guardava con un'espressione preoccupata. "Che cos'è successo quella notte, Mia? Quel mostro ti ha fatto del male?"

"No, certo che no" cercò di rassicurarlo. "Si è solo ingelosito—non mi sarei mai aspettata che reagisse in quel modo, credimi. Mi dispiace davvero per tutto quello che è successo. Non avrei mai dovuto ballare con te quella sera. Ti ha ferito per colpa mia—"

Agitò la mano con fare indifferente. "Non è un grosso problema. Una volta sono stato picchiato al liceo, perché il quarterback pensava che stessi flirtando con la sua ragazza. Credimi, questo non è stato niente in confronto." E le rivolse un bel sorriso contagioso.

Mia ricambiò il sorriso. Era bello sentire che non era risentito e non ce l'aveva con lei. Ma avrebbe dovuto andarsene per la sua sicurezza.

"Ascolta, Peter, grazie per essere venuto a trovarmi" disse. "È stato davvero gentile da parte tua. Ma ora sappiamo che il mio ragazzo non è molto favorevole alla nostra amicizia—ed è meglio che non ti trovi qui—"

"Mia" disse Peter seriamente, con il sorriso completamente scomparso: "Frequenti davvero quella creatura? Non pensavo che fossi una xeno—"

"Non lo sono!"

"Non sei una Krinara, vero?"

"Assolutamente no! Non sono affatto religiosa!"

"Allora, perché lo frequenti?"

Mia sospirò. "Ascolta, Peter, non sono affari tuoi. È il mio ragazzo—e questo è tutto quello che devi sapere. Mi dispiace non avertelo detto quando ci siamo incontrati per la prima volta. Mi stavo solo divertendo durante una serata tra ragazze. Non avevo intenzione di ingannarti in quel modo—"

"Stronzate" disse Peter con convinzione. "Un ragazzo—è un ragazzo umano, non un vizioso alieno che ti trascina fuori da un locale in quel modo." Si fermò un attimo e chiese lentamente: "Mia, ti ha costretta a stare con lui?"

"Che cosa? Perché pensi una cosa simile?" Mia lo fissò, chiedendosi che cosa lo avesse spinto a fare una domanda del genere.

La guardò, con le sopracciglia sollevate. "Non sembri un tipo in cerca di mostri."

"E che tipo sarebbe quello?" chiese Mia, davvero curiosa di sentire la risposta.

Si tirò l'orecchio dalla frustrazione. "Beh, molte persone dell'industria dell'intrattenimento... modelle, attrici, cantanti—si annoiano e cercano qualcosa che vivacizzi la loro vita... Sono superficiali, e molte sono stupide—tutto quello che vedono sono i bei volti e non il male che nascondono—"

"Il male che nascondono?" chiese Mia, sorpresa che avesse opinioni così forti sui Krinar. Prima dei suoi incontri ravvicinati con Korum, non conosceva affatto gli invasori e non aveva alcuna opinione su di loro. Forse Peter era religioso e credeva alle voci secondo cui i K erano demoni?

Fece una smorfia. "Ho visto persone scomparire, Mia, quando si sono lasciate coinvolgere da queste creature. Oppure sono finite male. Non è naturale per noi—stare con la loro specie. Non va mai a finire bene..."

Mia fece un respiro profondo e disse con fermezza: "Peter, ascolta, capisco la tua preoccupazione, ma in questo caso non ce n'è bisogno.

So cosa sto facendo. Non sono né superficiale, né stupida—"

"Non ho mai detto questo" protestò Peter.

"—e non mi piace che tu faccia insinuazioni sulla mia relazione. Sto con Korum perché voglio starci, tutto qui."

Sperava sinceramente che quello fosse sufficiente a far andare via Peter. L'ultima cosa di cui aveva bisogno era un cavaliere bianco che cercava di salvarla dal mostro malvagio—un cavaliere bianco che sicuramente sarebbe stato ucciso. Forse in un secondo momento, se fosse sopravvissuta alle prossime settimane, si sarebbe scusata con Peter per essere stata così dura. Gli piaceva, e sarebbe stato bello averlo come amico, soprattutto se la sua vita fosse tornata alla normalità.

Sembrava leggermente ferito. "Certo, mi dispiace, non intendevo insinuare niente. Naturalmente, sei libera di stare con chi vuoi. Volevo solo assicurarmi che stessi bene, ecco tutto."

Mia annuì e gli rivolse un debole sorriso. "Capisco. Grazie ancora per essere venuto a trovarmi." Raggiungendo lo zaino, tirò fuori il portatile e un paio di libri.

Peter capì immediatamente. "Certo. Ci vediamo, ok?" disse, e uscì dalla stanza. Mia lo sentì parlare con Jessie ed Edgar per un minuto, e poi se ne andò, chiudendo la porta alle sue spalle.

Mia si lasciò cadere sul letto, sollevata. Com'era possibile che un ragazzo così carino—con il quale andava d'accordo—fosse arrivato in un momento così sbagliato della sua vita? Se l'avesse conosciuto due mesi fa, sicuramente sarebbe stata entusiasta delle attenzioni che le rivolgeva—ma ormai era troppo tardi.

Come quelle persone che lui conosceva, probabilmente sarebbe finita male anche lei—oppure sarebbe morta per mano del suo amante alieno.

CAPITOLO DICIANNOVE

*P*oco dopo che Peter se ne fu andato, andò via anche Edgar. Mia sentì dei baci e delle risate alla porta, e poi calò il silenzio. Quasi subito dopo, Jessie entrò in camera sua.

"Allora" disse Mia, sorridendo alla compagna di stanza: "Immagino che le cose stiano andando bene con Edgar."

Jessie le rivolse un sorriso enorme. "Stanno andando *molto* bene. È così gentile, simpatico e carino..."

Mia rise e disse: "Sono felice per te. Meriti un bravo ragazzo come quello."

"Sì" disse Jessie senza falsa modestia, sorridendo ancora. E poi, la sua espressione si fece improvvisamente seria. "Anche tu, Mia—"

Uh-uh, pensò Mia. Ecco la ramanzina.

"—ma chiaramente non lo capisci."

"Jessie, ti prego, non sparare sulla croce rossa—"

"Sparare sulla croce rossa? Io vorrei sparare a un certo K!" Jessie fece un respiro profondo, chiaramente preoccupata per Mia. "Peter è un bravo ragazzo, e sembra che tu gli piaccia davvero—è venuto qui dopo tutto quello che è successo... e tu sei ancora legata a quel mostro!"

Mia si strofinò la nuca per allentare la tensione. "Jessie, per favore, smetti di preoccuparti per la mia relazione... si sistemerà tutto col tempo."

"Parlando di cose da sistemare, gli hai parlato dell'estate?"

Mia si morse il labbro. Detestava mentire a Jessie, e voleva disperatamente parlare con qualcuno di tutta quella follia. Se John aveva ragione sulla tempistica dei Keith, il suo viaggio in Florida sarebbe stato posticipato—e neppure di molto. Naturalmente, ammesso che fosse stata ancora viva a quel punto. Mia optò per una versione leggermente modificata della verità.

"Sì" disse lentamente.

"E?"

"E abbiamo concordato che partirò più tardi quest'estate, e che farò un tirocinio qui a New York."

Jessie la fissò scioccata. "Quale tirocinio?"

"Non ne sono ancora sicura. Korum ha promesso di trovare qualcosa nel mio campo."

"Oh mio Dio, non ti lascerà andare, vero?" Jessie sembrava assolutamente inorridita.

"Non esattamente" ammise Mia. "Però, ha detto che

andremo in Florida insieme non appena avrà finito con la sua attività a New York."

"Insieme? Che cosa? Vuole conoscere la tua famiglia?" L'espressione sul volto di Jessie era assolutamente incredula.

"Non ne ho idea" disse Mia, ed era vero. Non aveva avuto la possibilità di rifletterci, con tutto quello che era successo—ma non riusciva a immaginare la sua normale famiglia senza pretese interagire con calma con il suo amante alieno. "Non abbiamo discusso dei dettagli—"

"Che bastardo! Non posso credere che ti stia facendo questo! Non c'è da meravigliarsi che tu stia aiutando la Resistenza—probabilmente lo detesti."

Mia non riusciva a credere alle proprie orecchie. "Che cosa? Che cos'hai detto?"

"Oh, andiamo, Mia" disse Jessie con calma. "Non sono un'idiota. So fare due più due. John era qui ad aspettarti nell'appartamento prima ancora che tu arrivassi. Chiaramente, sapeva che saresti venuta. Comunichi con loro, non è vero?"

Accidenti. A volte, Mia dimenticava quanto fosse astuta la sua bella compagna di stanza. Continuare a negarlo sarebbe stato inutile, ma Jessie non poteva essere al corrente della portata del coinvolgimento di Mia—sarebbe stato troppo pericoloso per entrambe.

Mia la fulminò con lo sguardo. "Jessie, ascoltami, non dire mai più una cosa del genere—e non parlarne mai con nessuno, nemmeno con Edgar. Me lo prometti?"

Jessie annuì, socchiudendo gli occhi. "Non ho mai detto niente. Quando Edgar mi ha chiesto se stessi frequentando John, ho risposto che era solo un vecchio amico della tua famiglia."

"Bene" disse Mia, sollevata. Poi aggiunse: "Ascolta, non sto facendo niente di folle, te lo giuro. John mi ha solo chiesto di tenere d'occhio le attività di Korum e di riferirgliele di tanto in tanto. Questo è tutto quello che stavo facendo oggi. Korum ha incontrato un altro paio di K di recente, e volevo solo parlarne con John. A quanto pare, già lo sapeva, quindi non era un grosso problema." Mia non aveva idea di dove avesse imparato a fingere così bene.

"Non è un grosso problema? Mia... hai a che fare con un extraterrestre che non ha alcun riguardo per la vita umana. Hai visto cos'ha fatto a Peter—solo per aver ballato con te! Se ti sorprende a spiarlo, ti ucciderà sicuramente! Certo che è un grosso problema!" Jessie si lasciò sfuggire un respiro frustrato.

Non c'era davvero niente che Mia avrebbe potuto dire davanti a quell'affermazione, così scrollò le spalle.

"Ed è stata tutta colpa mia, avendo parlato di te a Jason! Non posso credere che quei bastardi abbiano deciso di usarti così."

Mia si strofinò di nuovo la nuca. "Hanno solo intravisto un'opportunità e hanno deciso di sfruttarla. Questo non cambia di molto la mia situazione. Sto ancora con Korum, che io lo spii o meno. Tanto vale aiutare, sai?"

Jessie la guardò, frustrata. "Non posso credere che ti

stia succedendo tutto questo. Sei la persona più tranquilla che conosca... e finisci per andare a letto con un K e spiarlo."

Mia sospirò pesantemente. "Lo so. Sono rovinata, Jessie—e non in senso buono."

Un sorrisetto apparve sul viso di Jessie, che scosse la testa in segno di rimprovero. "Mia..."

Mia le sorrise. "Lo so, lo so, non sono la persona giusta."

"Non sei James Bond, questo è sicuro." E Jessie ricambiò il sorriso.

~

QUELLA SERA, Korum tornò a casa intorno alle otto. Mia era già tornata da lui e stava lavorando freneticamente sul suo saggio.

Entrò nella sua stanza e la baciò. "Ehilà, qualcuno sta lavorando duramente" la prese in giro, strofinandole le labbra sulla guancia.

Mia lo guardò accigliata. "Sì, devo finire di scrivere questo saggio entro stasera. Devo consegnare questo e il saggio di Psicologia del Bambino entro giovedì, e non ho ancora finito nessuno dei due."

"È terribile" disse Korum, con la leggera curva delle labbra che tradiva il suo divertimento.

"Proprio così!" disse Mia, con il cipiglio sempre più accentuato. Non capiva che era stressata? Non c'era bisogno di riderle in faccia solo perché le sue preoccupazioni gli sembravano meno importanti.

"Vuoi che ti aiuti?" chiese, e Mia lo guardò, incredula.

"Vuoi aiutarmi con i miei saggi?" Stava dicendo sul serio?

"Non è per questo che sei stressata?" Non sembrava scherzare.

"Uh..." La ragazza era senza parole. Trovandole, mormorò: "Non preoccuparti, grazie... me la caverò."

Abbozzando un sorriso, immaginò di consegnare un saggio sugli effetti dei fattori ambientali nel primo sviluppo infantile—scritto dal punto di vista di un extraterrestre di duemila anni. L'espressione sul volto del Professor Dunkin sarebbe stata impagabile.

"So scrivere in inglese, lo sai" disse Korum, apparentemente offeso dalla sua riluttanza.

Mia sorrise con una leggera aria di superiorità. "Certo." Quella era la conversazione più strana di sempre. "Ma conoscere la lingua non è sufficiente per scrivere un saggio accademico. Devi aver letto tutti questi libri e aver frequentato le lezioni..." Indicò la grossa pila di libri all'angolo della sua scrivania.

"Allora" disse Korum, scrollando le spalle con fare indifferente: "Posso leggere i libri ora."

Mia rimase a bocca aperta. "Sono dieci..." Deglutì per sbarazzarsi dell'improvvisa secchezza nella gola. "L-leggi molto velocemente?"

"Abbastanza" ammise. "Ho anche quella che definiresti una memoria fotografica, quindi non ho bisogno di leggere il materiale più di una volta."

Mia lo fissò, scioccata. "Quindi, puoi leggere tutti questi libri nel giro di poche ore?"

Annuì. "Probabilmente avrei bisogno di circa due ore per finirli tutti."

Era incredibile. "È normale per la tua specie?" chiese Mia, continuando a metabolizzare quella rivelazione scioccante.

"Alcuni di noi hanno questa capacità in modo naturale, mentre altri decidono di migliorarla con la tecnologia. Io sono nato così."

Mia sentì la frequenza cardiaca aumentare. Sapeva che era molto intelligente, e John le aveva detto che Korum era uno dei migliori progettisti tra i K. Ma non si aspettava che avesse un'intelligenza sovrumana.

"Allora, devo sembrarti davvero stupida" disse Mia sottovoce: "Visto quanto tempo impiego a leggere tutti questi..."

Sospirò. "No, Mia, non è così. Solo perché ti mancano alcune abilità, questo non significa che non sei intelligente."

Certo, come no. "Cos'altro sai fare?" chiese Mia, rendendosi conto di quanto sapesse ancora poco del suo amante alieno.

Fece spallucce. "Probabilmente so anche fare a mente qualche calcolo per il quale tu avresti bisogno di una calcolatrice."

Era affascinante e spaventoso al tempo stesso. "Quanto fa 10.456 per 6.345?" gli chiese, raggiungendo il cellulare per controllare la risposta.

"66.343.320."

Era esatto. E le aveva dato la risposta prima ancora che avesse avuto il tempo di inserire i numeri nella calcolatrice del telefono. Mia deglutì ancora una volta.

"Allora, vuoi che ti aiuti con il saggio o no?" Korum stava cominciando a sembrare impaziente.

Mia scosse la testa. "Uh, no—non serve, grazie. Sono certa che scriveresti un saggio fantastico—forse migliore del mio—ma devo farlo io."

"Ok, certo, come vuoi" disse, scuotendo la testa davanti alla sua ostinazione. "Hai fame? Vuoi che ti prepari qualcosa?"

Mia aveva mangiato spuntini tutto il giorno, quindi non stava morendo di fame. "Non lo so" disse. "Non credo di avere tempo per sedermi a mangiare." Lo guardò, sperando che avrebbe capito.

"Certo" disse: "Ti porterò qualcosa da mangiare qui." Sorridendole, uscì dalla stanza.

Mia fissò la porta con frustrazione. Perché doveva essere così gentile con lei oggi? Sarebbe stato molto più facile se l'avesse trattata con crudeltà o indifferenza. Il senso di colpa che le bruciava dentro non aveva alcun senso; sapeva che stava facendo la cosa giusta, aiutando la Resistenza. I K avevano invaso il loro pianeta, non il contrario; liberare la sua specie non avrebbe dovuto farla sentire così—come se stesse tradendo qualcuno a cui voleva bene.

Facendo un respiro profondo, cercò di concentrarsi sul saggio. Era impossibile. I suoi pensieri continuavano a vagare, saltando da un argomento sgradevole all'altro. Aveva avviato qualcosa che avrebbe causato la perdita di migliaia di vite umane? E Korum sarebbe stato una delle vittime? Il potenziale impatto delle sue azioni ancora non le sembrava vero.

Korum tornò qualche minuto dopo. Aveva preparato degli involtini, con lattuga fresca e peperoni, e un piatto di noci e mele per dessert.

Mia lo ringraziò e cominciò ad affondare la forchetta, scoprendo di essere piuttosto affamata.

Le sorrise e si chinò per baciarle la fronte. "Buon appetito. Sono nella stanza accanto, se hai bisogno di me."

Poi, se ne andò, lasciandola lavorare sui saggi—e combattere i brutti pensieri.

CAPITOLO VENTI

Quella notte, fu incredibilmente tenero con lei.

Le sue dita trovarono ineffabilmente ogni nodo e muscolo teso, e le massaggiò ogni centimetro del corpo, finché non si ritrovò sdraiata lì in un mare di soddisfazione. Soddisfatto per averla fatta rilassare completamente, la girò di schiena e cominciò a baciarla, partendo dalle punte delle dita. Le labbra di Korum erano morbide e calde sulla pelle della mano, e quando le succhiò il dito nella bocca, circondandolo con la lingua, Mia gemette per l'inaspettata sensazione erotica.

Lasciando stare le dita, spostò la bocca sul suo palmo, leccandole il punto sensibile all'interno del polso e poi, passò al braccio, fino a raggiungere la colonna arcuata della gola. Mia trattenne il respiro, aspettando il doloroso morso familiare, ma le diede solo una serie di baci, facendole venire la pelle d'oca alla gamba e al braccio, e le mordicchiò dolcemente il lobo. Mia gemette di nuovo, sopraffatta dal piacere di quel tocco, e affondò le dita nei suoi capelli, tirandogli la testa verso il basso per un appassionato bacio alla francese.

L'alieno ricambiò il bacio, con passione e intensità, e Mia sentì la forza del suo desiderio nella rigida erezione che le strofinava la coscia. Trovò i suoi seni con la mano, stringendo debolmente e massaggiando i piccoli globi, e le passò il pollice sul capezzolo sinistro, facendolo irrigidire ulteriormente.

Sollevandosi sui gomiti, la guardò con un caldo sguardo dorato. "Sei così bella" mormorò, fissandola, e la tenera espressione sul viso le fece venir voglia di piangere. Perché si stava comportando in quel modo proprio oggi, tra tutti i giorni? Quella avrebbe potuto essere una delle ultime volte in cui avrebbe fatto sesso con lui, e non voleva ricordarlo così—come il rapporto che non avrebbe mai potuto esserci.

La baciò di nuovo, e gli succhiò la lingua, sperando di fargli perdere il controllo, in modo da poter dimenticare tutto in preda all'estasi sfrenata e finalmente spegnere il cervello. Lui gemette, e lei sentì il cazzo saltarle sulla gamba, ma il suo tocco rimase estremamente delicato, senza alcuna traccia della cruda lussuria della notte precedente.

Frustrata, Mia gli spinse le spalle. "Voglio stare sopra" gli disse con voce roca. Chiaramente l'extraterrestre stava facendo penitenza per la rudezza del giorno prima, ma non era quello che Mia voleva quella sera.

Sgranò gli occhi dalla sorpresa, ma rotolò giù per mettersi di schiena. Mia salì sopra di lui, e gli afferrò la testa con entrambe le mani, avvicinando il viso per un bacio con la lingua e sfregando contemporaneamente il sesso su di lui senza permettere una vera e propria penetrazione. Le avvolse le braccia intorno, così forte da permetterle appena di respirare, e la baciò con l'intensità che stava cercando. Vide un bello strato di sudore sulla fronte dell'alieno, dovuto allo sforzo di trattenersi. A quel punto, Mia agitò i fianchi con fare suggestivo, sbattendo sul suo cazzo, e lui sollevò i fianchi dal letto, cercando di ottenere di più. L'abbraccio di Korum si allentò leggermente, e Mia si fece strada tra i loro corpi, avvolgendo le dita intorno alla sua asta. Lui sussurrò, irrigidendosi, e lei guidò con cautela il cazzo sulla sua apertura, cominciando ad abbassarsi su di lui con un movimento assolutamente lento.

Ringhiò con la gola e spinse i fianchi, penetrandola con un solo colpo potente. Mia gridò, sentendo i muscoli fremere, adattandosi all'estrema pienezza. Le afferrò i fianchi, trovando il clitoride con il pollice in mezzo alle pieghe e premette su di esso, con un tocco incredibilmente leggero, che la portò più vicino al picco desiderato, ma senza farle raggiungere l'orgasmo. Mia gemette, con il sesso che si strinse intorno al suo cazzo. Voleva di più—più follia, più beatitudine senza senso che solo lui poteva farle provare. "Mordimi" gli disse, e vide i suoi occhi diventare ancora più gialli, anche se scosse la testa per rifiutare. "Non sai che cosa stai chiedendo" mormorò con durezza, e rotolò in modo da sistemarsi nuovamente sopra di lei, con i corpi ancora uniti.

Prima che lei potesse dire qualsiasi, l'alieno piegò leggermente i fianchi, e la punta del cazzo colpì il punto sensibile in profondità. Mia gemette, inarcandosi verso di lui, e Korum ripeté l'azione, più volte, fin quando la mostruosa tensione dentro di lei divenne insopportabile, e gridò, affondando le unghie nella sua schiena, mentre l'atteso orgasmo l'attraversò, annullando ogni pensiero razionale nella scia.

Ma non aveva ancora finito con lei. Non era ancora venuto, nonostante la ritmica compressione dei suoi muscoli interni, e l'asta era dentro di lei, dura e grossa come sempre. Seppellendole la mano nei capelli, la baciò profondamente e cominciò a spingere, alternando un colpo superficiale ad uno più profondo, fin quando la tensione non cominciò ad accumularsi di nuovo dentro di lei e ogni cellula nel suo corpo non gridò per il rilascio. Cercò di muovere i fianchi, di costringerlo a quel ritmo costante di cui aveva bisogno per raggiungere l'orgasmo, ma non glielo permise, con il corpo grande e potente che la tenne giù. Il suo bacio fu implacabile, con la lingua che le divorò la bocca, e Mia si sentì esplodere dall'intensità delle sensazioni. E poi, improvvisamente fu lì, con tutto il corpo che si agitava tra le sue braccia, e vide anche lui sbattere il bacino contro di lei, mentre il cazzo pulsava dentro, rilasciando il seme in brevi e calde ondate.

Poi, rotolò giù e la tirò a sé, lasciandola

parzialmente sdraiata sopra, con la testa sul suo petto e la gamba sinistra tra i fianchi. Erano entrambi madidi di sudore, e Mia sentì il rapido battito del cuore che cominciava lentamente a rallentare, mentre il respiro di Korum tornava alla normalità.

Non sapeva cosa dire, quindi non disse niente. Il sesso era stato incredibile, e detestava il fatto che solo lui sapeva farla sentire così—anche senza alcun aiuto chimico.

Perché proprio lui, pensò amaramente, guardandogli lo stomaco piatto e abbronzato che si alzava ed abbassava ad ogni respiro. Perché non un normale ragazzo umano invece di un genio alieno, la cui specie si stava impossessando del suo pianeta?

Sentì il caldo bruciore delle lacrime dietro le palpebre e le chiuse forte, non lasciando uscire l'umidità. Il suo corpo si sentiva languido e stanco dopo il sesso, ma la mente continuava a frullare, a lavorare incessantemente, cercando una soluzione anche se non ce n'era alcuna. Anche se a modo suo provava qualcosa per lei, quei sentimenti si sarebbero trasformati in odio non appena avrebbe scoperto il tradimento—e le mani che l'avevano tenuta così dolcemente probabilmente le avrebbero avvolto la gola.

Doveva essersi irrigidita a quel pensiero, perché si allontanò per guardarla e le chiese con curiosità: "Che cosa succede?"

Vedendo la sua esitazione, sul suo volto apparve un

preoccupato cipiglio. "Mia? Che cosa succede? Non ti ho fatto male, vero?"

Mia scosse la testa, cercando di non guardarlo negli occhi. "No, certo che no" disse con voce roca: "È stato meraviglioso... Lo sai—"

"Allora, che cosa c'è?" domandò, cercando di afferrarle il mento e di costringerla a incrociare il suo sguardo.

Mia cercò di controllarsi, ma quelle stupide lacrime non la lasciavano in pace, sgorgando dagli occhi.

"Non è niente" mormorò, maledicendo tra sé e sé la voce che le tremava: "È... è solo che divento così quando sono stressata—"

Il suo cipiglio si approfondì. "Perché sei così stressata? Per i saggi?" chiese, studiandola con uno sguardo perplesso.

L'umana annuì leggermente, chiudendo gli occhi e cercando di calmarsi. Si sarebbe potuto insospettire, se non gli avesse dato una buona spiegazione per quelle lacrime. A meno che...

Aprendo gli occhi, lo guardò, senza più preoccuparsi del luccichio. "Mi manca tanto la mia famiglia" confessò, ed era vero. In quel momento, desiderò disperatamente di poter tornare bambina, di stare al sicuro nella casa dei genitori, con la madre che preparava la zuppa di pollo con le palle di matzah e il padre che leggeva un giornale sul divano. Voleva riportare indietro le lancette dell'orologio e tornare all'ultimo decennio, al periodo prima che la gente sapesse dell'esistenza della vita su altri pianeti—e prima che il pianeta appartenesse a loro. Al periodo in cui non aveva ancora incontrato l'alieno che la stava fissando con i suoi begli occhi color ambra— l'amante che lei non aveva avuto altra scelta che tradire.

Korum sembrò accettare quella spiegazione. "Mia" disse lentamente, lasciandole andare il mento: "Li rivedrai presto, te lo prometto. Sto per terminare la mia attività qui, e poi ti porterò da loro—"

"Non li ho nemmeno avvisati che non sarei andata" disse Mia, con la voce carica di lacrime. "Mi aspettano questo sabato, e il mio biglietto aereo non è rimborsabile—"

Sembrava esasperato. "Ti preoccupi dei soldi ora? Ti rimborserò il prezzo del biglietto—"

"L'hanno acquistato i miei genitori."

"Ok, allora li rimborserò." Facendo un respiro profondo, aggiunse: "Mia, non c'è bisogno che ti preoccupi di queste cose quando sei con me. Mi prenderò sempre cura di te e della tua famiglia—non dovrai più stressarti per i soldi. So che le finanze dei tuoi genitori sono strette, e sarei più che felice di aiutarli finanziariamente—o in qualunque altro modo."

Mia inghiottì un singhiozzo, sentendosi come se un pugno di ferro le stesse schiacciando il cuore. Per quanto quell'affermazione suonasse arrogante e presuntuosa, non aveva dubbi circa la sincerità dell'offerta. "Gr-grazie" sussurrò, con voce rotta: "È molto... generoso da parte tua—"

"Mia" disse piano: "Sei importante per me, ok?

Voglio che tu sia felice con me, e farò il possibile per far sì che sia così."

Ogni sua parola sembrava trafiggerla con un coltello, finché non riuscì più a trattenersi. Seppellendo il viso nel cuscino, si allontanò da lui e scoppiò a piangere, con tutto il corpo scosso dalla potenza dei singhiozzi.

"Mia?" La sua voce sembrò incerta per la prima volta da quando l'aveva conosciuto. "Che cosa... Perché piangi?"

Pianse ancora di più. Non poteva dirgli la verità, e il senso di colpa era come l'acido nel petto, che la consumava dall'interno.

Toccandole la schiena, la accarezzò con fare rilassante, mormorandole parole di affetto. Vedendo che non sembravano aiutare, la tirò tra le sue braccia, lasciando che seppellisse il viso nella cavità del suo collo, lasciandola piangere mentre le accarezzava i capelli.

Così, Mia pianse. Pianse per se stessa, per lui e per la relazione che non avrebbe mai potuto esistere... anche se non fosse stato il nemico che lei aveva spiato.

Qualche minuto dopo, quando i singhiozzi cominciarono a calmarsi, si allungò da qualche parte e le porse un fazzoletto, lasciando che si asciugasse il viso e soffiasse il naso, prima di chiederle nuovamente: "Perché?"

Mia lo guardò, con la vista ancora appannata dalle lacrime. La piena verità era fuori discussione, naturalmente, ma poteva dirgli una cosa che la tormentava da un po'. "Questo non è giusto" sussurrò, con la voce roca per le lacrime residue. "Io, te—non è giusto, non è naturale... E non può durare—"

"Perché no?" disse piano. "Può durare finché lo vogliamo."

"Tu non sei umano" disse, guardandolo con incredulità. "Come potrebbe mai funzionare tra noi?"

Esitò un secondo e poi disse, togliendole delicatamente i capelli dal viso: "Può durare—fidati, tesoro. Non posso dirti di più ora, ma ne riparleremo... quando sarà il momento."

Mia sbatté le palpebre dalla sorpresa, fissandolo. Non se lo aspettava. Voleva dire che c'era un modo per poter stare insieme... come coppia effettiva? Le implicazioni di ciò erano troppo grandi per poter essere contemplate in quel momento, con la testa che le pulsava e la mente a malapena funzionante dopo quella tempesta emozionale.

Si allontanò e poi scese dal letto. "Ti porterò qualcosa per farti stare meglio" disse, e se ne andò.

Mia guardò la porta, soffocando una risata isterica al pensiero che quella stava diventando una ricorrenza notturna. Sperava solo che non le avrebbe riportato quel tubetto.

Tornò con un bicchiere pieno di un liquido lattiginoso e glielo porse.

"Che cos'è?" gli chiese, annusandolo con sospetto. Non aveva alcun odore.

Le sorrise, mostrando la fossetta. "Non è veleno, te

lo giuro. È solo qualcosa per aiutarti a dormire meglio e a sbarazzarti del mal di testa."

Come faceva a sapere che le faceva male la testa? Mia sbatté di nuovo le palpebre.

Come se potesse leggerle nel pensiero, disse: "So come si sentono gli umani dopo aver pianto. Questa bevanda è stata pensata per aiutare in caso di raffreddore o influenza, ma non ha effetti collaterali dannosi, quindi puoi berla e sentirti meglio."

Mia annuì e assaggiò il liquido. Era anche insapore; se non fosse stato per il colore, avrebbe pensato che stesse bevendo acqua. Si sentiva disidratata, così bevve volentieri l'intero bicchiere. Quasi immediatamente, la dolorosa pressione intorno alle tempie si allentò, e la sensazione di naso chiuso scomparve. Un altro farmaco K che faceva miracoli, a quanto pareva.

"Perché hai tutti questi medicinali per gli esseri umani?" gli chiese, con quel pensiero che le venne in mente solo ora. "Li usi anche per te?"

Scosse la testa, sorridendo. "No, sono specifici per gli umani. Noi abbiamo altri modi per guarire."

"Allora, perché ce li hai?" insistette Mia.

Scrollò le spalle. "Sapevo che sarei vissuto in mezzo agli umani e che avrei interagito con loro. Aveva senso averne alcuni a portata di mano in caso di emergenza."

Interagire con gli umani nel suo appartamento? All'improvviso, Mia sentì uno spiacevole accenno di gelosia al pensiero che altre donne fossero state lì, in quel letto. Naturalmente non era sorprendente; era un maschio sano, attraente e con una forte carica erotica—

sarebbe stato perfettamente normale per lui aver avuto altre partner sessuali prima di lei, sia umane che K.

O, perlomeno, questo è quello che disse a se stessa. Il mostro con gli occhi verdi all'interno rifiutava di sentire ragioni.

Qualcosa dei suoi pensieri doveva essere evidente sul viso, perché le disse dolcemente: "E no, nessuna di queste interazioni è stata con donne umane negli ultimi mesi—sicuramente nessuna da quando ti ho incontrata."

"E con le donne di K?" sbottò, per poi maledirsi mentalmente. Non aveva il diritto di essere gelosa, dopo quello che aveva fatto. Era il suo nemico, e lo aveva trattato come tale. Era assurdo sentirsi così sollevata che ora fosse l'unica donna della sua vita. I loro giorni insieme erano contati, e non avrebbe dovuto importare se Korum le fosse stato fedele o se avesse scopato centinaia di donne il mese prima. Eppure, in qualche modo, le importava—e le importava molto.

"Nessuna da quando ti ho incontrata" disse, sorridendo. Sembrava compiaciuto della sua gelosia, e Mia stava per scoppiare nuovamente a piangere. Facendo un respiro profondo, si controllò con un enorme sforzo. Una seconda ondata di lacrime sarebbe stata ancora più difficile da spiegare.

"Andiamo a dormire, ok?" le suggerì. "Sembri ancora stressata, e probabilmente ti sentirai meglio domani mattina."

Mia annuì e si sdraiò, coprendosi con la coperta.

Korum seguì il suo esempio, tirandola a sé finché non si ritrovavano nella sua posizione preferita del cucchiaio.

Contro ogni probabilità, Mia si addormentò non appena chiuse gli occhi, sentendosi confortata dal calore del corpo dell'extraterrestre avvolto intorno a lei.

CAPITOLO VENTUNO

ercoledì mattina, Mia si svegliò con un senso di terrore nello stomaco.

Oggi avrebbe dovuto dire ai suoi genitori che sabato non sarebbe andata a trovarli. Non aveva ancora trovato un buon motivo per spiegare il ritardo, specialmente dal momento che lunedì doveva iniziare il tirocinio al campo.

E se Korum avesse scoperto il suo coinvolgimento in quello che di lì a poco sarebbe accaduto nelle colonie K, allora quella avrebbe potuto essere l'ultima volta in cui avrebbe parlato con la sua famiglia. Ciò rendeva ancor più imperativo che desse un'immagine allegra e positiva oggi, in modo da non far preoccupare i suoi genitori prematuramente. Sarebbe stato meglio lasciare solo buoni ricordi, una volta scomparsa dalle loro vite.

A quel pensiero, quelle stupide lacrime minacciarono nuovamente di uscire, e Mia fece un respiro profondo per controllarsi. Non aveva tempo per quello ora; doveva ancora scrivere l'ultimo saggio. Anche se non aveva senso preoccuparsi per una cosa così banale vista la situazione precaria, non scrivere quel saggio sarebbe equivalso a cedere—e una piccola parte di Mia continuava a sperare che ci fosse una luce alla fine di quel tunnel, che qualche parvenza di una vita normale sarebbe stata ancora possibile, se fosse sopravvissuta alle settimane successive.

Aggrappandosi a quel pensiero, la ragazza si trascinò fuori dal letto e si diresse verso la doccia. Korum non era in casa, e pensò che stesse fuori a fare quello che normalmente faceva durante il giorno. Probabilmente aveva qualcosa a che fare con il monitoraggio dei combattenti della Resistenza, ma non poteva saperlo con certezza. Facendo una rapida colazione, si diresse verso la biblioteca, sperando di riuscire a concentrarsi meglio lì.

La giornata era bellissima e soleggiata—perfetta per il suo umore cupo. In circostanze normali, avrebbe fatto una piacevole passeggiata, ma aveva poco tempo a disposizione, così prese un taxi. Soggiornando da Korum e consumando quasi tutti i pasti con lui, Mia era piena di soldi per la prima volta nella sua carriera universitaria. La borsa di studio per studenti che contribuiva a pagare le lezioni e i libri le forniva anche un'indennità minima per il cibo e le altre spese correnti, ma di solito era appena sufficiente per la sopravvivenza. Mangiare ai ristoranti o prendere un taxi erano lussi che normalmente non poteva permettersi, ed era bello poter spendere ora che non doveva preoccuparsi troppo per il costo del cibo.

La biblioteca era affollata. Quasi tutti gli studenti della NYU erano lì, intenti a prepararsi per gli esami e a scrivere saggi. Certo, pensò Mia, era la settimana degli esami. Sarebbe dovuta rimanere nel confortevole studio che Korum aveva preparato per lei, ma voleva passare un po' di tempo in un luogo in cui niente le rammentasse il caos che la sua vita era diventata.

Dopo aver vagato per ben quindici minuti, finalmente trovò una sedia comoda, che era appena stata liberata da un ragazzo con i capelli rossi che sembrava avere dodici anni. Occupandola prima che qualcun altro vedesse il suo trofeo, Mia sorrise tra sé e sé. Non che lei fosse vecchia, ma alcune matricole le sembravano davvero troppo giovani.

Cinque ore dopo, finì di scrivere l'ultima frase e salvò il lavoro. Doveva ancora rileggere quel dannatissimo saggio, ma la maggior parte del lavoro era finita. Raccogliendo le cose, lasciò la biblioteca e tornò nel suo appartamento, sperando di vedere Jessie e avere la possibilità di parlare con i suoi genitori.

Jessie non era in casa quando arrivò, quindi rimanevano solo i genitori. Facendo un respiro profondo, Mia accese il computer, e si preparò ad essere positiva e spensierata come qualsiasi altra studentessa universitaria che avesse quasi finito con la settimana degli esami.

"MIA! TESORO, COME STAI?" La madre era in perfetta forma, con gli occhi azzurri brillanti dall'emozione e un enorme sorriso sul viso.

Mia ricambiò il sorriso. "Ho quasi finito! Devo solo rileggere l'ultimo saggio, e poi l'anno scolastico sarà ufficialmente finito per me" disse Mia, mantenendo la voce intenzionalmente allegra.

"Oh, è fantastico!" esclamò sua madre. "Non vediamo l'ora di rivederti questo fine settimana! Verranno anche Marisa e Connor domenica, e ci sarà una grande cena. Preparerò tutti i tuoi piatti preferiti. Ho già comprato alcune uova e perfino il formaggio di capra—"

"Mamma" la interruppe Mia, sentendosi morire dentro: "C'è una cosa che devo dirti..."

La madre si fermò un attimo, sembrando perplessa. "Che cosa c'è, tesoro?"

Mia fece un respiro profondo. Non sarebbe stato facile. "Un professore mi ha chiesto un grande favore questa settimana" disse lentamente, dopo aver trovato una storia semi-plausibile da raccontare negli ultimi minuti. "C'è un programma qui alla NYU, in cui gli studenti di psicologia passano e trascorrono un po' di tempo con i ragazzi svantaggiati delle scuole superiori dei quartieri più difficili..."

"Uh-uh" disse sua madre, con un leggero cipiglio sul volto.

"È un programma straordinario" mentì Mia. "Questi ragazzi non hanno nessuno che li aiuti a capire cosa fare della propria vita, se andare all'università o meno, come fare domanda, se decidessero di andare... E come sai, è esattamente quello che voglio fare—offrire quel genere di consulenza..."

Il cipiglio della madre si fece più accentuato.

Mia si affrettò con la sua spiegazione. "Beh, non sapevo del programma, ma questa settimana ho parlato con il mio professore, menzionando il mio interesse per la consulenza. Così, mi ha parlato di questo programma, dicendomi che stava disperatamente cercando un volontario che lo aiutasse per una settimana o due quest'estate—"

"Ma devi tornare a casa sabato" disse sua madre, sempre più triste. "Quando potresti farlo?"

"Beh, è questo il problema" disse Mia, detestandosi per tutte quelle bugie: "Non credo di poter tornare a casa questo fine settimana, non se accetterò questo programma—"

"Che cosa? Che cosa vuol dire che non puoi tornare a casa questo fine settimana?" Sua madre era livida ora. "Hai già il biglietto e tutto il resto! E il tuo tirocinio al campo? Non dovrebbe cominciare lunedì?"

"Ho già parlato con il direttore del campo" mentì Mia nuovamente. "Per lui non è un problema posticipare la mia data di inizio di due settimane. Ho spiegato tutta la situazione, ed è stato molto comprensivo. E il professore ha detto che mi rimborserà il costo del biglietto e che me ne comprerà un altro per sostituirlo—"

"Beh, è il minimo che possa fare! Che dire dei soldi che avresti dovuto guadagnare durante le due settimane del tirocinio?" disse sua madre con rabbia. "E del fatto che non ti vediamo da marzo? Come ha potuto chiederti di fare una cosa simile, all'ultimo momento?"

"Mamma" disse Mia in tono di supplica: "È una straordinaria opportunità per me. È esattamente quello che voglio fare per quanto riguarda la carriera, e farà aumentare le mie possibilità di frequentare un master. Inoltre, il professore ha detto che mi scriverà una bellissima lettera di referenze, se lo farò—e sai quanto sono importanti per me le domande di master..."

Sua madre sbatté rapidamente le palpebre, e nel suo sguardo Mia scorse un luccichio sospetto. "Certo" disse con voce carica di delusione: "So quanto sono importanti... Solo che eravamo così felici di rivederti sabato, e adesso questo—"

Ogni parola di sua madre sembrava un coltello conficcato nell'intestino di Mia. "Lo so, mamma, mi dispiace davvero" disse, sbattendo le palpebre per trattenere le proprie lacrime. "Ci rivedremo tra un paio di settimane, ok? Non sarà così male, vedrai..."

Sua madre tirò su col naso. "E così, niente cena di famiglia domenica, credo."

Mia scosse la testa con rammarico. "No... ma ne faremo una tra due settimane, d'accordo? Cucinerò io e farò tutto il resto—"

"Oh, per favore, Mia, non sei affatto capace!" disse sua madre, ma un sorrisetto apparve sul suo volto. "Non ho mai conosciuto nessuno che non sapesse far bollire l'acqua—"

"So farlo ora" disse Mia sulla difensiva. "Vivo sola da tre anni, lo sai, e so preparare anche il riso—"

Il sorrisetto si trasformò in un sorriso pieno. "Wow, riso? È un *bel* progresso" disse sua madre con una risata appena contenuta. "Non so proprio come farai, quando conoscerai qualcuno..."

"Oh, mamma, ti prego" mugolò Mia.

"È vero, lo sai. Agli uomini piace ancora quando una donna sa preparare un buon pasto e tenere in ordine la casa—"

"Fare il bucato, essere una brava schiava domestica, eccetera" concluse Mia, alzando gli occhi. Sua madre era incredibilmente all'antica a volte.

"Esattamente. Ascolta: a meno che non trovi un ragazzo che ami cucinare, sarai costretta a mangiare fuori per il resto della tua vita" disse sua madre profeticamente.

Mia si strinse nelle spalle, mordendosi l'interno della guancia per evitare di scoppiare in una risata semi-isterica. L'ironia stava nel fatto che aveva effettivamente trovato un ragazzo del genere—solo che non era umano. Si chiese che cosa avrebbe detto sua madre, se le avesse parlato di Korum. *È fantastico: ama cucinare e fa anche il bucato per entrambi. C'è solo un piccolo problema—è un alieno che beve sangue.* No, probabilmente non sarebbe stata una buona idea.

"Mamma, non preoccuparti per me, ok? Andrà tutto bene." Perlomeno, sperava sinceramente che fosse così. "Ci rivedremo presto, e forse cercherò di imparare davvero a cucinare quest'estate. Che ne dici?" Mia rivolse a sua madre un bel sorriso, cercando di risparmiarsi altre ramanzine.

Sua madre scosse la testa per rimproverarla e sospirò. "Certo. Dirò a tuo padre che cos'è successo. Sarà così deluso..."

Mia si sentì di nuovo malissimo. "Dov'è?" chiese, volendo parlare anche con suo padre.

"Sta fuori a riparare l'auto. Quella maledetta si è rotta di nuovo. Dovremmo davvero comprarne un'altra... forse l'anno prossimo."

Mia annuì, mostrandosi comprensiva. Sapeva che la situazione finanziaria dei genitori non era la migliore ultimamente. Sua madre era in un momento di transizione lavorativa. Essendo un'insegnante di scuola elementare, era molto richiesta. Tuttavia, la scuola privata dove aveva insegnato negli ultimi otto anni aveva chiuso di recente, facendo perdere a molti insegnanti il proprio posto, e tutti avevano fatto domanda per le stesse poche disponibilità nelle scuole pubbliche locali. Suo padre—un professore di scienze politiche presso l'università locale—ora sosteneva la famiglia solo con il suo stipendio, e dovevano fare attenzione con le spese più grandi, come una nuova auto. In generale, la sua famiglia, come molti altri americani della classe media con il piano di pensionamento 401(k), aveva sofferto durante il Crollo K—l'enorme crollo del mercato azionario avvenuto con l'arrivo dei Krinar. A un certo punto, il Dow aveva perso quasi il novanta percento del proprio valore, e solo un anno fa i mercati si erano ripresi completamente.

"Va bene" disse Mia: "Cercherò di ricollegarmi più tardi, per vedere se posso parlare con papà."

"Chiama anche Marisa" disse sua madre. "So che non vedeva l'ora di rivederti domenica."

Mia annuì. "Lo farò sicuramente."

La madre sospirò di nuovo. "Beh, ci risentiremo presto."

"Ti voglio bene, mamma" disse Mia, sentendosi come se avesse il petto stretto in una morsa. "Spero che lo sappiate. Tu e papà siete i migliori genitori del mondo."

"Naturalmente" disse sua madre, sembrando un po' perplessa. "Anche noi ti vogliamo bene. Torna presto, ok?"

"Lo farò" disse Mia, lanciando un bacio verso lo schermo del computer, e terminò la conversazione.

Sua sorella sarebbe stata la prossima. Per la prima volta, era davvero raggiungibile su Skype.

"Ehilà, sorellina! Che cos'è questo messaggio che ho ricevuto da mamma sul fatto che non tornerai a casa?"

Mia non vedeva sua sorella da quando era rimasta incinta, ed era sorpresa di vedere Marisa pallida e magra, invece di avere quella luminosità dovuta alla gravidanza di cui aveva sempre sentito parlare.

"Marisa!" esclamò. "Che succede? Non sembri star bene. Sei malata?"

Sua sorella fece una smorfia. "Se avere la nausea può essere definita malattia, allora sì. Vomito costantemente" si lamentò. "Non riesco a tenere giù il cibo. In realtà, ho perso due chili da quando sono rimasta incinta—"

Mia ansimò dallo shock. Due chili erano tanti per qualcuno come sua sorella. Pur essendo un po' più alta e formosa di Mia, Marisa aveva le ossa piccole, con il peso normale che oscillava tra i 50 e i 52 chili. Ora sembrava troppo esile, con gli zigomi eccessivamente prominenti sul viso solitamente grazioso.

"—e il mio medico non è contento di questo."

"Certo che non lo è! Ha detto che cosa dovresti fare?"

Marisa sospirò. "Ha detto che devo riposare di più e che devo cercare di non stressarmi. Quindi, lavorerò da casa oggi, preparando le mie lezioni per la settimana prossima, e mi faranno sostituire da qualcuno per qualche giorno."

"Oh mio Dio, povera te" esclamò Mia con fare comprensivo. "Che schifo. Non puoi mangiare qualcosa, come i cracker o del brodo?"

"È di quelli che mi nutro ultimamente. Beh, di quelli e dei sottaceti." Marisa le rivolse un sorrisetto. "Per qualche ragione, non riesco a smettere di mangiare quei sottaceti israeliani—sai, quelli piccoli e croccanti?"

Mia annuì, soffocando un sorriso. Sua sorella era sempre stata una fan dei sottaceti, quindi non era affatto sorprendente che ne andasse pazza durante la gravidanza.

"Comunque, basta parlare dei miei problemi di stomaco... Tu cosa mi racconti? Perché non verrai sabato? Eravamo tutti pronti ed emozionati all'idea che saresti venuta, non vedevo l'ora di rivedere te e i nostri genitori—"

Mia fece un respiro profondo e ripeté tutta la storia a Marisa. Stava diventando così brava a mentire che riusciva quasi a credere a se stessa. Forse avrebbe dovuto iniziare un programma simile alla NYU l'anno seguente—sempre se fosse stata ancora viva e avesse continuato a frequentare quella scuola, naturalmente.

Sua sorella ascoltò tutto con un'espressione vagamente incredula. E poi, chiese: "È carino il professore?"

Con orrore, Mia sentì le guance avvampare. "Che cosa? No! È vecchio e ha figli!"

"Uh-uh" disse Marisa. "Quindi, dovrei pensare che tu sia disposta a fare qualcosa del genere per un professore brutto? Solo per abbellire il tuo curriculum?" Scosse leggermente la testa. "No, non capisco proprio." Un sorriso malizioso apparve sul suo viso, e domandò: "Quanti anni ha?"

Mia maledisse le sue scarse doti di recitazione. Ora Marisa probabilmente avrebbe detto ai genitori che Mia si era presa una cotta per il suo professore. Cercò di immaginare che le piacesse il Professor Dunkin in quel modo e rabbrividì. Tra i capelli stempiati e la saliva giallastra che appariva spesso agli angoli della bocca quando parlava, probabilmente era uno degli individui meno attraenti che avesse mai incontrato.

"È vecchio" disse Mia con fermezza. "E poco attraente."

Marisa sorrise, imperterrita. "Ok, allora chi è?" Insistette. "Ti conosco, sorellina... e stai nascondendo qualcosa. Se non è il professore vecchio e poco attraente il motivo per cui rimarrai a New York, allora qual è?"

"Niente" disse Mia. "Non c'è nessun uomo nella mia vita... lo sai." E non stava mentendo. Non c'era alcun uomo umano—solo un extraterrestre della varietà maschile. Che era anche vecchio—molto più di quanto sua sorella avrebbe mai potuto immaginare.

"Oh, per favore, allora perché ti comporti in modo così strano? Sei un po' strana ultimamente" disse Marisa, scrutandola minuziosamente. "Mia... c'è qualcosa che non va?"

Mia scosse la testa e maledisse tra sé e sé l'intuizione da sorella di Marisa. Era stato molto più facile ingannare sua madre. "No, va tutto bene. Sono solo stressata, sai, con gli esami e tutto il resto..."

"Uh-uh" disse Marisa: "Hai avuto esami negli ultimi tre anni, e non è mai stato così. Vedo che non sei tu, Mia. Sputa il rospo... che cosa sta succedendo?"

Mia scosse di nuovo la testa e provò a mostrarsi tutta sorridente. "Niente! Non so di cosa stai parlando —non c'è assolutamente niente che non vada. Ho appena avuto una fantastica opportunità per una preziosa esperienza di lavoro, e la sto sfruttando. Ci rivedremo presto, tra un paio di settimane. Non c'è niente di cui preoccuparsi—"

"Hai già comprato i biglietti?" la interruppe Marisa. "Sai già quando partirai?"

"Non ancora" ammise Mia. "Lo saprò presto. Il professore ha detto che mi comprerà un nuovo biglietto aereo, quindi non c'è nulla di cui preoccuparsi—"

"Non c'è nulla di cui preoccuparsi? Mia, capisco quando stai mentendo" disse Marisa, guardandola storto. "Non fa per te. Sei sempre stata una brava ragazza, non hai mai avuto capacità nell'ingannare me o i nostri genitori. Non hai nemmeno mai marinato la scuola per intrufolarti a una festa durante la scuola superiore..."

Mia si morse il labbro. Come faceva Marisa ad essere così attenta? Era un problema grosso. Forse se le avesse detto una parziale verità...

"E va bene" disse Mia, scegliendo le parole con attenzione. "Diciamo che c'è qualcosa di vero in quello che stai dicendo... Se te lo dico, prometti di non dirlo a mamma e papà? Si preoccuperebbero, e non ce n'è affatto bisogno—"

Marisa la guardò, socchiudendo gli occhi azzurri per riflettere. "Ok" disse lentamente: "Puoi sempre parlare con me, sorellina, lo sai. Manterrò il tuo segreto... ma solo se non è qualcosa di pericoloso per la tua vita che loro dovrebbero sapere."

In realtà, *era* qualcosa di pericoloso per la sua vita, ma i genitori non dovevano assolutamente saperlo. Mia sospirò. Dal momento che aveva intrapreso quella strada, tanto valeva rivelare qualcosa a sua sorella;

altrimenti tutta la famiglia sarebbe entrata nel panico nel giro di mezz'ora.

Facendo un respiro profondo, Mia disse: "Hai ragione. Ho conosciuto qualcuno—"

"Lo sapevo!" gridò trionfalmente Marisa.

"—e non è esattamente qualcuno con cui saresti felice di vedermi."

Marisa la fissò, sorpresa. "Perché? Chi è? Un altro studente?"

Mia scosse la testa. "No, è questo il problema. È più grande, e non è esattamente la persona adatta come fidanzato."

"Stiamo parlando del professore ora?" chiese Marisa, confusa.

"No, il professore è solo il professore. È qualcun altro. In realtà, è il dirigente di una società tecnologica" mentì Mia, cercando di avvicinarsi il più possibile alla verità. "L'ho incontrato nel parco un giorno, e andiamo a letto insieme—"

"Che cosa?" Sua sorella rimase a bocca aperta dall'incredulità. "È sposato? Ha figli?"

"No, e no. Ma so che è solo uno scappatina temporanea per lui, quindi non volevo proprio entrare nei dettagli con te e con mamma e papà..."

Mentre Mia parlava, sul viso di Marisa apparve lentamente un grande sorriso. "Una scappatina? Wow. Quando la mia sorellina decide di perdere la verginità, lo fa con stile! Un dirigente, nientemeno..."

Mia si strinse nelle spalle, cercando di sembrare indifferente.

"Come si chiama?"

"Uh, preferirei non dirlo" mormorò Mia. "Partirà tra un paio di settimane, e non c'è motivo di discuterne—"

"Partirà per andare dove?"

"Uhm... Dubai." Mia non sapeva come mai avesse scelto quella città in particolare, ma le sembrava adatta alla storia.

"Dubai? Proviene da lì?" La curiosità di sua sorella non conosceva limiti.

Mia sospirò. "Marisa, ascolta, è davvero inutile discuterne. Partirà, e finirà lì."

Sua sorella piegò la testa di lato, studiando il viso di Mia. "E ti sta bene, sorellina?" chiese con calma. "Che il tuo primo amore ti lasci così?"

Mia distolse lo guardo, cercando di nascondere le lacrime negli occhi. "Deve andare, Marisa. Non ha altra scelta. Non importa se mi stia bene o meno."

"Certo che importa" disse Marisa. "Credi che ti ami? O sei solo una bella ragazza del college con cui va a letto mentre è a New York?"

Mia alzò le spalle. "Non lo so. Penso che mi ami un po'."

"Ma non abbastanza da rimanere?"

"No, non può rimanere" disse Mia. "E non importa. Non siamo fatti l'uno per l'altra. La relazione è stata segnata sin dall'inizio."

"Perché l'hai iniziata allora?" chiese Marisa, sembrando sconvolta. "È davvero bello? Ti ha fatto prendere la testa?"

Mia annuì. "È stupendo, intelligente, e sa molto di

tutto..." Quelle erano tutte affermazioni vere. "E mi ha portata in tutti i ristoranti più raffinati e agli spettacoli di Broadway—"

"Wow, Mia" esclamò Marisa, sembrando invidiosa per la prima volta in vita sua: "Sembra un ragazzo da favola."

Mia sorrise. "È anche un ottimo cuoco, e fa il bucato—"

"Oh mio Dio, dove hai trovato questo modello?"

"Vedi? A mamma verrebbe un infarto, se lo sapesse."

E le sorelle si sorrisero a vicenda, comprendendosi alla perfezione.

Poi, Marisa si fece di nuovo seria. "Allora, perché non può funzionare tra voi? Sembra perfetto. Ha qualche grosso difetto caratteriale che non riesci a sopportare?"

"Beh, è molto prepotente e presuntuoso" confessò Mia. "Quindi, è sicuramente un problema. E nel Paese da cui proviene, non vedono necessariamente, uhm, le donne... come uguali, se capisci cosa intendo dire." Quella era la cosa più vicina alla verità.

Marisa sgranò gli occhi, capendo tutto. "Ohhh, è uno di quei tipi del Medio Oriente? Con un harem e tutto il resto... che esigono che le loro donne siano coperte dalla testa ai piedi?"

Mia si strinse nelle spalle. "Qualcosa del genere. Quindi, non sarebbe mai durata. Veniamo da mondi molto diversi." Mia intendeva in senso letterale, ma Marisa non doveva saperlo.

"Wow, sorellina." Marisa la guardava con un

rinnovato rispetto. "Devo dire che mi hai sorpresa. Nessun noioso ragazzo universitario per te... oh no— hai puntato verso i pezzi grossi. Uno sceicco di Dubai, eh?"

Mia arrossì. "Non è uno sceicco, solo un dirigente."

"Wow." La sorella sembrava ancora sorpresa. "E così, ti ha regalato gioielli preziosi?"

Mia sorrise. Sua sorella era fin troppo prevedibile a volte. Anche se conduceva una vita semplice, Marisa sicuramente apprezzava le cose più belle della vita— hotel lussuosi, vestiti firmati, accessori eleganti.

"Mi ha comprato un guardaroba completamente nuovo della Saks Fifth Avenue" ammise Mia. "Non gli piacevano i miei vecchi indumenti—"

"OH MIO DIO, DELLA SAKS?" Il grido di Marisa le perforò il timpano. "Dici sul serio? Devi prestarmi qualcosa, quando vengo!"

Mia rise. "Certo! Qualunque cosa vuoi, è tua."

"Oh cazzo, non importa" disse Marisa. "Mi sono appena resa conto che presto non sarò in grado di prendere in prestito nulla da nessuno—specialmente dalla mia sorellina. Tra un paio di mesi, sarò un ippopotamo."

"Oh, per favore" disse Mia, ridendo all'idea della sorella simile a un ippopotamo. "Somiglierai a una di quelle attrici di Hollywood—tutta normale, solo con un po' di pancia."

Marisa rabbrividì. "Lo spero. Ma devo ammettere che finora la gravidanza non è stata affatto come l'avevo immaginata."

Mia le rivolse un'occhiata comprensiva. "Che brutto. Tieni duro, ok? Solo qualche altro mese, e poi avrai un bel bambino..."

Marisa le sorrise. "È vero. Anche tu, sorellina, tieni duro, va bene? Chiamami, se vuoi ancora parlare di Mr. Bellissimo. E prometto di non dire niente a mamma e papà. Hai ragione—si preoccuperebbero inutilmente. È meglio parlare di queste cose con tua sorella."

Mia sorrise a trentadue denti e disse: "Lo penso anch'io. Ti voglio bene. Saluta Connor da parte mia, ok?"

"Lo farò" disse Marisa, e si scollegò con un ultimo saluto.

RILASSATA, Mia fissò lo schermo vuoto del computer. Aveva mentito alla sua famiglia, ma almeno era riuscita a impedire che impazzissero del tutto. In qualche modo, la conversazione con Marisa era stata terapeutica. Anche se non aveva potuto rivelarle tutta la verità, era riuscita a condividere dettagli a sufficienza da sentirsi molto meglio per la situazione. L'orecchio non-giudicante e comprensivo di Marisa era stato esattamente quello di cui aveva avuto bisogno a un certo punto.

Ora doveva finire di rileggere il saggio—e poi avrebbe completato tutto quello che si era ripromessa di fare quel giorno.

CAPITOLO VENTIDUE

Ora che aveva finito di studiare, Mia non aveva idea di cosa fare. Svegliandosi giovedì mattina, inviò i saggi su internet e decise di fare una passeggiata a Central Park. Korum se n'era di nuovo andato via presto quella mattina, prima che lei si svegliasse, quindi sarebbe stata sola per il resto della giornata. Scrisse a Jessie, ma la compagna di stanza aveva l'esame di Calcolo nel pomeriggio ed era in preda al panico. Mia voleva che ci fosse qualcun altro con cui uscire, solo per evitare di essere sola con i propri pensieri, ma la maggior parte degli altri studenti era troppo impegnata a fare le valigie per l'estate o era ancora nel bel mezzo degli esami.

Durante la metà di maggio, il tempo di New York era solitamente molto imprevedibile. Quell'anno, sembrava che l'estate fosse iniziata presto, e la temperatura quel giorno sfiorava i venticinque gradi. Mia indossò volentieri uno dei suoi nuovi abiti primaverili: un semplice tubino di cotone blu e un paio di sandali rossi, comodi ed eleganti al contempo. Poi, si diresse verso le orde dei newyorkesi e dei turisti che erano usciti per godersi il parco.

Era difficile credere che solo un mese fa Mia aveva passeggiato lì da sola, senza una conoscenza diretta dei K, pensando solo al saggio di Sociologia. Non aveva ancora incontrato Korum, e non aveva idea di quale drastica svolta avrebbe preso la sua vita nei minuti successivi. Che cosa sarebbe successo, se quel giorno non si fosse seduta su quella panchina? Ora avrebbe fatto le valigie per tornare a casa il prossimo sabato?

Come se i suoi piedi avessero una mente propria, Mia si ritrovò a camminare verso Bow Bridge, il luogo del suo primo incontro ravvicinato. A differenza dell'ultima volta, il piccolo ponte era pieno di gente oggi, tutta presa a scattare foto della vista pittoresca. Mia trovò un posto su una panchina accanto a una giovane coppia e si mise a leggere l'ultimo thriller bestseller—cosa che aveva tempo di fare solo quando non era occupata con la scuola.

Mezz'ora dopo, la coppia andò via, e Mia ottenne l'intera panchina per sé. Prima che potesse averla a lungo, però, sentì qualcuno gridare il suo nome. Sorpresa, sollevò la testa e vide una giovane donna con un paio di jeans strappati e una maglietta bianca senza maniche, che si stava avvicinando alla panchina. I suoi capelli corti color sabbia erano arruffati, come quelli di un ragazzo, e aveva le braccia muscolose. Era Leslie, la ragazza che aveva visto una volta con John—una dei combattenti della Resistenza.

"Ehi Mia" le disse: "Ti dispiace se mi unisco un attimo a te?" Senza aspettare una risposta, si sedette sulla panchina.

"Certo" disse Mia, con fare un po' rude. Leslie non era la sua persona preferita, e in realtà non aveva voglia di parlare con nessuno in quel momento. Aveva portato a termine la propria missione, e tutto ciò che voleva era essere lasciata in pace.

"Ascolta" disse Leslie, con un tono molto più amichevole rispetto a prima: "So che siamo partite col piede sbagliato. Volevo solo ringraziarti per quello che hai fatto e darti una cosa da parte di John." Aveva in mano un piccolo oggetto ovale che somigliava vagamente a un telecomando per il garage o a una chiave per auto automatica.

"Che cos'è?" chiese Mia con cautela, senza prenderlo.

"È un'arma" rispose Leslie. "Un'arma che potrai utilizzare per proteggerti, nel caso in cui Korum scopra che cos'è successo prima che noi abbiamo la possibilità di neutralizzarlo."

"Neutralizzarlo?"

Leslie sospirò. "Come hai richiesto, cercheremo di catturarlo vivo, in modo che possa essere riportato su Krina. Non sarà facile, ma faremo del nostro meglio."

Mia deglutì. "Che cosa... uhm, quando lo farete?"

"Non possiamo farlo prima che abbassino le difese, e l'attacco ai Centri K è in preparazione. Potrebbe riuscire ad avvisarli, o ad ottenere rinforzi, se provassimo a prenderlo ora, quindi non possiamo rischiare. Dobbiamo agire quasi simultaneamente. Non è l'unico. Ci sono altri K fuori dai loro Centri in questo momento. Non appena sapranno dell'attacco alle loro colonie—e lo scopriranno quasi immediatamente—si uniranno alla lotta. Ma non sono in zone remote—sono nelle nostre città, vicino ai nostri centri governativi. Se capiranno che abbiamo infranto il trattato, ci attaccheranno—e molte vite civili verranno spezzate, prima di poterli fermare. Quindi, dobbiamo pianificare tutto con molta attenzione, altrimenti ci sarà un bagno di sangue."

Sarebbe stato terribile, pensò Mia. Davvero terribile. Non aveva riflettuto su quell'aspetto—altri K vivevano, come Korum, tra gli esseri umani per qualche motivo. Forte, veloce e armato con la tecnologia K, anche un solo individuo avrebbe potuto infliggere una quantità enorme di danni alla popolazione umana. Cercò di immaginare Korum combattere per proteggere la propria specie, e rabbrividì a quel pensiero. Un breve assaggio della sua rabbia in quel locale era stato spaventoso. Non aveva dubbi sul fatto che potesse essere davvero brutale, se l'occasione lo avesse richiesto.

Rivolgendo nuovamente l'attenzione al piccolo oggetto, Mia chiese: "Allora, che cosa dovrebbe fare quest'arma?"

"Dissolve i legami molecolari, abbattendo tutto sulla sua strada" spiegò Leslie. "Praticamente, trasformerà tutto quello che vuoi in polvere. È una semplice versione in miniatura della grande arma che intendiamo usare per far arrendere i K."

Inorridita, Mia fissò il piccolo dispositivo dall'aspetto innocuo nel palmo di Leslie. "Quindi, può trasformare una persona in polvere?"

Leslie annuì. "Funziona su tutto ciò che incontra sul suo cammino. Le nanomacchine che rilascia funzionano solo per un periodo di circa trenta secondi prima di diventare inattive, ma di solito quel tempo è sufficiente a dissolvere completamente una persona. Non dovrai nemmeno preoccuparti di sparare al petto, né di qualunque altra cosa—se le nanomacchine raggiungono qualsiasi parte del corpo, esso viene incenerito."

Mia quasi soffocò a quel pensiero. "Che cosa? No! Non potrei mai fare una cosa simile!" esclamò, sconvolta. "Non posso utilizzarlo su di lui—"

"Puoi, e lo farai" disse Leslie: "Se la tua vita sarà in pericolo. Non so se capirà il legame che c'è tra ciò che sta succedendo nei Centri K e te—ma dovrebbe essere una specie di genio, quindi non sarei sorpresa se lo capisse. Passandosi una mano tra i capelli con un movimento frustrato, Leslie aggiunse: "E faresti meglio a farlo in fretta, prima che possa reagire. Mira e spara, senza pensare... Capito? Sono veloci, Mia, davvero veloci."

Mia scosse la testa. "Non lo farò. Non posso—"

Leslie scrollò le spalle. "Come vuoi. Se preferisci morire, morirai—non sono affari miei. John mi ha chiesto di dartelo, ed eccolo qui. Puoi prenderlo senza usarlo, se è questo che vuoi. Ma almeno non sarai completamente impotente, quando ne avrai bisogno." Poggiò il dispositivo sul grembo di Mia. "Se vuoi usarlo, premi il piccolo pulsante sul lato—se premi forte, si accende. Assicurati solo di puntare l'estremità arrotondata contro di lui—"

Mia scosse di nuovo la testa. "Non lo userò" disse con fermezza.

Leslie la guardò con qualcosa di simile alla compassione. "Sei un'idiota" disse piano. "Ti sei innamorata di quel mostro, non è vero?"

Mia distolse lo guardo. "Non sono affari tuoi" disse, guardandosi le unghie. "Ho fatto quello che dovevo fare. Lui se ne andrà, e questo è tutto."

"Sei una ragazza stupida" disse Leslie con un tono sprezzante: "Non significhi niente per lui—meno di niente. Ti schiaccerà come se fossi un insetto, se sarai nelle vicinanze quando attaccheremo. Solo perché gli piace scoparti, questo non vuol dire che avrà pietà, quando scoprirà che cos'hai fatto. È andato a letto con centinaia di donne proprio come te—migliaia, probabilmente—e tu non sei affatto speciale—"

"Non sai niente!" la interruppe Mia, sentendosi come se ogni parola fosse un pugnale nel cuore. "Non l'hai mai conosciuto—"

Leslie strinse gli occhi. "Non ho bisogno di conoscerlo per sapere esattamente com'è—come sono tutti, Mia. Non hanno alcun riguardo per noi, per la vita umana. Siamo solo un esperimento per loro, qualcosa che hanno creato. Siamo le loro creature—e possono farci ciò che vogliono. E se vogliono, si libereranno di noi e si prenderanno il nostro pianeta per farne ciò che desiderano. E sei una sciocca, se pensi che lui sia in qualche modo diverso. È cattivo come loro—è colui che li ha portati qui..."

Leslie aveva ragione. Mia lo sapeva con la parte razionale della mente, ma il suo stupido cuore rifiutava di accettarlo. La consapevolezza che tra pochi giorni sarebbe scomparso dalla sua vita era stranamente dolorosa, e il pensiero che avrebbe potuto rimanere ferito le faceva contorcere lo stomaco dalla paura. Eppure, Leslie aveva ragione—probabilmente non avrebbe esitato a ucciderla, se avesse saputo che le sue azioni avevano minacciato il programma dei K sulla Terra.

Non voleva morire, ma pensava che non avrebbe mai potuto ucciderlo, nemmeno per autodifesa.

Facendo un respiro profondo, Mia chiese: "Quando succederà? Quanto manca all'attacco?"

Leslie esitò, domandandosi se Mia fosse ancora degna di fiducia.

"Leslie" disse Mia stancamente. "So che cosa succederebbe, se scoprisse che vi ho aiutati. Non lo avvertirò. Non posso, non senza perdere la mia vita. Non sono pentita di quello che ho fatto. Solo perché non posso uccidere qualcuno con cui sono stata intima ultimamente, questo non significa che tradirei la nostra causa. Voglio solo sapere quanto tempo mi rimane a disposizione—"

"Fino a domani" disse Leslie. "Hai tempo fino a domani. Il mio consiglio è quello di scomparire in mattinata—scappa il più lontano possibile. Non fare le valigie, non fare nulla che potrebbe sollevare i suoi sospetti. Vattene. In un modo o nell'altro, sarà tutto finito entro questo fine settimana."

~

QUELLA SERA, Korum tornò a casa tardi, verso le nove.

Mia si ritrovò a camminare avanti e indietro nel salotto a partire dalle cinque, non riuscendo a stare seduta ad aspettarlo, né a rilassarsi in attesa di ciò che sarebbe successo. Se Leslie le aveva detto la verità, quella sarebbe stata la sua ultima notte insieme a Korum... e forse l'ultima notte in cui sarebbe stata viva. Per massimizzare le possibilità di sopravvivenza, decise di seguire il consiglio di Leslie sul fatto di partire in mattinata. Korum sarebbe già andato via, e lei sarebbe potuta fuggire—magari prendendo la metropolitana verso uno dei quartieri. Il dissolvitore, come aveva deciso di chiamarlo, era nello zaino, al sicuro. Non aveva alcuna intenzione di utilizzarlo su Korum, ma le piaceva l'idea di avere qualcosa con cui potersi difendere, nel caso in cui venerdì si fosse scatenato il finimondo.

Per tenersi occupata, aprì l'armadio e provò alcuni abiti nuovi. Il suo guardaroba ora era così grande che molti dei vestiti avevano ancora l'etichetta attaccata e non aveva idea di cosa possedesse. Naturalmente, le stava tutto perfettamente; i personal shopper della Saks avevano fatto il loro lavoro. Dopo un'ora trascorsa a provare un vestito dopo l'altro, Mia optò per un semplice abito grigio senza maniche, composto da un mix di cotone-seta, che le abbracciava la parte superiore del corpo e si allargava dolcemente dalla vita fino alle ginocchia. Nonostante il colore e lo spacco tradizionali, era elegante e sexy—come la maggior parte di quello che Mia indossava ora. Decise di applicare un trucco abbinato all'abito, optando per un po' di mascara e una leggera spolverata di cipria. Non sapeva perché improvvisamente fosse così importante essere bella quella sera, dato che di solito non era ossessionata da quelle cose, ma voleva essere particolarmente attraente per Korum. Completando il tutto con un paio di scarpe nere col tacco, riprese a camminare avanti e indietro.

Le aveva dato un numero di telefono al quale avrebbe potuto raggiungerlo, se fosse stato necessario, ma Mia non l'aveva mai utilizzato. Passate le otto, tuttavia, pensò davvero di telefonargli per sapere dove fosse. Ma sarebbe stato così fuori dal normale per Mia che lui avrebbe potuto insospettirsi—e non voleva rischiare.

Finalmente, a un quarto alle nove, la porta si aprì. Entrò, con un semplice paio di jeans blu e una maglietta nera. Non importava che cosa indossasse, naturalmente; sarebbe stato stupendo anche con degli stracci. Vedendola, un grande sorriso sbigottito apparve sul suo bel volto, illuminandogli i lineamenti e facendogli piegare quegli occhi ambrati agli angoli. E poi, un familiare bagliore dorato gli illuminò lo sguardo.

Prima che lei avesse la possibilità di dire qualcosa, la raggiunse, sollevandola senza sforzo per un bacio appassionato. Le infilò la lingua in bocca, e Mia gli mise le braccia intorno al collo e ricambiò il bacio, con passione e un po' disperatamente. Gli mise le gambe intorno ai fianchi, e rimasero così, l'uno tra le braccia dell'altra, fin quando Mia ansimò per respirare e si contorse intorno a lui, strofinando i seni sul suo petto e il sesso sul bacino. Lui grugnì con la gola, e lei sentì la sua erezione crescere sempre di più, spingendo nelle zone inferiori attraverso il tessuto che li separava. Tenendola su con un braccio, trovò il tessuto che le copriva la figa e lo strappò, esplorandole le pieghe umide con le dita. Mia gemette, spinta dal desiderio, e sentì il suono di una chiusura lampo scivolare giù. E poi fu dentro di lei, con il cazzo che spingeva, mentre continuava a sorreggerla in quel modo, sollevata contro di lui in mezzo al salotto.

Scioccata dall'improvvisa penetrazione, Mia gridò, con i tessuti interni in lotta per accogliere l'intrusione, e l'alieno si fermò per un secondo, lasciando che si abituasse alla sensazione di lui in quella posizione sconosciuta. Poi ricominciò a muoversi, sollevandola su e giù con una mano, mentre teneva l'altra nei suoi capelli, riportandole la bocca verso di lui. Questa volta non ci fu un crescendo dolce e lento, con tutto dentro di lei che si tese simultaneamente, e raggiunse l'orgasmo, con i muscoli che gli strinsero l'asta, e stava venendo anche lui, così profondamente dentro di lei che poteva sentirne le contrazioni nel ventre.

Sospirando, Mia crollò su di lui, non riuscendo a credere che tutto quello fosse successo nel giro di due minuti. Anche il respiro di Korum era pesante, in quanto poteva sentire il suo pesante torace muoversi su e giù, mentre era aggrappata a lui, con il cazzo ancora dentro. Non appena le pulsazioni dell'orgasmo si attenuarono, la sollevò e la poggiò a terra con cura, con le mani ancora avvolte intorno alla vita. A Mia tremavano le gambe, così si aggrappò a lui, grata per il sostegno.

Guardandolo, l'umana notò che i suoi occhi stavano riassumendo il normale colore ambrato. Piegando le labbra per un piccolo sorriso, disse con voce roca: "Credo che io debba scusarmi di nuovo—chiaramente non ho alcun controllo con te. Non volevo saltarti addosso in quel modo. Probabilmente hai anche fame..."

In realtà era così, ma non importava. Arrossendo un po' per la sensazione del suo seme che le scivolava lungo la gamba, mormorò: "No, non c'è bisogno che ti scusi... Sai che è piaciuto anche a me..."

Il sorriso di Korum ora tradiva una soddisfazione puramente maschile. "Mi fa piacere" sussurrò. "Che ne dici di cenare?"

Mia annuì, e arrossì ancora di più quando lui scomparve un attimo e tornò con un tovagliolo di carta. Imbarazzata, Mia distolse lo sguardo, sbarazzandosi dei residui della loro passione.

Lui rise. "Sei ancora così puritana" la prese un po' in giro. "Dovremo superarlo a un certo punto. È tutto naturale, lo sai."

Mia si strinse nelle spalle, senza guardarlo negli occhi. Per qualche ragione, a volte si sentiva ancora timida con lui, nonostante tutto il sesso selvaggio che facevano.

Korum rise ancora di più, e poi chiese: "Visto che sei vestita così bene, che ne dici di cenare in un bel ristorante francese?"

Mia si sentì felicissima, e glielo disse.

"Ok, allora fammi lavare e cambiare, e andiamo" disse, togliendosi la maglietta sulla strada per il bagno. La vista della sua schiena magra e muscolosa le fece riaffiorare il desiderio. Perché proprio lui, si disse ancora una volta in preda alla disperazione: perché doveva essere proprio lui a farla sentire così? E come avrebbe potuto sopportarlo, una volta sparito per sempre?

Cenarono in un ristorantino francese di cui Mia non aveva mai sentito parlare. Tuttavia, il pasto fu eccellente, dalla ratatouille che Mia aveva ordinato come piatto principale alla pastarella che avevano condiviso per dessert.

"Allora, hai ufficialmente finito con la scuola per quest'anno?" chiese Korum, bevendo un sorso del suo vino rosso. Sembravano piacergli il vino e lo champagne, aveva notato Mia, anche se non aveva mai visto alcun effetto su di lui. Ma non l'aveva mai visto bere più di un paio di bicchieri.

"Sì" rispose, tagliando un pezzo di zucchina con la forchetta. "L'anno scolastico è ufficialmente terminato per me. Oggi ho consegnato tutti i saggi, e ora posso oziare."

Le sorrise. "In qualche modo, non riesco a immaginarti oziare tutto il giorno. Ti ho sempre vista tutta presa a studiare o a fare qualcosa per la scuola." Allungandosi verso di lei, le accarezzò dolcemente la guancia, con l'espressione che si fece più seria. "Sarà bello farti riposare un po'. Hai lavorato troppo queste ultime due settimane. Non credo che tutto questo stress faccia bene alla tua salute."

Mia lo guardò, sorpresa. "Sto bene" protestò. "Mi sento benissimo—non è affatto un problema."

Korum la guardò intensamente, con un'espressione preoccupata sul volto. "Non lo so" disse, scuotendo la testa. "Il tuo sistema immunitario è così delicato, così fragile—non ti fa bene sovraccaricarti in quel modo."

Mia si strinse nelle spalle, chiedendosi che cosa lo avesse spinto ad affrontare quell'argomento. "Il mio sistema immunitario funziona benissimo" disse. "È forte come quello di qualsiasi altro umano. Non dovresti preoccuparti per me—non mi ammalo spesso."

"Forte come quello di qualsiasi altro umano non significa molto forte" disse, con un leggero solco tra le sopracciglia scure. La guardò attentamente, e Mia non sapeva a cosa stesse pensando. Di qualunque cosa si fosse trattato, apparentemente era giunto a una conclusione, perché la sua fronte tornò ad essere liscia. Cambiando discorso, le chiese della sua giornata, e la conversazione procedette con facilità.

Per tutta la cena, Mia non poté fare a meno di fissarlo, di osservarlo, scrutandone i gesti animati che usava quando parlava di qualcosa che aveva trovato eccitante, il modo in cui il suo corpo alto e muscoloso si muoveva sulla sedia—persino i più piccoli movimenti erano dotati di quella grazia atletica, inumana. La sua carne lo desiderava sessualmente, ma la bramosia andava oltre. Ogni cellula del suo corpo voleva stare con lui, e il pensiero dell'indomani la riempì di un orrore freddo e malato. Non poteva dirglielo, non poteva avvisarlo di ciò che sarebbe successo, ma poteva cercare di ricordare ogni momento di quella serata, di imprimere nella memoria la curva della sua bocca, le ciglia scure, la risata, quando diceva qualcosa di divertente.

Una dolorosa consapevolezza la tormentava: lo amava. Malgrado tutto ciò che sapeva di lui, malgrado tutto quello che le aveva fatto, malgrado il fatto che fosse il suo nemico e che lo aveva tradito—malgrado tutto, l'amava con ogni fibra del proprio essere.

E l'indomani l'avrebbe perso per sempre.

CAPITOLO VENTITRÉ

La mattina seguente, un debole ma costante rumore di pioggia svegliò Mia. Ancora mezza addormentata, si allungò, riluttante ad affrontare la giornata, per qualche ragione—e poi il suo cervello collegò i puntini e si mise a sedere, ansimando per la consapevolezza di ciò che sarebbe dovuto succedere quella mattina.

Saltando giù dal letto, si sforzò di camminare verso il bagno e di lavare i denti, seguendo la solita routine mattutina nel caso Korum fosse ancora in casa. Dopo aver finito, indossò un paio di jeans, una comoda maglietta a maniche lunghe e si diresse verso il salotto per controllare la situazione.

Il salotto e la cucina erano vuoti, e Mia quasi rabbrividì dal sollievo. Korum doveva aver seguito la sua solita routine, uscendo per fare quello che faceva sempre. E dopo l'ondata di sollievo sopraggiunse la delusione. Razionalmente, sapeva che avrebbe dovuto essere felice di sapere che avrebbe avuto l'occasione per allontanarsi, che il destino si stava mostrando gentile con lei, permettendole di evitare un ultimo incontro—potenzialmente letale—con l'amante alieno, ma ciò non aiutava la ferita nel suo cuore che si era aperta per la consapevolezza che non l'avrebbe più rivisto.

La scorsa notte era stata incredibile, con il sesso tra loro che era stato quasi il corteggiamento che Mia non aveva mia provato. L'aveva trattata come una principessa, venerandola con il corpo, e la ragazza aveva nuovamente pianto, non riuscendo a trattenere le lacrime, consapevole di cosa avrebbe portato l'indomani. Aveva provato a calmarla, cercando di scoprire che cosa avesse provocato il suo disagio questa volta, ma Mia era stata incoerente. E infine, l'aveva semplicemente ripresa, spingendo dentro di lei con un ritmo selvaggio e implacabile, fino a farle dimenticare tutto, con le preoccupazioni che si dissolsero sotto il calore della passione—fino a farla gridare dall'estasi, mentre le faceva raggiungere l'orgasmo, più e più volte. E poi si era semplicemente addormentata, troppo sfinita per ricordare perché avesse pianto.

Ma non poteva pensarci ora. Non se voleva uscirne viva.

Afferrando lo zaino, Mia si allacciò le scarpe da ginnastica, preparandosi a lasciare l'appartamento di Korum. Rivolgendo un'ultima occhiata ai mobili color crema e alle piante, camminò verso la porta, con ogni passo che sembrava più pesante del precedente.

Non sapeva che cosa l'avesse fatta voltare, dirigendosi verso l'ufficio dell'alieno e lasciando lo zaino sul divano del salotto. Era il suo subconscio che continuava ad aggrapparsi alla speranza che lui fosse lì? Che l'avrebbe rivisto per l'ultima volta? Non lo sapeva, ma i suoi piedi sembravano avere una mente propria, portandola verso le porte scorrevoli che si aprirono man mano che si avvicinava.

Non c'era nessuno nella stanza, ma una gigantesca mappa tridimensionale scintillava davanti a lei, diversa da qualunque altra avesse mai visto.

CON IL CUORE che le martellava nel petto, Mia entrò in camera, come se fosse attirata da una corda invisibile.

Non era New York la città davanti a lei; l'avrebbe riconosciuta subito. Infatti, non sembrava affatto una città. La vegetazione era ovunque. Delle piante lussureggianti sembravano dominare il paesaggio, che andava dal familiare all'esotico. Delle strutture chiare potevano essere intraviste tra gli alberi, somigliando a degli strani funghi. Se non fosse stato per quelle strutture, Mia avrebbe pensato che si trattasse di un parco o della foresta di un Paese tropicale. Il luogo era bellissimo... e alieno. Ogni capello della sua nuca si rizzò, non appena capì esattamente che cosa stava guardando.

Doveva essere un Centro K... forse addirittura quello principale nella Costa Rica. Lenkarda, l'aveva chiamato Korum una volta.

Con il cuore che le batteva sempre più forte, Mia valutò la situazione. Doveva andarsene, e doveva farlo subito. Perché Korum avrebbe dovuto osservare la mappa di uno dei Centri K? Sospettava qualcosa? E perché era stato così distratto da lasciarla così in evidenza? Sospettava di lei? Era una trappola?

All'ultimo pensiero, Mia sentì una fredda ondata di terrore scorrerle nelle vene. Doveva andarsene immediatamente.

Eppure, non riusciva a staccare gli occhi dall'incredibile immagine davanti a lei. Quanti umani avevano ammirato una meraviglia del genere? I Centri K erano sorvegliati con cura, con una zona dello spazio sopra di essi vietata al volo. Nemmeno i satelliti umani potevano vederli; le protezioni Krinar avevano reso gli insediamenti invisibili all'elettronica umana. E lì aveva la possibilità di osservare una colonia aliena, di vedere dove Korum aveva vissuto.

Una terribile curiosità spinse Mia ad agire. Ignorando la razionalità e il buon senso, si addentrò nella stanza, girando lentamente intorno al tavolo e studiando la mappa che aveva davanti agli occhi.

Gli edifici—ammesso che quelle strutture lo fossero—erano molto distanziati l'uno dall'altro e si fondevano armoniosamente con l'ambiente circostante. Non c'erano strade asfaltate, né marciapiedi che Mia potesse vedere; ogni struttura era isolata, nel bel mezzo della vegetazione. E non c'erano né finestre, né porte, realizzò Mia—almeno, nessuna che fosse visibile. Ciascun edificio aveva un colore chiaro; avorio, crema e beige erano quelli prevalenti, anche se si vedevano delle sfumature chiare di color grigio e pesca.

Verso il centro della mappa c'erano diverse strutture più grandi, tra cui una grande cupola circolare. Erano tutte bianche. Mia immaginò che quelle fossero zone di ritrovo. Non c'erano né marciapiedi, né strade che conducessero ad esse, né ingressi o uscite visibili.

Sulla parte esterna dell'insediamento, alcuni piccoli edifici circolari erano distanziati in modo uniforme, circondando l'intero perimetro. Erano verdi e marroni e si mescolavano al paesaggio così bene che Mia dovette osservare attentamente per distinguerne la presenza. Sembravano camuffati. Se non fosse stato per il leggero luccichio che gli edifici sembravano emettere, non avrebbe mai saputo che erano lì. Mia si chiese se fossero una sorta di postazioni di guardia. I K erano in un territorio ostile dopo tutto, in numero molto inferiore rispetto agli indigeni; aveva senso che la sicurezza nelle loro colonie fosse alta.

Oltre gli edifici verdi e marroni c'era altra vegetazione, con la flora che dominava tutto. E ad ovest, Mia vide un grande bacino d'acqua—forse un oceano. Se quella era la Costa Rica, allora probabilmente si trattava del Pacifico; anche se il Paese aveva due coste, la regione del Guanacaste che Korum aveva menzionato era situata sul lato del Pacifico.

Mentre Mia fissava meravigliata le immagini tridimensionali, notò un familiare bagliore che circondava una delle aree vicino all'oceano. Osservando più attentamente, vide una piccola struttura in legno che sembrava di origine umana—una specie di capanna. Riuscendo a malapena a respirare, allungò la mano verso di essa, e poi indietreggiò, ricordando quello che era successo l'ultima volta in cui era entrata nel mondo della realtà virtuale senza un modo per ritornare. Lanciando una disperata occhiata alla stanza, vide il maglione di Korum appeso allo schienale della sedia. Ah-ah!

Indossando velocemente il maglione, Mia toccò l'immagine brillante, aspettando il trasferimento della realtà che aveva sperimentato in precedenza.

E poi si ritrovò lì, sulla spiaggia, a respirare la brezza dal profumo di sale, sentendo il sole caldo sul viso e il ruggito dell'oceano. Una libellula sfrecciò, seguita da un'ape. Vide una creatura simile a un granchio sulla sabbia, a pochi passi da lei. Sembrava tutto così reale, ma sapeva che probabilmente si trattava di una specie di registrazione.

Socchiudendo gli occhi a causa del sole, Mia fissò l'ambiente circostante. C'era un piccolo sentiero che partiva dalla spiaggia e conduceva all'edificio simile a una capanna che aveva intravisto tra gli alberi. Sentendosi un po' come Alice nel Paese delle Meraviglie, si diresse in quella direzione, incredibilmente curiosa di vedere che cosa ci fosse all'interno.

La capanna sembrava vecchia e decrepita, ancor di più dopo un'ispezione più accurata. Doveva essere umana; a giudicare dalla condizione del legno, sicuramente era precedente all'arrivo dei K. Aveva anche una porta, il che significava che Mia poteva entrare ed esplorarla. Trattenendo il fiato dall'attesa, aprì la porta, sussultando per il rumore dei cardini arrugginiti.

L'interno della capanna era assolutamente pulito, privo di ragnatele e di altre cose spiacevoli che ci si aspetterebbe di trovare in un edificio abbandonato. I mobili erano vecchi e semplici, ma ancora funzionali, con un tavolino e alcune sedie disposte attorno ad esso. C'era anche un giaciglio sul pavimento, probabilmente per dormire. Era completamente vuota. Delusa, Mia si guardò intorno. Perché Korum aveva quella registrazione? Chiaramente, non stava succedendo niente.

E poi la porta si aprì, ed entrò un maschio K. Sembrava molto tipico per la sua specie: alto e bello, con i capelli neri e la carnagione abbronzata. Indossava un paio di pantaloncini grigi di un materiale insolito, una maglietta senza maniche e un paio di sandali. Osando a malapena respirare, Mia lo fissò, ma naturalmente lui non poteva sapere della sua presenza. Tuttavia, sembrava nervoso. Guardandosi intorno furtivamente, si avvicinò al tavolo. Per sicurezza, Mia si allontanò da lui, salendo sul giaciglio, incerta su cosa sarebbe successo, se avesse toccato qualcuno in quello strano mondo virtuale.

Il K spostò il tavolo da una parte e si accovacciò, guardando qualcosa sul pavimento. Poi spinse su un asse del pavimento, che sembrò cedere sotto le sue dita. Staccandola ulteriormente, tirò su qualcosa e l'intera sezione del pavimento si aprì. Senza alcuna esitazione, saltò giù, e l'apertura cominciò lentamente a chiudersi dietro di lui.

Il cuore di Mia batteva forte, mentre osservava le sue azioni. Era la sua occasione, ma avrebbe osato seguirlo? Quanto si trovava in profondità la sua destinazione, e che cosa sarebbe successo, se fosse saltata dopo di lui? Si sarebbe ferita? Tutto quello non era reale; stava solo guardando un film molto realistico. Ma certe sensazioni erano ancora lì—calore, odore, tatto. Eppure, cadere sul marciapiede l'ultima volta non le aveva fatto male. E l'apertura nel pavimento si stava chiudendo sempre di più con il passare dei secondi. Giù all'inferno, decise Mia. Stava già rischiando la vita stando lì—quale poteva essere la potenziale ferita in un mondo virtuale?

Facendo un respiro profondo, saltò giù.

All'inizio, ci furono solo l'oscurità e la sensazione della caduta che le facevano contorcere le viscere, e poi raggiunse il pavimento duro, ed atterrò facilmente, come un gatto. Ansimando per mandare giù aria, incredula per avercela fatta, Mia si toccò le gambe e le ginocchia con le mani. Sembrava tutto a posto, e il respiro cominciò a tornare alla normalità. Era sopravvissuta al salto, e adesso doveva solo capire dove fosse.

La stanza in cui era atterrata era piccola e ordinaria, ma c'era una porta. Il K doveva essere entrato lì. Aprendola con attenzione, Mia sbirciò dentro.

Al di là della porta c'era una grande camera, occupata da diversi K, tra cui quello che Mia aveva seguito. Il suo cuore saltò un battito. Non aveva mai visto tanti alieni riuniti in un solo posto, ed era uno spettacolo impressionante.

C'erano cinque maschi e due femmine, tutti alti e belli. I loro vestiti chiaramente erano adatti ad un clima caldo, con i maschi che indossavano pantaloncini e magliette senza maniche e le femmine vestite con abiti leggeri e svolazzanti, che coprivano solo i seni e i fianchi, lasciando esposta la maggior parte della pelle dorata. Nonostante l'abbigliamento, Mia dubitava che fossero lì per godersi la brezza dell'oceano. Sembravano tesi e preoccupati, con i gesti agitati e quasi violenti, mentre discutevano di qualcosa in lingua Krinar. In generale, a Mia ricordavano un branco di leoni, che si aggiravano nella stanza con quella grazia animalesca tipica della loro specie.

Infine, uno di loro si guardò il polso, a cui sembrava attaccato un piccolo dispositivo. Ringhiando quello che sembrava un comando, premette un pulsante e un'immagine olografica comparve in mezzo alla stanza. Il resto dei K si radunò, e Mia si avvicinò, cercando di vedere che cosa stessero guardando. Con sua sorpresa, c'era un uomo umano, forse un militare, a giudicare dall'uniforme che portava.

"Siamo tutti al sicuro" disse il K con i capelli neri in un perfetto inglese americano. "Tutti noi abbiamo lasciato il Centro stamattina e ieri sera. Tu sei pronto, Generale?"

Generale? Mia sentì un gelido terrore diffondersi nella vene. Quelli dovevano essere i Keith—e lavoravano con le forze umane che John aveva menzionato. E dato che li stava osservando in quel modo, le loro identità non erano più segrete. Korum sapeva esattamente chi fossero e cosa stessero facendo. Quasi in iperventilazione per il panico, Mia fissò la scena con orrore, sapendo che non sarebbe andata a finire bene.

Il generale annuì. "Siamo pronti. La nostra gente è appostata nei punti concordati fuori dai Centri. L'operazione inizierà al vostro segnale."

Una delle femmine K, una bellezza dai capelli castani, si avvicinò all'immagine. "E quelli fuori? Hai qualcuno pronto ad eliminarli?"

"Sì" disse il generale lentamente. "Ma c'è un piccolo problema. Ne manca uno."

La femmina socchiuse gli occhi. "Cosa intendi dire? Chi manca?"

"Korum. Non siamo riusciti a localizzarlo questa mattina."

I K sibilarono dalla rabbia, iniziando a parlare nella loro lingua. La femmina che aveva parlato gesticolava selvaggiamente, cercando di convincere il maschio con i capelli neri di qualcosa, ma lui scosse semplicemente la testa, ripetendo la stessa frase più volte. Mia desiderava disperatamente capire cosa stessero dicendo, ma tutto quello che riusciva a comprendere era l'occasionale menzione del nome di Korum.

Giungendo a una conclusione, il K con i capelli neri guardò di nuovo l'immagine. "Generale, questo è un grosso problema. Perché non siamo stati informati prima?" La sua voce era dura dalla rabbia.

"Avevamo la situazione sotto controllo fino a trenta minuti fa. I nostri due migliori combattenti erano su di lui, seguendolo mentre usciva dall'appartamento. E poi è entrato in uno Starbucks ed è scomparso. Non l'abbiamo più visto uscire, e abbiamo perlustrato la zona da cima a fondo. Sono stato informato di questo sviluppo solo pochi minuti fa."

"Idioti" sbottò la femmina. "Quante volte ti abbiamo detto quanto è pericoloso? Perché è scomparso così? Ha individuato i tuoi combattenti?"

Il generale la fissava con uno sguardo impassibile. "Vuoi che posticipiamo l'operazione?"

I K si guardarono a vicenda, discutendo nella loro lingua. Dopo circa un minuto, sembrarono giungere a una conclusione. "No" disse la femmina in inglese, scuotendo la testa: "È troppo tardi per questo. Se qualcosa ha destato i suoi sospetti, allora la cosa peggiore da fare sarebbe ritirarsi a questo punto. Dovremo affrontarlo in seguito, e spero che non troppe vite vengano strappate nel farlo."

"Possiamo procedere, allora?"

"Sì" rispose il maschio con i capelli neri, e la femmina annuì.

"Molto bene" disse il generale. "L'Operazione Libertà comincerà alle nove, ora orientale."

Mia si guardò freneticamente intorno, cercando di capire che ora fosse. Un vecchio orologio arrugginito era appeso su una delle pareti. Segnava le 6:55. Se l'orario era giusto e si trovava davvero in Costa Rica, allora l'attacco avrebbe avuto inizio tra meno di cinque minuti, dal momento che il Paese dell'America Centrale era due ore indietro rispetto a New York.

L'immagine del generale scomparve, sostituita da un'altra. Questa mostrava una foresta, con le famose strutture circolari marroni-verdastre sullo sfondo. Era il confine della colonia, capì Mia. I Keith avrebbero osservato l'attacco da quel bunker sotterraneo, dove pensavano di essere al sicuro.

Mia sentì le sue mani cominciare a tremare. Oh Dio, se solo avesse potuto avvisarli... Ma ormai era troppo tardi. Quando Mia era entrata nell'ufficio di Korum, erano già passate le dieci a New York. Se fosse avvenuto un attacco, ne avrebbe sentito parlare, avrebbe ricevuto dei messaggi preoccupati da Jessie o un avviso urgente da qualche fonte di notizie sul telefono.

No, la Resistenza doveva aver fallito. Tutto quello che poteva fare ormai era guardare impotente, mentre il disastro si consumava davanti ai suoi occhi.

I Keith passeggiavano per la stanza, lasciandosi andare di tanto in tanto a dei brevi commenti, ma tacendo per la maggior parte del tempo. L'ologramma mostrava un confine calmo e pacifico, con solo l'occasionale insetto volante come forma di intrattenimento. Il tempo sembrò improvvisamente rallentare, con ogni secondo che trascorreva più tranquillamente del successivo. Mia si ritrovò a mordere le unghie, cosa che aveva smesso di fare dal liceo, e guardava i K diventare sempre più ansiosi.

L'orologio segnò le sette, e l'inferno si scatenò.

Qualcosa scintillò ai margini della foresta, e apparve un lampo di luce blu. I Keith urlarono trionfanti, e Mia si rese conto che qualcosa era andato bene—forse uno scudo protettivo era saltato.

E poi ci fu una luce accecante, e la struttura circolare scomparve, dissolvendosi davanti ai suoi occhi. Un altro lampo di luce e un'altra struttura scomparve. Oh Dio, comprese Mia, l'attacco era reale; stava succedendo per davvero. Stavano eliminando le postazioni di guardia, irrompendo nelle difese del Centro.

All'improvviso, le forze umane apparvero, correndo verso il confine. Vestiti da militari, sembravano tutti soldati addestrati e ce n'erano molti—decine, no, centinaia... Corsero verso il confine, e tutto sul loro cammino scomparve in quei lampi di luce brillanti.

L'immagine olografica cambiò, ingrandendosi, e Mia poté vedere la grandezza di ciò che stava avvenendo.

Migliaia di truppe umane si erano ammassate al confine, la maggior parte delle quali con armi umane. Man mano che le postazioni di guardia si dissolvevano, sembravano rappresentare un segnale, e l'attacco cominciò davvero, con l'enorme ondata di soldati umani che si precipitò verso il Centro per poi circondarne il perimetro.

Poté sentire la Resistenza trasmettere la richiesta per la resa dei K, annunciando di avere le nanoarmi pronte per essere utilizzate.

E in un batter d'occhio, cambiò tutto.

Man mano che la prima ondata di soldati si avvicinava al confine, ci fu un altro lampo di luce blu e il luccichio ricomparve. I Keith gridarono qualcosa, e Mia guardò con orrore, mentre la gente davanti a lei veniva respinta da una forza invisibile, con i corpi ustionati.

Aprì la bocca per un grido di terrore senza parole, e improvvisamente finì tutto. Una grande ondata di luce rossa attraversò il campo di battaglia, e le restanti truppe umane caddero a terra all'unisono senza più muoversi. Migliaia di soldati umani ormai non erano che corpi che giacevano sull'erba. Era come se fosse esplosa una bomba, ma invece di farli a pezzi, li aveva semplicemente uccisi con quella luce rossa.

Mia non riusciva a respirare, non riusciva a distogliere lo sguardo dalla distruzione a cui stava assistendo. Si sentiva come se il petto avrebbe potuto esploderle dalla forza del suo cuore che martellava nella cassa toracica, e la calda bile le risalì nella gola. Era tutta colpa sua; se non avesse fatto quello che aveva fatto, non sarebbe successo niente. Non ci sarebbe stato un attacco, e tutte quelle persone sarebbero rimaste a casa con le loro famiglie, vivendo la loro giornata, invece di morire davanti ai suoi occhi. Ora aveva migliaia di vite umane sulla coscienza.

I Keith erano in preda al panico ora, e nella stanza regnavano le grida e le discussioni. Non sapevano se scappare o rimanere lì, si rese conto Mia, sempre più nauseata. Avevano rischiato tutto e avevano perso—e ora le sue azioni avevano avuto delle conseguenze. E poi il soffitto sopra le loro teste si spezzò, e i Keith gridarono dal terrore, mentre la luce del mattino penetrava il tetto della capanna, apparentemente distrutto. Anche Mia urlò, coprendosi, nonostante il cervello le dicesse che quello non era reale—che non era lei quella in pericolo. Pietrificata, si rannicchiò in un angolo, portando le ginocchia al petto e guardando impotente, mentre altri K saltarono nella stanza, con i semplici abiti color grigio scuro che riconosceva come le loro uniformi militari.

Il maschio con i capelli neri saltò su uno dei soldati, con un attacco rapido e improvviso; i suoi movimenti erano quasi appannati per gli occhi di Mia—e fu respinto altrettanto velocemente, con il corpo che iniziò a contorcersi in modo incontrollabile, mentre crollava sul pavimento. Un altro soldato—il loro leader, capì Mia—ringhiò un comando, e quei movimenti convulsi cessarono. Il Keith con i capelli neri era incosciente. Gli altri Keith rimasero fermi, non volendo condividere il suo destino, con le espressioni che spaziavano dalla rabbia all'amara sconfitta. Qualunque arma invisibile i soldati possedessero chiaramente fu sufficiente a dissuadere i Keith dal combattere ulteriormente.

Era finita, pensò Mia. Le lacrime le rigarono il viso, mentre osservava i soldati mettere dei cerchi argentati intorno al collo dei Keith. La versione K delle manette, forse... I cerchi si bloccarono nel punto giusto con un debole clic, e quel rumore trasmise un senso di conclusione—il rumore della sconfitta. La Resistenza aveva perso, con le loro forze decimate e i loro alleati alieni catturati. L'Operazione Libertà era fallita e migliaia di vite umane erano state spezzate. La Terra non sarebbe stata liberata, non oggi... e probabilmente mai.

Un altro K saltò giù nella stanza, con movimenti aggraziati. A differenza degli altri, indossava vestiti umani: un paio di jeans blu e una maglietta beige. E Mia riconobbe le familiari sopracciglia scure sugli occhi dorati e penetranti, la bocca sensuale che ora sembrava crudele, fissa in una linea inflessibile sul suo splendido volto.

Era Korum. Il suo nemico, il suo amante... la cui specie aveva appena ucciso migliaia di persone davanti ai suoi occhi.

CAPITOLO VENTIQUATTRO

Mia non riusciva a pensare, tutta tremante per lo shock e la paura, mentre osservava Korum alla ricerca dei Keith. L'espressione sul suo viso era diversa da qualunque altra avesse mai visto prima, un mix di gelida furia ed estremo disprezzo. Parlò con la femmina dai capelli castani in Krinar, con voce bassa e fredda, e lei trasalì, come se l'avesse schiaffeggiata. L'altra femmina si intromise, con tono di supplica, e Korum le rivolse l'attenzione, dicendole qualcosa che la mise subito a tacere. I Keith maschi rimasero a guardare, con espressioni che spaziavano dalla paura alla sfida. Poi, Korum si voltò verso il capo dei soldati e gli fece una domanda. La risposta ottenuta lo fece annuire, apparentemente soddisfatto.

"Gli ho chiesto se anche tutti gli altri Centri fossero al sicuro... nel caso fossi curiosa di conoscere la traduzione."

Mia si bloccò, con il sangue che si trasformò in ghiaccio. Girando lentamente la testa da una parte, guardò gli occhi dorati dell'alieno, che lei stava osservando dall'altro lato della stanza.

Questo Korum indossava gli stessi vestiti del suo alter ego virtuale, ma il sorrisetto beffardo sul viso era diverso. Come il fatto che la stava guardando negli occhi, parlandole in inglese. Con la coda dell'occhio, l'umana poteva ancora vedere il dramma che continuava a consumarsi nella stanza, ma non importava più. Tutto quello che poteva fare era fissare la versione reale del suo amante... che ormai aveva sicuramente scoperto il tradimento.

"Fortunatamente, lo erano" continuò, con voce incredibilmente calma. "Ad eccezione dei traditori che vedi davanti a te, nessun Krinar è rimasto ferito. Solo alcune delle nostre postazioni di guardia sono state distrutte, e saranno sostituite facilmente nella prossima ora."

Mia poteva sentirlo appena, a causa del ruggito del suo battito cardiaco, non riuscendo a riflettere su quelle parole per il turbolento vortice dei pensieri. *Lui sapeva.* Sapeva che cosa aveva fatto, e niente di quello che lei avrebbe detto o fatto avrebbe cambiato l'esito. Poteva solo sperare che avrebbe ritardato l'inevitabile.

"C-come?" balbettò lei, muovendo appena le labbra. Aveva la gola stranamente secca, e poteva assaporare le lacrime salate agli angoli della bocca.

"Come facevo a saperlo?" chiese Korum, avvicinandosi all'angolo e accovacciandosi accanto a lei. Sollevando la mano, le mise un riccio dietro l'orecchio e le strofinò le nocche sulla guancia, con un tocco che le bruciò la gelida pelle.

Mia annuì, tremando per quella vicinanza.

"Come potevo non saperlo, Mia?" disse piano. "Credevi davvero che non avrei capito che cosa stava succedendo sotto il mio tetto? Che non sapessi che la donna con cui andavo a letto ogni notte lavorava con i miei nemici?"

"Ch-che cosa stai dicendo?" sussurrò lei, con il cervello dolorosamente lento. "T-tu hai sempre saputo tutto?"

Sorrise amaramente. "Certo. Dal momento in cui ti hanno avvicinata e tu hai accettato di fare la spia per loro."

"Non... Non capisco. Sapevi e mi hai comunque permesso di farlo?"

"Era una tua scelta, Mia. Avresti potuto dire di no. Avresti potuto rifiutare. E anche dopo aver accettato— in qualsiasi momento, avresti potuto dirmi la verità, avvisarmi. Anche la scorsa notte—avresti potuto dirmelo. Ma hai deciso di mentirmi fino alla fine." La sua voce era stranamente calma e distante, e quell'espressione amareggiata continuava a torcergli le labbra.

"Ma... ma sapevi—" Mia non riusciva a metabolizzare quella parte, non riusciva a capire cosa le stesse dicendo.

"Sì" disse lui, cercando di prenderle una ciocca di capelli. "Lo sapevo, e ho lasciato che le cose andassero come dovevano andare. Non faceva parte del mio piano iniziale; non era per questo che ero a New York. Volevo trovare e catturare uno dei loro leader, scoprire le identità dei traditori che hai visto oggi. Ma quando hai scelto di tradirmi, ho capito che mi si era presentata una rara opportunità—avremmo potuto sferrare una colpo alla Resistenza da cui non si sarebbero mai ripresi... e avremmo potuto prendere i traditori."

Fece una pausa, giocando con i suoi capelli, piegando più volte il filo intorno alle dita. Mia lo fissò, ipnotizzata, sentendosi come un coniglio catturato da un serpente.

"E così, sono stato al gioco. Ti ho dato ogni possibilità di riuscire nella tua infida missione—e ce l'hai fatta. Hai dimostrato di essere piena di risorse e intelligente, davvero ingegnosa." I suoi occhi assunsero una brillante sfumatura dorata. "La notte in cui mi hai rubato i progetti è stata... memorabile. Mi sono divertito molto."

Mia deglutì, cominciando a capire dove stesse andando a parare. "T-tu hai inserito dei falsi progetti" sussurrò lei, con un terribile dolore che si diffuse nel petto.

Lui annuì, con un sorrisetto trionfante sulle labbra. "Sì. Ho dato ai Keith abbastanza corda da potersi impiccare. Hanno imparato a disattivare gli scudi, ma non a mantenerli disattivi. L'arma su cui facevano affidamento non avrebbe funzionato correttamente; l'avevo progettata per farla funzionare in condizioni di prova, ma non una volta impiegata per davvero. E ho lasciato che avessero qualche arma minore, in modo che potessero provocare qualche danno ed essere catturati con le mani nel sacco nel tentativo di scappare... come i codardi che sono. Sapevo che si sarebbero fidati di te, quando hai portato loro i progetti—perché a quel punto avevi già fornito informazioni a sufficienza."

"Quindi, mi hai usata" disse Mia sottovoce, sentendosi soffocare. Il dolore era indescrivibile, anche se logicamente sapeva che non aveva il diritto di sentirsi così.

"Fa male, non è vero?" le chiese astutamente, con un sorriso selvaggio sul viso. "Fa male essere usati, essere traditi... non è vero?"

"C'era qualcosa di vero?" chiese Mia amaramente. "O era tutta una bugia? Avevi pianificato tutto, fin dal nostro incontro nel parco?"

"Oh, era tutto vero" disse piano, accarezzandole il lobo dell'orecchio. "Dal momento in cui ti ho vista, ho capito di volerti—più di chiunque avessi voluto da molto tempo. E ho cominciato a volerti bene, pur sapendo che era sciocco. Con il passare del tempo, speravo che avresti provato le stesse cose per me, che se ti avessi mostrato come sarebbe stato bello tra noi, ti saresti resa conto di quello che stavi facendo, dell'errore che stavi commettendo. E c'eri quasi, lo so... Eppure, alla fine mi hai tradito, senza che ti importasse nulla di quello che mi sarebbe successo, della mia vita o della mia morte—"

"No!" lo interruppe Mia, con gli occhi che le

bruciavano per le lacrime. "Non è vero! Mi hanno promesso... mi hanno promesso che saresti stato bene, che ti avrebbero riportato a casa in tutta sicurezza—"

"Su Krina?" le chiese, con voce bassa e pericolosa. "Dove sarei scomparso dalla tua vita per sempre? E come si sarebbero assicurati che sarei rimasto lì?"

Mia poteva solo fissarlo. In qualche modo, quel pensiero non le era mai passato per la testa. Sullo sfondo, il Korum virtuale uscì dalla stanza, così come i soldati con i loro prigionieri al seguito.

Fece una risatina dura. "Capisco. Non ci avevi mai pensato, vero? Quella deportazione al massimo sarebbe stata una soluzione temporanea. No, i traditori non mi avrebbero mai riportato lì... Sono troppo pericoloso ai loro occhi, perché ho sia il desiderio che i mezzi per tornare sulla Terra con i rinforzi—e questa è l'ultima cosa che vorrebbero."

Mia si sentiva come se le avessero dato un pugno nello stomaco. Le avevano mentito. Non avrebbe mai portato avanti la sua missione, se avesse saputo che l'avrebbero ucciso. Doveva convincerlo. "Korum" disse disperata. "Non lo sapevo, te lo giuro—"

Lui scosse la testa. "Non importa" disse. "Anche se non volevi vedermi morto, avevi comunque l'intenzione di farmi scomparire dalla tua vita per sempre; quindi, mi hai tradito lo stesso... e non ti perdonerò tanto facilmente."

"Allora, che cosa facciamo adesso?" chiese Mia stancamente. Stava cominciando a sentirsi intorpidita, e accolse con piacere quella sensazione, perché la distoglieva dal terrore e dal dolore. "Mi ucciderai?"

La fissò, con lo sguardo che assunse una tonalità più fredda. "Ucciderti? Hai sentito quello che ho detto negli ultimi dieci minuti?"

Non l'avrebbe uccisa? L'intorpidimento si diffondeva, e poteva solo guardarlo, incapace di provare qualcosa di diverso da una vaga sensazione di sollievo.

Davanti alla sua non-risposta, disse lentamente: "No, Mia. Non ti ucciderò. Te l'ho già detto. Non sono il mostro insensibile che continui a credere che io sia."

Alzandosi con un unico movimento disinvolto, Korum agitò la mano, e Mia chiuse gli occhi, vedendo il mondo virtuale dissolversi intorno a lei. Quando li riaprì, era seduta sul pavimento dell'ufficio di Korum, contro il muro, intenta ad abbracciare ancora le ginocchia al petto.

PIEGANDOSI, allungò la mano verso di lei. Con dita tremanti, Mia mise la mano nella sua, permettendogli di aiutarla ad alzarsi. Con suo imbarazzo, le gambe le tremarono, e barcollò leggermente. Sospirando, la prese, dondolandola tra le braccia e portandola fuori dall'ufficio.

"Dove mi stai portando?" chiese Mia, confusa e disorientata dopo il recente trasferimento della realtà. Oh Dio, sicuramente l'alieno non poteva pensare di fare sesso in quel momento; Mia non pensava che avrebbe potuto sopportare quel genere di intimità dopo tutto ciò che era accaduto.

"In cucina" rispose Korum, camminando rapidamente. Prima che potesse chiedergli perché, furono lì, e la stava sistemando su una sedia. La ragazza sbatté le palpebre, troppo sfinita per cercare di comprendere il suo inspiegabile comportamento.

"Quando è stata l'ultima volta che hai mangiato qualcosa?" chiese, guardandola con un leggero cipiglio sul viso.

"Uhm... ieri sera." Mia non riusciva a capire dove volesse andare a parare.

Lui annuì, come se gli avesse confermato qualcosa. "Non mi meraviglia il tuo equilibrio così precario" disse con tono critico. "Non hai fatto colazione, e lo zucchero nel tuo sangue è basso." Camminando verso il frigorifero, riempì un bicchiere con un liquido chiaro e le si avvicinò. "Bevi questo, mentre ti preparo qualcosa da mangiare" ordinò, ignorando lo sguardo incredulo sul volto di Mia.

Voleva farla mangiare proprio ora? Stava facendo sul serio? Annusando cautamente il bicchiere, Mia sentì un profumo di cocco piacevolmente dolce. Dannazione, se avesse voluto vederla morta, dubitava sinceramente che avrebbe usato il veleno per ucciderla. Sorseggiando, capì che il suo naso non aveva mentito; Korum le aveva davvero dato la sua acqua di cocco fresca. Era esattamente ciò di cui il suo organismo aveva bisogno in quel momento, un perfetto mix di carboidrati ed elettroliti. L'intorpidimento che l'aveva bloccata come un'armatura cominciò a svanire, e altre lacrime si formarono nei suoi occhi. Perché si stava comportando in quel modo, dopo tutto quello che gli aveva fatto?

Terminata la bevanda, lo guardò muoversi nella cucina, mentre le preparava un panino con pomodoro e avocado. Ora che la scarica di adrenalina era passata, stava cominciando a riflettere, con il cervello che iniziava a riacquistare parzialmente le sue normali capacità. La verità sul loro rapporto era venuta a galla. Per tutto quel tempo aveva pensato di spiarlo per il bene dell'umanità, ma in realtà lui l'aveva usata per schiacciare la Resistenza una volta per tutte. Tutte quelle vite di oggi erano state spezzate a causa sua... No, non poteva pensarci ora, o si sarebbe frantumata in un milione di pezzi.

Si concentrò sulle intenzioni di Korum, invece. Non l'avrebbe uccisa, aveva detto. Ma l'avrebbe punita in qualche altro modo? Non poteva immaginare che l'avrebbe voluta dopo il modo in cui l'aveva tradito. La loro farsa di una relazione era finita. Aveva vinto lui: la Terra sarebbe rimasta saldamente sotto il controllo dei Krinar. E Mia era sopravvissuta dopo essere stata usata. Non aveva più bisogno di un'agente inconsapevole—

"Ecco, mangia questo" disse l'oggetto delle sue riflessioni, mettendole il panino davanti e sedendosi al tavolo. "E poi parleremo."

"Grazie" disse Mia gentilmente, mordendo il panino con fare obbediente. Il suo stomaco ringhiò, ed improvvisamente lo sentì vuoto, con la fame da lupi che era riaffiorata, nonostante il trauma degli eventi del mattino. In meno di un minuto, aveva divorato il panino, e alzò lo sguardo, leggermente imbarazzata dalla sua avidità. Il sorriso sul viso dell'extraterrestre era autentico questa volta, e ricordò che gli piaceva questo di lei—il sano appetito che aveva, nonostante fosse esile.

"Allora, che cosa facciamo adesso?" ripeté Mia, e il sorriso di Korum svanì. La guardava con uno sguardo imperscrutabile, e Mia si spostò sulla sedia, sempre più nervosa.

"Adesso" disse Korum con calma: "Verrai con me, mentre sistemerò questo casino."

Mia sentì tutto il sangue asciugarsi dal viso. "Verrò con te dove?" Sicuramente non poteva voler dire—

Un sorrisetto apparve sul viso di Korum. "Nello stesso luogo in cui sei andata a ficcare il naso questa mattina: Lenkarda, il nostro insediamento nella Costa Rica."

All'improvviso, non ci fu più aria a sufficienza nella stanza per far sì che Mia respirasse correttamente, e il panino sembrava un sasso all'interno dello stomaco. Che cosa stava dicendo? Non poteva desiderarla ancora, non dopo tutto...

"Perché?" riuscì a dire, fissandolo con incredulità.

"Perché, Mia, ti voglio con me, e non posso più stare a New York" disse con calma, con un'espressione illeggibile sul viso. "Sono stato via troppo a lungo. Ci sono cose che richiedono la mia attenzione—soprattutto devo decidere cosa fare con i traditori."

Mia scosse la testa, cercando di liberarsi della nebbia mentale che sembrava rallentarle il pensiero. "M-ma perché mi vuoi con te?" balbettò. "Mi stavi solo usando—"

"Ti stavo usando perché tu hai deciso di *tradirmi*—non dimenticarlo mai, tesoro" disse in un tono pericolosamente morbido. "Ti ho voluta sin dall'inizio, e niente di quello che hai fatto cambia le cose. Sei mia, e rimarrai con me fin quando lo vorrò. Chiaro?"

Sentì un ruggito sordo nelle orecchie. "No" sussurrò, con le parole appena udibili. "No. Non verrò da nessuna parte. Non sarò una schiava... Mi rifiuto, hai capito?" La sua voce era cresciuta di volume frase dopo frase, finché non arrivò quasi ad urlare, con la nebbia rossa della furia che le offuscava la vista, togliendole ogni residuo di cautela.

"Una schiava?" le chiese con un confuso cipiglio sul viso. E poi la sua fronte tornò alla normalità, apparentemente comprendendo di cosa stava parlando. "Ah, sì, avevo quasi dimenticato che hai lavorato per tutto questo tempo con una convinzione errata. Ti riferisci al fatto di essere la mia charl, vero?"

"Non sarò la tua charl!" mormorò Mia, stringendo le mani a pugno sotto al tavolo.

"Sarai tutto quello che desidero che tu sia, tesoro" disse piano, con un sorriso derisorio sulle labbra. "Tuttavia, i tuoi amici della Resistenza ti hanno informata male, involontariamente o intenzionalmente —sul vero significato di charl."

Con la rabbia che si sbollentò un po', Mia lo fissò. "Che cosa intendi dire? Mi stai dicendo che *non* tenete gli umani nei vostri Centri come... schiavi del piacere?" pronunciò le ultime parole con disgusto.

Lui scosse la testa, con lo stesso sguardo sardonico sul viso. "No, Mia. Un charl è un compagno umano—un amico umano, se vuoi. È un termine che usiamo per descrivere un legame speciale tra un uomo e un Krinar. Essere un charl è un privilegio, un onore—non quello che immagini tu."

"Stare con te contro la mia volontà sarebbe un privilegio?" chiese Mia amaramente. "Essere costretta ad andare dove non voglio andare, senza poter rivedere la mia famiglia, i miei amici?"

"Non mentirmi, Mia" disse piano. "E non mentire a te stessa. Stare con me non è affatto spiacevole per te. Credi che io non sappia perché hai pianto questa settimana? Hai bisogno di me... tanto quanto io ho bisogno di te. Ciò che abbiamo insieme è raro e speciale—anche se hai fatto del tuo meglio per dividerci. Se fossi giovane e sciocco, lascerei al dolore e alla rabbia avere la meglio su di me... e ti abbandonerei, pieno di amarezza per il tuo tradimento. Ma sono abbastanza grande da sapere che quando trovi una bella cosa, la tieni stretta; non la butti via per un capriccio."

"Davvero? La tieni anche se l'altra persona non ti vuole?" disse Mia sarcasticamente, infuriata dalla sua arrogante supposizione di sapere tutto dei suoi sentimenti. Forse si era *innamorata* di lui; forse aveva anche creduto di amarlo—ma tutto questo prima di venire a sapere che l'aveva usata, prima di assistere alla morte di migliaia di soldati umani a causa di quello che aveva fatto. Forse lui avrebbe potuto superare la sua ferita e la rabbia, ma Mia non riusciva ad essere così magnanima in quel momento.

"Oh, tu mi vuoi" disse Korum dolcemente. "Ne sono sicuro. Vuoi che te lo dimostri?"

E prima che lei potesse trovare una risposta, la raggiunse, prendendola in braccio e tirandola a sé per un bacio appassionato, spingendole la lingua nella cavità della bocca. Furiosa, Mia cercò di rimanere impassibile, di moderare la reazione, ma al suo corpo non importava che le avrebbe rovinato la vita. Conosceva solo il piacere del suo tocco, e Mia si ritrovò a sciogliersi contro di lui, con le mani aggrappate alle spalle invece di respingerlo. Una familiare ondata di calore l'attraversò, e sentì un aumento dell'umidità tra le gambe, con il corpo pronto ad essere posseduto.

Continuando a tenerla in braccio, l'alieno si avviò da qualche parte, ma Mia era troppo sconvolta per notare dove. Finirono nel salotto, e la poggiò sul divano, continuando a baciarla con quei baci profondi e appassionati che la facevano sempre impazzire. Lo sentì tirarle giù la lampo dei jeans, che poi tolse insieme alle scarpe da ginnastica, lasciandole la parte inferiore del corpo ricoperta solo da un paio di mutandine bianche. Il pollice trovò il punto sensibile tra le sue gambe, e premette sulla biancheria intima, facendo dei cerchi in modo da farle stringere i muscoli interni, e Mia gemette impotente, inarcandosi verso di lui, desiderando quella magia che aveva sperimentato solo tra le sue braccia.

La lasciò andare, facendo un passo indietro per togliersi i vestiti, strappando la maglietta con un movimento fluido, e poi si tolse in fretta i jeans e la biancheria intima, rimanendo completamente nudo. Mia lo fissò con una lussuria insopportabile, soffermandosi sui muscoli potenti coperti da quella bella pelle abbronzata, i peli scuri sul torace, e la zona pelosa dell'addome che lasciava spazio a un cazzo grosso e completamente arrapato, con le palle penzoloni.

Non le permise di godersi lo spettacolo troppo a lungo, perché le strappò la maglietta, tirandogliela sopra la testa, e poi le slacciò il reggiseno. Un secondo dopo, le mutandine le scesero lungo le gambe e si unirono al mucchio di vestiti sul pavimento. Si fermò un attimo, studiando il suo corpo nudo con uno sguardo ardente, e poi si piegò su di lei, chiudendo la bocca calda sul seno sinistro e succhiandolo. Mia gemette, sentendo quella bocca su di sé, e lui succhiò l'altro seno, indugiando con la lingua sul capezzolo in un modo che le fece disperatamente desiderare che la testa di Korum fosse trenta centimetri più in basso. Come se le leggesse nel pensiero, toccò le umide pieghe con la mano, spingendo un dito nell'apertura, premendo sul punto ultra-sensibile all'interno della figa, e Mia ansimò dall'intensità della sensazione, con il corpo che pulsava al limite dell'orgasmo. Senza togliere il dito, avvicinò la bocca verso il suo sesso, con la lingua che si fece strada tra le pieghe per stuzzicare la zona intorno al clitoride. Allo stesso tempo, mosse leggermente il dito dentro di lei, cominciando ad assumere un ritmo costante, e tutto il corpo di Mia si tese, con le sensazioni pre-orgasmiche che cominciarono a irradiarsi dalle zone inferiori verso l'esterno. Le strofinò la lingua sull'intimo, prima leggermente e poi con una pressione crescente, e Mia urlò per quel piacere quasi crudele, con i muscoli interni che si strinsero intorno al dito e poi pulsarono per i residui del rilascio.

Tirando fuori il dito, la fece girare, tirandola verso il bordo del divano. Sollevandola un po', la sistemò in modo tale da spingerla sul bracciolo del divano, a faccia in giù e con i piedi sul pavimento. Coprendola con il corpo, cominciò a spingere dentro di lei, con il cazzo che la penetrò centimetro dopo centimetro. Mia era morbida e bagnata dall'orgasmo, e il suo corpo accettò quel graduale ingresso, con i teneri tessuti che si espansero per accogliere l'intrusione. Mentre spingeva, le baciava il lato del collo, e lei tremò, con la tensione che cominciò a riaffiorare. Il suo sesso fremette attorno al suo cazzo, e lui gemette in risposta, sprofondando dentro di lei. La ragazza inalò pesantemente per la sensazione della sua asta sepolta in profondità; era incredibilmente duro e spesso, e si sentiva come se stesse bruciando dal calore di lui dentro di lei, su di lei, intorno a lei.

Poi cominciò a muoversi, con i colpi che la spinsero sempre di più verso il bracciolo del divano. Ogni muscolo del corpo dell'umana si irrigidì, e gridò, con ogni spinta che intensificava il doloroso piacere, fin quando il suo mondo non si ridusse a nient'altro che al cazzo che si muoveva dentro e fuori dal corpo, esistendo puramente per quelle sensazioni, spogliata fino alle parti crude e primordiali della sua natura animale. Poteva sentire delle ritmiche grida in lontananza e capì che dovevano essere le sue, e poi il massiccio orgasmo la attraversò, con i muscoli interni che si strinsero intorno a lui e tutto il corpo che tremò dallo shock dell'orgasmica ondata. E, con un grido roco, venne anche lui, sbattendo i fianchi dentro di lei, con il cazzo che le pulsava dentro per le contrazioni.

Alla fine, lo tirò fuori, lasciandola lì nuda, ancora piegata sul bracciolo del divano. Senza il suo grande corpo che la copriva, Mia improvvisamente sentì freddo—e la realizzazione di ciò che era accaduto si aggiunse al gelido nodo che stava crescendo dentro di lei. Alzandosi sulle gambe tremanti, Mia si chinò per raccogliere i vestiti, rifiutandosi di guardarlo e cercando di ignorare l'umidità che le rigava la gamba. Senza più il calore della passione, la rabbia riaffiorò, acuita dalla vergogna della sua indesiderata reazione verso di lui.

"Mia" disse lui piano, e con la coda dell'occhio, lo vide lì, completamente incurante della propria nudità.

Si voltò, indossando il reggiseno, e utilizzando la maglietta per cancellare le tracce del sesso prima di mettere le mutandine. Tirando su i jeans, si sentì leggermente meglio, ma la fredda furia interna rimase. Senza pensarci due volte, si avvicinò allo zaino che aveva lasciato sul divano quella mattina. Raggiungendolo, tirò fuori il piccolo dispositivo che Leslie le aveva dato e lo puntò contro di lui.

"Me ne vado" disse con gelida calma. Uno sconosciuto sembrava essersi impossessato del suo corpo, e la normale Mia non poté fare a meno di meravigliarsi per quell'audacia, pur sapendo che le probabilità di successo erano nulle.

Alla vista dell'arma, il bagliore dorato negli occhi di Korum si raffreddò.

"Quello è un giocattolo pericoloso" disse lentamente, fissandola con un'espressione indecifrabile sul viso.

Mia annuì freddamente. "Non costringermi a usarlo."

"E così, te ne vai, e poi?" chiese con lieve curiosità. "Non puoi andare da nessuna parte, senza che io possa trovarti."

Mia non ci aveva riflettuto; infatti, non aveva rivolto alcun pensiero alle sue azioni future. Ormai era troppo tardi, così alzò le spalle e disse coraggiosamente: "Affronterò il problema al momento giusto."

"Hai intenzione di scappare? Cambierai identità?" continuò, con una nota di divertimento che si insinuò nella sua voce. "Nessuna di quelle opzioni funzionerebbe, lo sai."

"A causa dei dispositivi di monitoraggio che mi hai impiantato senza il mio consenso?" chiese amaramente.

Korum la guardò, senza ammettere, né negare. "C'è solo un modo per poterti liberare di me" disse lentamente.

Mia lo fissò, frustrata, senza capire. Ora che l'iniziale ondata di furia era passata, la piena stupidità delle sue azioni era riaffiorata. Lui aveva ragione; anche se fosse riuscita a lasciare quell'attico—un grosso se, visti i riflessi lampo dell'extraterrestre—l'avrebbe catturata prima che fosse riuscita ad allontanarsi di qualche isolato. Puntandogli l'arma contro, era solo riuscita a farlo arrabbiare, e provò un pizzico di paura a quel pensiero.

"E quale sarebbe?" gli chiese, decidendo di prendere tempo.

"Potresti spararmi" disse seriamente. "E risolveresti tutti i tuoi problemi."

Inorridita, Mia rimase a bocca aperta. L'idea di premere il pulsante e di vederlo dissolversi davanti ai suoi occhi, come quelle postazioni di guardia della colonia, era impensabile. Non aveva mai avuto intenzione di usare quell'arma. Voleva solo riconquistare un minimo di controllo, sentirsi padrona della propria vita. Avrebbe voluto minacciarlo, costringerlo a fargli rispettare la sua volontà, farlo sentire come si era sentita, quando le aveva tolto la libertà di scelta. Non avrebbe mai voluto fargli del male, tanto meno ucciderlo.

"Dai, Mia" disse piano. Il suo potente corpo nudo era rilassato, come se stessero avendo una normale conversazione—come se lei non avesse avuto una pistola puntata contro di lui. "Spara."

Le tremavano le dita, con i palmi madidi di sudore, e sentì gli occhi bruciarle a causa delle solite stupide e sgradite lacrime. "Ti prego" disse, senza più preoccuparsi di sembrare troppo supplichevole. "Non costringermi a farlo. Voglio solo andarmene... tornare a casa. Ti prego, lasciami andare—"

"Basta premere quel pulsante, Mia. E poi, potrai andare dove vuoi."

Mia sentiva caldo e freddo, con lo stomaco in subbuglio dalla nausea. Il piccolo dispositivo che teneva in mano improvvisamente era troppo pesante, e le tremò il braccio, mentre cercava di tenerlo puntato verso di lui. Le lacrime uscirono fuori, rigandole le guance, e abbassò l'arma, lasciandosi cadere a terra, con le gambe tremanti che non potevano più sostenerla. Seppellendo il viso tra le mani, pianse, amareggiata per la propria vigliaccheria, la propria idiozia. Non riusciva a fargli del male, non riusciva a ucciderlo; avrebbe preferito amputarsi un arto. Come poteva provare ancora quelle cose per lui? Che cosa c'era di sbagliato in lei, che si era innamorata di qualcuno che non era nemmeno umano... di un alieno la cui specie aveva ucciso migliaia di persone?

In preda alla disperazione, lo sentì abbracciarla,

sollevandola dal pavimento e posandola sul divano. "Shh, tesoro" le sussurrò: "Andrà tutto bene, te lo prometto. Nemmeno io sarei riuscito a premere quel pulsante—e sono contento che tu non l'abbia fatto." Le accarezzò dolcemente i capelli, mentre piangeva sulla sua spalla nuda. Qualche minuto dopo, i singhiozzi cominciarono a calmarsi. Sentendosi imbarazzata per quella sfuriata, Mia cercò di allontanarsi, ma non glielo permise, sollevandole il mento per costringerla a guardarlo negli occhi.

"Mia" disse piano: "Non ti porterò con me per essere crudele. Dopo tutto quello che è successo, la Resistenza—o qualunque cosa ne sia rimasta—verrà a cercarti. Non sanno tutta la storia, e penseranno che tu li abbia traditi. Cercheranno di ucciderti, e, se scopriranno quanto sei importante per me, cercheranno di catturarti viva per usarti contro di me. Mi dispiace, ma non ho scelta. Non è sicuro per te stare in qualunque altro posto che non sia Lenkarda."

Mia lo fissò, con la vista ancora offuscata dalle lacrime. Non ci aveva pensato, ma era vero. Per la Resistenza, era la traditrice dell'umanità. Sicuramente l'avrebbero incolpata per tutte quelle vittime. Un terrificante pensiero l'attraversò. "E la mia famiglia?" gli chiese, con tutto dentro di lei che si trasformò in ghiaccio davanti alla possibilità che i combattenti per la libertà avrebbero potuto fare del male alle persone che amava.

"La tua famiglia non aveva niente a che fare con questo, e dubito che i combattenti sarebbero tanto vendicativi da fare del male ad altri umani inutilmente. Ma la tua specie può essere molto imprevedibile, quindi mi assicurerò che alcuni dei nostri migliori guardiani si sistemino nelle vicinanze della tua famiglia, per tenerla d'occhio."

Mia aprì la bocca per fare una domanda, ma lui la anticipò. "E no, questo non sarebbe sufficiente a garantire la *tua* sicurezza. Ci sono alcuni leader chiave della Resistenza che mancano all'appello, e sono in possesso di alcune armi Krinar. Mi aspetto che si nascondano e lascino in pace la tua famiglia, ma potrebbero essere disposti a tutto per arrivare a te. Quindi, finché non saranno arrestati, sarai più al sicuro a Lenkarda. E se dovrai avventurarti fuori, lo farai con me al tuo fianco."

Davvero comodo per lui, pensò Mia amaramente: ora poteva tenere la sua prigioniera con una buona giustificazione. Certo, la Resistenza avrebbe voluto ucciderla—e avrebbe avuto ogni motivo per farlo. Era la responsabile di tutte quelle morti...

"Quante persone sono state uccise questa mattina?" chiese Mia, sentendosi morire.

Korum si strinse nelle spalle. "Non so se i medici siano riusciti ad arrivare a quelli rimasti ustionati abbastanza velocemente da riuscire a salvarli. Alcuni potrebbero aver perso la vita a seguito del loro incontro con lo scudo."

"E gli altri? Quelli che sono stati colpiti dalla luce rossa?" chiese Mia, con il cuore che cominciò a batterle forte per una selvaggia speranza.

"Sono stati resi incoscienti—così come quelli che hanno attaccato gli altri Centri. Naturalmente, meritavano di morire, ma abbiamo deciso di lasciare che se ne occupassero i vostri governi. Sarà interessante vedere quali saranno le loro punizioni per aver violato il Trattato di Coesistenza e aver messo in pericolo la tua specie."

Il sollievo che Mia provò era indescrivibile. La dolorosa stretta al petto sembrò allentarsi, lasciandola respirare liberamente per la prima volta da quando aveva assistito all'attacco.

Poi, Korum aggiunse: "Ovviamente non lasceremo niente al caso. Tutti quei combattenti ora hanno dei dispositivi di sorveglianza nel corpo, così sapremo tutto quello che fanno e dove vanno. Sono stati efficacemente neutralizzati come minaccia per noi, e ora possiamo utilizzarli per catturare gli altri—quelli che oggi non erano nei pressi dei nostri Centri."

E così, era riuscito nella sua missione di schiacciare il movimento della Resistenza. Dato il numero di combattenti che giacevano sul campo, i K ora avevano migliaia di meccanismi di sorveglianza in tutto il mondo. Era stata una mossa davvero intelligente: perché preoccuparsi di uccidere un umano, quando avrebbe potuto usarlo? Tipico della diavoleria di Korum.

Doveva sembrare sconvolta, perché disse: "Mia, smetti di preoccuparti. La Resistenza è finita. È stato un movimento stupido fin dall'inizio. Rifletti. A loro non piaceva che fossimo qui a cambiare alcune cose. È un buon motivo per rischiare così tante vite? Devi ammettere che non siamo affatto come gli invasori alieni dei vostri film. Non vogliamo schiavizzare gli umani o impossessarci del pianeta. Se il nostro programma fosse stato questo, l'avremmo già fatto. Ci siamo stabiliti qui nel modo più pacifico possibile, vivendo nei nostri Centri e interferendo al minino negli affari umani. Questo è molto meglio di quello che gli Europei hanno fatto agli indigeni americani."

Ancora seduta sul suo grembo, Mia distolse lo sguardo. Se Korum le aveva detto la verità e John le aveva mentito sul significato di charl, allora l'intero movimento della Resistenza era fuorviato, nel migliore dei casi—e criminalmente irresponsabile nel peggiore.

"E credi davvero che sarebbe stata una buona cosa per voi avere quei sette traditori come governanti? Perché, credimi, è quello che sarebbero diventati. Volevano il potere e non importava chi fosse rimasto colpito a causa delle loro azioni. Credi davvero che sarebbero stati felici di vivere tranquillamente tra gli umani, obbedendo a ogni vostra legge e condividendo altruisticamente il sapere dei Krinar?"

Ora che Korum l'aveva messa in quel modo, Mia poteva capire l'inattendibilità di ciò che John le aveva detto. Forse i leader della Resistenza avevano pensato di poter controllare in qualche modo i Keith, una volta che gli altri K se ne fossero andati—ma quella poteva essere un'ipotesi molto pericolosa da seguire. Mia si rammaricò mentalmente. Perché non aveva indagato ulteriormente sulle motivazioni dei Keith? Ma no, si era fidata ciecamente di quello che John le aveva detto, troppo presa dal proprio dramma personale per pensare a qualsiasi altra cosa.

Korum sospirò, e lei sentì il movimento del suo petto. "Ascolta, non sarà così male vivere a Lenkarda, credimi. Non sei nemmeno un po' curiosa di vedere come viviamo?"

Mia lo guardò di nuovo, sentendosi completamente sfinita. "Korum, non posso... Non posso proprio lasciare tutto e tutti—"

"E se ti portassi dalla tua famiglia per un paio di settimane, come ti avevo promesso?" chiese piano. "Questo ti farebbe sentire meglio?"

"Andremmo in Florida?" chiese Mia, sorpresa.

Lui annuì. "Potresti passare qualche giorno con loro prima che andiamo là."

Sorrise, con la pressione nel petto che si allentò ulteriormente. "Sarebbe fantastico" disse sottovoce.

Ricambiò il sorriso e le tolse delicatamente un riccio sul viso. "E speriamo che, entro la fine dell'estate, cattureremo il resto dei combattenti della Resistenza—così, se vorrai tornare a New York a quel punto, torneremo qui e potrai finire il tuo ultimo anno di scuola."

Mia sbatté le palpebre, non riuscendo quasi a credere alle proprie orecchie. "Mi riporterai qui?"

"Lo farò... se sarà ancora quello che vorrai." Alzandosi, la mise dolcemente in piedi. "Ora mettiti una maglietta e le scarpe, mentre mi vesto. Dobbiamo andare."

~

KORUM LE PERMISE di prendere lo zaino con tutto il suo contenuto, ad eccezione dell'arma, e nient'altro. Quando protestò, dicendogli che aveva bisogno del computer e dei vestiti, lui rise. "Ti giuro che c'è tutto nel luogo in cui andremo" spiegò con un sorriso.

"E il mio passaporto?" chiese lei, e poi capì che era una domanda stupida. Erano diretti in un Paese straniero, ma dubitava che avrebbero attraversato la sicurezza aeroportuale. In qualche modo, Korum era riuscito a venire lì quella mattina per poi tornare a New York—tutto nel giro di un paio d'ore. No, pensò Mia, probabilmente non avrebbero viaggiato in aereo.

Le sue supposizioni si rivelarono corrette.

La condusse nel suo ufficio, tenendole la mano come se avesse avuto paura che avrebbe sussultato. Tornando verso il retro della stanza, alzò l'altra mano davanti alla parete ed essa si aprì, rivelando delle scale che probabilmente portavano sul tetto.

"Vieni" disse Korum, e lei lo seguì con esitazione, con il cuore che batteva forte al pensiero di dove stavano andando. Era troppo tardi per tornare indietro ormai—non che gliel'avrebbe permesso—e Mia sentì un improvviso mix di emozione e paura che le scorreva nelle vene, salendo le scale.

Si ritrovarono sul tetto, e Mia si guardò intorno. Non sapeva che cosa si aspettasse di vedere—forse alcuni aerei alieni. Ma non c'era niente. Il tetto era vuoto, ad eccezione di alcuni arbusti sempreverdi che crescevano in file ordinate intorno al perimetro. La pioggia era quasi cessata, ma era ancora umido, e Mia poteva praticamente sentire i ricci incresparsi a causa dell'umidità.

"Che cosa ci facciamo qui?" chiese, sorpresa. "Verrà a prenderci qualcuno?"

Korum scosse la testa e sorrise. "No, andremo da soli."

"Come?" domandò la ragazza, morendo dalla curiosità.

"Lo vedrai tra un attimo. Non aver paura, ok?" Le strinse il palmo con fare rassicurante.

Mia annuì, e Korum le lasciò la mano, facendo un passo avanti. Allungando il braccio, fece un gesto, come per indicare lo spazio vuoto davanti a lui. All'improvviso, Mia sentì un leggero ronzio. Il rumore era diverso da qualunque altro l'umana avesse mai sentito prima—troppo lieve per essere il ronzio di un insetto.

"Che cos'è?" chiese con cautela, chiedendosi se Korum intendesse teletrasportarla da qualche parte. Mia non conosceva i limiti della tecnologia K, ma sapeva che i fisici Krinar dovevano essere andati ben oltre le teorie di Einstein; altrimenti, i K non avrebbe potuto viaggiare più velocemente della luce. Chi sapeva che cos'altro potevano fare?

Korum si voltò verso di lei, con gli occhi scintillanti per qualche sconosciuta emozione. "È il suono delle nanomacchine che ho appena rilasciato. Useremo quelle per il viaggio." E Mia capì che era emozionato, felice di tornare a casa.

Qualcosa cominciò a brillare davanti a loro. Sulle braccia di Mia comparve la pelle d'oca, mentre fissava affascinata quello strano spettacolo. Le luci scintillanti si intensificarono, come se fosse stato gettato un secchio di lustrini—e poi le pareti del velivolo cominciarono a formarsi davanti ai suoi occhi.

Trattenendo a stento un sussulto, Mia guardò la struttura assemblarsi, apparentemente dal nulla. Le pareti lentamente si solidificarono, facendosi più spesse strato dopo strato, e poi un piccolo velivolo simile a una capsula apparve davanti a loro. Sembrava essere fatto di qualche materiale insolito in avorio, senza oblò o porte visibili, ed era più piccolo di un elicottero.

Mia inspirò forte, lasciandosi sfuggire un respiro che aveva trattenuto per una trentina di secondi.

"Si chiama tecnologia avanzata di rapida fabbricazione" disse Korum, sorridendo davanti allo stupore sul viso dell'umana. "È una delle nostre invenzioni più utili. Vieni con me." E riprendendole la mano, la condusse verso la struttura appena assemblata.

Man mano che si avvicinavano, la parete della capsula si disintegrò, creando un ingresso per loro. Mia sbatté le palpebre dallo shock, ma seguì Korum all'interno del velivolo. Una volta entrati, la parete si ricompattò, e l'ingresso scomparve di nuovo.

L'interno della capsula non somigliava affatto a

qualunque velivolo avrebbe mai potuto immaginare. Le pareti, il pavimento e il soffitto erano trasparenti—poteva vedere il colore avorio dell'ambiente circostante, ma anche il mondo esterno. Era come se fossero dentro una gigantesca bolla di vetro, anche se Mia sapeva che la struttura non era visibile dall'esterno. Non c'erano pulsanti o comandi di alcun tipo, nulla che suggerisse che la capsula avesse un'elettronica complessa. E invece dei sedili, c'erano due panche bianche e ovali che fluttuavano nell'aria.

"Siediti" disse Korum, indicando una delle panche.

"Su questa?" Naturalmente, Mia sapeva che la tecnologia Krinar era molto più avanzata, e si aspettava di trovare cose incredibili. Ma quello... era come entrare in un regno fatato, a cui le normali leggi della fisica non sembravano applicarsi—e non aveva ancora lasciato New York.

Lui rise, apparentemente divertito dalla sua mancanza di fiducia. "Su quella. Non cadrai, promesso."

Attentamente, stringendogli ancora la mano, Mia si sedette sulla panca. Si mosse sotto di lei, e l'umana ansimò, mentre essa si adattava alla forma del suo sedere, trasformandosi improvvisamente nella sedia più comoda che avesse mai occupato. C'era anche uno schienale ora, e Mia si ritrovò appoggiata ad esso, con i muscoli tesi rilassati dalla sensazione stranamente accogliente.

Sorridendo, Korum si sedette su una panca simile accanto a lei, e Mia osservò con stupore il materiale bianco che si spostò attorno al corpo dell'alieno, adattandosi alla sua forma. Continuava a stringergli la mano con una presa d'acciaio, si rese conto con un po' di imbarazzo, e la lasciò andare, cercando di comportarsi nel modo più disinvolto possibile, quando si confrontava con una tecnologia che sembrava magica.

Korum annuì e agitò leggermente la mano.

Lentamente, senza emettere suoni, la capsula si sollevò dal suolo, salendo rapidamente in aria. Con una sensazione di nausea nello stomaco, Mia guardò giù verso il pavimento trasparente da cui poteva vedere la città di New York diventare sempre più piccola sotto di loro, man mano che prendevano quota. Sorprendentemente, non si sentì male come ci si sarebbe aspettato durante una salita così rapida; era come se fosse seduta su una sedia a casa, invece di andare a razzo.

"Perché mi sento come se non stessi volando affatto?" chiese con curiosità, alzando lo sguardo dal pavimento, dove ora poteva vedere solo nuvole.

"La navicella è dotata di un delicato campo antigravitazionale" spiegò Korum. "È stato progettato per farci stare comodi, mantenendo la forza gravitazionale allo stesso livello che sperimenteresti normalmente su questo pianeta; altrimenti, accelerare così sarebbe molto spiacevole per me—e probabilmente mortale per te."

E poi, sotto di loro vide sfrecciare solo le nuvole, mentre la capsula volava ad una velocità incredibile, portandola in un posto che pochi umani avrebbero potuto immaginare, tanto meno visitare di persona. Mia non avrebbe mai immaginato che una semplice passeggiata nel parco avrebbe potuto portare a quello, che si sarebbe ritrovata seduta su una navicella aliena diretta verso la principale colonia dei Krinar... che avrebbe provato quelle emozioni con il bellissimo extraterrestre seduto accanto a lei.

Un paio di minuti dopo, arrivarono a destinazione, e la navicella iniziò la sua discesa.

"Benvenuta a casa, tesoro" disse Korum dolcemente, mentre il verde paesaggio di Lenkarda apparve sotto i loro piedi, e la capsula atterrò silenziosamente, così com'era decollata.

La nuova vita di Mia era iniziata.

Grazie per aver letto *Relazioni Intime*, il primo libro della serie *Le Cronache dei Krinar*! Se poteste lasciare una recensione, ve ne sarei molto grata, perché le recensioni mi incoraggiano a scrivere e aiutano gli altri lettori a scoprire i miei libri.

La storia di Mia & Korum continua con *Ossessioni Intime* (Le Cronache dei Krinar: Volume 2).

Se vi piace questo mondo, ma preferireste altri personaggi, potete provare:

- *La Prigioniera dei Krinar* – Un romanzo standalone ambientato poco prima dell'Invasione

Se vi è piaciuto *Relazioni Intime*, potrebbero piacervi

anche questi romanzi dark e contemporanei di Anna Zaires:

- *La Trilogia Strapazzami* – La storia di Julian & Nora.
- *La Trilogia Catturami* – La storia di Lucas & Yulia.
- *Il Mio Tormentatore* – La storia di Peter & Sara.

Collaborazioni con mio marito, Dima Zales:

- *I lettori di pensieri* – Urban fantasy

Se desiderate ricevere una notifica quando il prossimo libro verrà pubblicato, iscrivetevi alla mia mailing list delle nuove pubblicazioni sul sito www.annazaires.com/book-series/italiano.

E ora, voltate pagina per un breve assaggio di *La Prigioniera dei Krinar*, *Strapazzami*, *Catturami*, e qualche altro mio lavoro.

ESTRATTO DI STRAPAZZAMI

Nota dell'Autrice: *Strapazzami* è una trilogia dark erotica su Nora & Julian Esguerra. Tutti e tre i libri sono disponibili.

~

Rapita. Portata su un'isola privata.

Non avrei mai immaginato che potesse succedermi questo. Non avrei mai immaginato che un incontro casuale alla vigilia del mio diciottesimo compleanno avrebbe potuto cambiarmi la vita in questo modo.

Ora appartengo a lui. A Julian. A un uomo che è così spietato quanto bello—un uomo il cui tocco mi fa bruciare. Un uomo la cui tenerezza trovo più devastante della sua crudeltà.

Il mio rapitore è un enigma. Non so chi sia, né perché mi abbia presa. C'è un'oscurità in lui—un'oscurità che mi spaventa anche se mi attira.

Mi chiamo Nora Leston e questa è la mia storia.

~

È sera ormai. Ogni minuto che passa, l'ansia sale sempre di più al pensiero di rivedere il mio rapitore.

Il romanzo che stavo leggendo non mi interessa più. Lo poso e cammino in cerchio per la stanza.

Indosso gli abiti che Beth mi ha dato prima. Non è quello che avrei scelto di indossare, ma è sempre meglio di una vestaglia. Un paio di mutandine di pizzo sexy e bianche e un reggiseno abbinato come biancheria intima. Un bel prendisole blu con i bottoni nella parte anteriore. Mi sta tutto benissimo in modo sospetto. Mi seguiva da tempo? Scoprendo tutto di me, compresa la mia taglia di vestiti?

Quel pensiero mi dà la nausea.

Cerco di non pensare a quello che avverrà, ma è impossibile. Non so perché sono così sicura che verrà da me stasera. Forse ha un intero harem di donne da qualche parte sull'isola e fa visita ad ognuna solo una volta a settimana, come facevano i sultani.

Eppure qualcosa mi dice che verrà presto. Ieri sera aveva semplicemente stuzzicato il suo appetito. So che non ha finito con me, neanche per sogno.

Finalmente, la porta si apre.

Cammina come se fosse a casa sua. Ed è proprio così, infatti.

Rimango di nuovo colpita dalla sua bellezza mascolina. Potrebbe essere un modello o una star del cinema, con un viso del genere. Se ci fosse giustizia nel mondo, sarebbe stato basso o avrebbe avuto qualche altra imperfezione sul volto per compensare.

Ma non è così. È alto e muscoloso, perfettamente proporzionato. Ricordo cos'ho provato ad averlo dentro e sento una sgradita scossa di eccitazione.

Indossa ancora jeans e T-shirt. Una grigia questa volta. Sembra preferire i vestiti semplici e fa bene a farlo. Il suo aspetto non ha bisogno di altri accessori.

Mi sorride. È quel sorriso da angelo caduto —oscuro e seducente allo stesso tempo. "Ciao, Nora."

Non so cosa rispondere, così sputo la prima cosa che mi passa per la mente. "Per quanto tempo hai intenzione di tenermi qui?"

Inclina leggermente la testa di lato. "Qui in camera? O sull'isola?"

"Entrambi."

"Beth ti farà fare un giro domani, potrai nuotare se vuoi" dice, avvicinandosi. "Non verrai chiusa a chiave, a meno che tu non faccia qualcosa di stupido."

"Tipo?" chiedo, con il cuore che mi batte forte nel petto mentre si ferma accanto a me e solleva la mano per accarezzarmi i capelli.

"Cercare di fare del male a Beth o a te stessa." La sua voce è dolce, il suo sguardo ipnotico mentre mi guarda.

Il modo in cui mi tocca i capelli è stranamente rilassante.

Sbatto le palpebre, cercando di spezzare il suo incantesimo. "E per quanto riguarda l'isola? Per quanto tempo mi terrai qui?"

Mi accarezza il viso con la mano, piegandola sulla mia guancia. Mi sorprendo ad appoggiarmi al suo tocco, come una gatta che viene coccolata, e mi irrigidisco subito.

Le sue labbra si arricciano in un sorriso presuntuoso. Il bastardo sa quale effetto ha su di me. "A lungo, mi auguro" dice.

Chissà perché, non mi stupisce. Non mi avrebbe portata fin qui, se avesse solo voluto scoparmi un paio di volte. Sono terrorizzata, ma non sono sorpresa.

Raccolgo il coraggio e passo alla prossima domanda logica. "Perché mi hai rapita?"

Il sorriso abbandona il suo volto. Non risponde, semplicemente mi guarda con uno sguardo blu imperscrutabile.

Comincio a tremare. "Hai intenzione di uccidermi?"

"No, Nora, non voglio ucciderti."

La sua negazione mi rassicura, anche se potrebbe benissimo mentire.

"Hai intenzione di vendermi?" riesco a malapena a far uscire le parole. "Come prostituta o qualcosa del genere?"

"No" dice a bassa voce. "Mai. Sei mia e solo mia."

Mi sento un po' più calma, ma c'è ancora una cosa che devo sapere. "Hai intenzione di farmi del male?"

Per un attimo, non risponde. Per un istante qualcosa di oscuro lampeggia nei suoi occhi. "Probabilmente" dice lentamente.

E poi si china in avanti e mi bacia, con le sue calde labbra morbide e delicate sulle mie.

Per un attimo, resto lì bloccata, senza rispondere. Gli credo. So che dice la verità quando afferma che mi farà del male. C'è qualcosa in lui che mi fa paura, che mi ha spaventata fin dall'inizio.

Non è come i ragazzi che ho frequentato. Lui è capace di qualunque cosa.

E sono completamente alla sua mercé.

Rifletto ancora una volta sulla possibilità di affrontarlo. Questa sarebbe la cosa normale da fare nella mia situazione. La cosa coraggiosa da fare.

Eppure non lo faccio.

Sento l'oscurità dentro di lui. C'è qualcosa di sbagliato in lui. La sua bellezza esteriore nasconde qualcosa di mostruoso dentro.

Non voglio scatenare quell'oscurità. Non so cosa accadrà se lo faccio.

Così, resto immobile mentre mi abbraccia e gli permetto di baciarmi. E quando mi tira di nuovo su e mi porta sul letto, non cerco in alcun modo di opporgli resistenza.

Anzi, chiudo gli occhi e mi abbandono alle sensazioni.

~

Tutti e tre i libri della trilogia *Strapazzami* sono già disponibili. Visitate il mio sito web all'indirizzo www.annazaires.com/book-series/italiano/ per saperne di più e per iscrivervi alla mia mailing list delle nuove pubblicazioni.

Nota dell'Autrice: *Catturami* è una trilogia dark romance, che vede come protagonisti Lucas & Yulia. Presenta delle somiglianze con la trilogia *Strapazzami*. Tutti e tre i libri sono disponibili.

~

Lo teme dal primo momento in cui l'ha visto.

Yulia Tzakova non è nuova agli uomini pericolosi. È cresciuta con loro. È sopravvissuta a loro. Ma quando incontra Lucas Kent, sa che il duro ex-soldato potrebbe essere il più pericoloso di tutti.

Una notte—è tutto quello che ci vuole. L'opportunità di farsi perdonare un incarico fallito e di ottenere informazioni sul commerciante d'armi, nonché capo di

Kent. Quando il suo aereo precipita, potrebbe essere la fine.

Invece, è solo l'inizio.

La vuole dal primo momento in cui l'ha vista.

A Lucas Kent sono sempre piaciute le bionde con le gambe lunghe, e Yulia Tzakova è stupenda. L'interprete russa potrebbe aver tentato di sedurre il capo di Kent, ma finisce nel letto di Lucas— che ha tutte le intenzioni di rivederla.

Poi il suo aereo viene abbattuto, e scopre la verità.

Lei lo ha tradito.

Ora, la pagherà.

～

Non appena la porta si apre, entra nel mio appartamento. Nessuna esitazione, nessun saluto— semplicemente entra.

Sorpresa, faccio un passo indietro, nel breve corridoio stretto che improvvisamente sembra troppo soffocante. Mi ero dimenticata di quanto fosse grosso, di quanto fossero larghe le sue spalle. Sono alta per essere una donna—abbastanza alta da fingere di essere una modella, se un incarico lo richiedesse—ma lui mi supera di una trentina di centimetri. Con il giaccone pesante che indossa, occupa quasi l'intero corridoio.

Ancora senza dire una parola, chiude la porta alle sue spalle e mi si avvicina. Istintivamente, mi ritraggo, sentendomi come una preda in trappola.

"Ciao, Yulia" mormora, fermandosi, appena usciamo dal corridoio. Il suo sguardo ceruleo è concentrato sul mio volto. "Non mi aspettavo di vederti in questo modo."

Deglutisco, con il cuore che mi batte all'impazzata. "Ho appena fatto un bagno." Voglio sembrare calma e sicura, ma mi ha letteralmente colta alla sprovvista. "Non mi aspettavo delle visite."

"No, me ne rendo conto." Un lieve sorriso appare sulle sue labbra, addolcendo i lineamenti duri della sua bocca. "Eppure, mi hai lasciato entrare. Perché?"

"Perché non volevo continuare a parlare dietro la porta." Faccio un respiro per calmarmi. "Posso offrirti un tè?" È una cosa stupida da dire, visto il motivo per cui è venuto, ma ho bisogno di qualche istante per riprendermi.

Solleva le sopracciglia. "Tè? No grazie."

"Allora, posso prendere il tuo giaccone?" Non riesco a smettere di comportarmi da brava padrona di casa, agendo con gentilezza per nascondere la mia ansia. "Fa piuttosto caldo qui dentro."

Un accenno di divertimento prende vita nel suo sguardo freddo. "Certo." Si toglie il giaccone e me lo porge. Rimane con un maglione nero e un paio di jeans scuri infilati negli stivali neri. I jeans gli stringono le gambe, mettendo in risalto cosce muscolose e polpacci forti, e sulla sua cinta vedo una pistola nella fondina.

Irrazionalmente, il mio respiro accelera a quella vista, e ci vuole un grande sforzo per impedire alle mie mani di tremare, mentre prendo il giaccone e lo appendo al mio piccolo armadio. Non mi sorprende che sia armato—sarei scioccata se non lo fosse—ma la pistola mi ricorda chi è Lucas Kent.

Che cosa è.

Non è un grosso problema, mi dico, cercando di calmare i miei nervi scossi. Sono abituata agli uomini pericolosi. Sono cresciuta in mezzo a loro. Quest'uomo non è molto diverso. Dormirò con lui, otterrò tutte le informazioni possibili e poi scomparirà dalla mia vita.

Sì, ecco cosa farò. Prima lo farò, prima tutto questo sarà finito.

Chiudendo la porta dell'armadio, mi stampo un bel sorriso sul viso e mi volto verso di lui, finalmente pronta a riprendere il ruolo della seduttrice sicura di sé.

Ma nel frattempo è già accanto a me, dopo aver attraversato la stanza senza fare il minimo rumore.

Il cuore riprende a battermi forte, e la mia ritrovata compostezza ricomincia ad abbandonarmi. È così vicino che posso vedere le striature grigie nei suoi occhi azzurri, così vicino che potrebbe toccarmi.

E un attimo dopo, mi tocca davvero.

Sollevando la mano, fa scorrere il retro delle sue

nocche sulla mia mascella.

Lo fisso, confusa dalla reazione immediata del mio corpo. La mia pelle si scalda e i capezzoli si induriscono, con il respiro che accelera. Non ha senso che questo duro e spietato estraneo mi ecciti così tanto. Il suo capo è più bello, più attraente, eppure il mio corpo reagisce a Kent. Tutto quello che ha toccato finora è il mio viso. Non dovrebbe significare niente, eppure in qualche modo è un tocco intimo.

Intimo e inquietante.

Deglutisco di nuovo. "Signor Kent—Lucas—sei sicuro che non posso offrirti qualcosa da bere? Forse un caffè o—" Le mie parole si affievoliscono in un rantolo senza fiato, quando raggiunge la cintura del mio accappatoio e la tira, con la stessa disinvoltura con cui si scarterebbe un pacco.

"No." Guarda il mio accappatoio che si apre, mostrando il mio corpo nudo. "Niente caffè."

∾

Tutti e tre i libri della trilogia *Catturami* sono già disponibili. Visitate il mio sito web all'indirizzo www.annazaires.com/book-series/italiano/ per saperne di più e per iscrivervi alla mia mailing list delle nuove pubblicazioni.

ESTRATTO DA LA PRIGIONIERA DEI KRINAR

Nota dell'Autore: *La Prigioniera dei Krinar* è uno standalone che si svolge circa cinque anni prima della trilogia sulle *Cronache dei Krinar*.

Emily Ross non si sarebbe mai aspettata di sopravvivere alla caduta mortale nella giungla della Costa Rica, e sicuramente non avrebbe mai pensato di svegliarsi in un'abitazione stranamente futuristica, tenuta prigioniera dall'uomo più bello che avesse mai visto. Un uomo che sembra più che umano...

Zaron è sulla Terra per facilitare l'invasione dei Krinar —e per dimenticare la terribile tragedia che gli ha sconvolto la vita. Eppure, quando trova il corpo distrutto di una ragazza umana, tutto cambia. Per la prima volta dopo anni, prova qualcosa di più della rabbia e del dolore, ed Emily ne è la ragione. Lasciarla andare comprometterebbe la sua missione, ma tenerla con sé potrebbe distruggerlo nuovamente.

~

Non voglio morire. Non voglio morire. Ti prego, ti prego, ti prego, non voglio morire.

Continuava a ripetere ostinatamente quelle parole nella sua mente, una disperata preghiera che nessuno avrebbe mai ascoltato. Le sue dita scivolarono di un altro centimetro sul bordo di legno ruvido, spezzandosi le unghie nel tentativo di mantenere la presa.

Emily Ross era appesa—letteralmente—per le unghie a un vecchio ponte mal ridotto. Decine di metri sotto, l'acqua inondava le rocce, con il ruscello gonfio per le recenti piogge.

Quelle piogge erano in parte responsabili della sua situazione. Se il legno del ponte fosse stato asciutto, forse non sarebbe scivolata, facendo una storta. E sicuramente non sarebbe caduta sulla ringhiera, fracassandola sotto il suo peso.

Solo una disperata stretta dell'ultimo minuto aveva evitato ad Emily di precipitare verso la morte. Mentre scivolava verso il basso, la mano destra aveva afferrato una piccola sporgenza sul lato del ponte, lasciandola penzoloni in aria decine di metri sopra le rocce dure.

Non voglio morire. Non voglio morire. Ti prego, ti prego, ti prego, non voglio morire.

Non era giusto. Non doveva andare così. Quella era la sua vacanza, il suo periodo di rigenerazione. Come poteva morire proprio ora? Non aveva ancora iniziato a vivere.

Le immagini degli ultimi due anni attraversarono la mente di Emily, come le presentazioni PowerPoint che le avevano occupato tante ore di lavoro. Ogni notte, ogni fine settimana trascorso in ufficio—era stato tutto inutile. Aveva perso il lavoro a causa dei tagli del personale, e ora stava per perdere la vita.

No, no!

Emily dimenò le gambe, scavando più in profondità nel legno con le unghie. Alzò l'altro braccio, allungandosi verso il ponte. Non sarebbe accaduto. Non l'avrebbe permesso. Aveva lavorato troppo duramente per lasciare che uno stupido ponte della giungla avesse la meglio su di lei.

Il sangue le scorreva lungo il braccio, mentre il legno le lacerava la pelle delle dita, ma ignorò il dolore. La sua unica speranza di sopravvivenza consisteva nel tentativo di afferrare il lato del ponte con l'altra mano, in modo da potersi tirare su. Non c'era nessuno nelle vicinanze per salvarla, proprio nessuno; poteva contare solo su se stessa.

Emily non aveva riflettuto sulla possibilità che sarebbe potuta morire da sola nella foresta pluviale, quando era partita per quel viaggio. Era abituata a fare escursioni, ad andare in campeggio. E nonostante l'inferno degli ultimi due anni, era ancora in buona forma, forte, e pronta a correre e a praticare sport sia durante la scuola superiore che all'università. La Costa Rica era considerata una destinazione sicura, con un basso tasso di criminalità e una popolazione aperta ai turisti. Era anche poco costosa—un fattore importante vista la rapidità con cui si assottigliavano i suoi risparmi.

Aveva prenotato quel viaggio *prima*. Prima che il mercato peggiorasse di nuovo, prima di un altro ciclo di licenziamenti, che aveva causato la perdita del lavoro per migliaia di lavoratori di Wall Street. Prima che Emily andasse a lavorare lunedì, con gli occhi stanchi per aver lavorato tutto il fine settimana, solo per lasciare l'ufficio lo stesso giorno con tutti i suoi effetti personali in una piccola scatola di cartone.

Prima che la sua relazione durata quattro anni si sgretolasse.

La sua prima vacanza dopo due anni, e stava per morire.

No, non pensarci. Non succederà.

Ma Emily sapeva di mentire a se stessa. Sentiva le sue dita scivolare sempre di più, con il braccio destro e la spalla in fiamme per via dello stiramento nel sostenere il peso di tutto il corpo. La sua mano sinistra era a pochi centimetri dal lato del ponte, ma tanto valeva che quei centimetri fossero miglia. Non riusciva ad aggrapparsi con una forza tale da sollevarsi con un braccio.

Fallo, Emily! Non pensarci, fallo e basta!

Raccogliendo tutta la forza, fece oscillare le gambe in aria, sfruttando lo slancio per sollevare il corpo in una frazione di secondo. Afferrò il bordo sporgente con la mano sinistra, lo strinse... e il fragile pezzo di legno si spezzò, facendola gridare dal terrore.

L'ultimo pensiero di Emily prima di colpire le rocce fu la speranza di una morte istantanea.

~

L'odore della vegetazione della giungla, ricco e pungente, raggiunse le narici di Zaron. Inalò profondamente, lasciando che l'aria umida gli riempisse i polmoni. Era pulita lì, in quel piccolo angolo della Terra, quasi incontaminata come quella del suo pianeta.

Aveva bisogno di quella adesso. Aveva bisogno dell'aria fresca, di isolamento. Negli ultimi sei mesi aveva cercato di fuggire dai suoi pensieri, di esistere solo in quel momento, ma non c'era riuscito. Nemmeno il sangue e il sesso lo soddisfacevano ormai. Poteva distrarsi scopando, ma poi il dolore tornava sempre, più forte che mai.

Era davvero troppo. La sporcizia, le folle, il fetore dell'umanità. Quando non era avvolto da una nebbia di estasi, era disgustato, con i sensi sopraffatti dall'aver trascorso troppo tempo nelle città umane. Era meglio lì, dove poteva respirare senza inalare veleno, dove poteva sentire l'odore della vita invece di quello dei prodotti chimici. Pochi anni dopo, tutto sarebbe stato diverso, e avrebbe potuto riprovare a vivere ancora una volta in una città umana, ma non ancora.

Non prima di essersi stabiliti lì completamente.

Quello era il compito di Zaron: supervisionare gli insediamenti. Aveva fatto ricerche sulla fauna e la flora della Terra per decenni, e quando il Consiglio aveva chiesto la sua assistenza per l'imminente colonizzazione, non aveva esitato. Qualunque cosa era meglio che essere a casa, completamente permeata dai ricordi della presenza di Larita.

Non c'erano ricordi lì. Nonostante tutte le somiglianze con Krina, quel pianeta era strano ed esotico. Sette miliardi di *Homo sapiens* sulla Terra—un numero impensabile—e si stavano moltiplicando a un ritmo vertiginoso. Con la loro breve durata di vita e la conseguente mancanza di memoria a lungo termine, stavano consumando le risorse del loro pianeta con un profondo disprezzo per il futuro. In qualche modo, gli ricordavano la *Schistocerca gregaria* —una specie di locusta che aveva studiato diversi anni fa.

Naturalmente, gli esseri umani erano più intelligenti degli insetti. Alcuni individui, come Einstein, erano addirittura simili ai Krinar in alcuni aspetti del loro pensiero. Ciò non era particolarmente sorprendente per Zaron; aveva sempre pensato che fosse questo l'intento del grande esperimento degli Anziani.

Passeggiando per la foresta della Costa Rica, si ritrovò a pensare al proprio compito. Quella parte del pianeta era promettente; era facile immaginare piante commestibili provenienti da Krina che fiorivano lì.

Aveva fatto tante prove sul suolo e aveva alcune idee su come rendere ancora più rigogliosa la flora di Krina.

Intorno a lui, la foresta era lussureggiante e verde, impregnata del profumo di eliconie in fiore e del rumore dei fruscii delle foglie e degli uccellini appena nati. In lontananza, sentì il grido di una *Alouatta palliata*, una scimmia urlatrice nativa della Costa Rica, e qualcos'altro.

Accigliato, Zaron ascoltò più attentamente, ma il suono non si ripeté.

Incuriosito, si diresse in quella direzione, con gli istinti di cacciatore in allerta. Per un attimo, quel suono gli aveva ricordato l'urlo di una donna.

Muovendosi con facilità tra la folta vegetazione della giungla, Zaron scattò a gran velocità, saltando su un piccolo torrente e sui cespugli che trovava sul suo cammino. In quel luogo, lontano dagli umani, poteva muoversi come un Krinar, senza la preoccupazione di esporsi. Qualche minuto dopo, arrivò abbastanza vicino da poterne sentire il profumo. Forte e simile al rame, gli fece venire l'acquolina in bocca e risvegliare il sesso.

Sangue.

Sangue umano.

Raggiungendo la sua destinazione, Zaron si fermò, fissando la visuale davanti a lui.

Di fronte c'era un fiume, un torrente di montagna in piena per le recenti piogge. E sulle grandi rocce nere al centro, sotto un vecchio ponte di legno che attraversava la gola, c'era un corpo.

Il corpo frantumato e contorto di una ragazza umana.

~

La Prigioniera dei Krinar è ora disponibile. Visitate il mio sito web all'indirizzo www.annazaires.com/book-series/italiano/ per saperne di più e per iscrivervi alla mailing list delle nuove pubblicazioni.

BIOGRAFIA DELL'AUTRICE

Anna Zaires è un'autrice bestseller di sci-fi romance, romance contemporaneo erotico e dark del *New York Times, USA Today*. È appassionata di libri dall'età di cinque anni, quando sua nonna le insegnò a leggere. Da allora, vive sempre parzialmente in un mondo di fantasia, in cui gli unici limiti sono quelli della sua immaginazione. Al momento risiede in Florida. Anna è felicemente sposata con Dima Zales (un autore fantasy e di science fiction) e collabora strettamente con lui in tutti i suoi lavori.

Per saperne di più, visitate il sito www.annazaires.com/book-series/italiano/.